# EL ÚLTIMO

# CONTRATO

## ADRIÁN HENRÍQUEZ

## EL *ÚLTIMO CONTRATO*

Primera Edición, 2018

Autor: Adrián Henríquez

© Diseño de portada: Liena Beatriz

© Maquetación: Alden Ruiz Suárez

ISBN – 9781983303227

Sello: Independently published

Edición Especial para Amazon.com

Impreso en Estados Unidos de America.

# EL ÚLTIMO CONTRATO

ADRIÁN HENRÍQUEZ

*Para Lea*

*"Que me odien, mientras me teman"*

*Calígula*

## LA VENTA NO PUEDE PARAR

La venta de armas en el mercado negro, desde los Estados Unidos, es uno de los negocios más lucrativos en toda Latinoamérica. Aproximadamente más de 693 armas son traficadas diariamente desde los EU a México a través de su frontera. Este negocio le genera a la industria armamentística americana ingresos superiores a los $215 millones de dólares anuales.

***

El Salvador cuenta con un promedio de 25 muertes diarias producidas por armas de fuego (más del 80 por ciento de esas muertes son causadas por armas que se adquieren en el mercado negro). Con más de 70,000 miembros activos entre sus pandillas, El Salvador vive día a día una guerra territorial entre estos grupos. Barrio-18, o simplemente M-18, y la mundialmente conocida Mara Salvatrucha (abreviada como MS-13), son las dos pandillas más poderosas.

Estos grupos criminales generan sus ingresos mediante robos, asesinatos, prostitución y pagos forzados, recaudan anualmente más de $390 millones de dólares a los salvadoreños. Uno de los principales lemas de estas pandillas es: *"asesinar, violar y controlar"*.

Para poder mantener su reinado de terror, control absoluto sobre poblaciones e incluso estar más equipados que la propia policía nacional salvadoreña, las pandillas necesitan de un fluido constante de armas y de quienes se las suministren… En su momento, Héctor Ramírez vio una multimillonaria oportunidad en este negocio.

*ADRIÁN HENRÍQUEZ*

## CAPÍTULO 1
## LA INFORMACIÓN ES PODER
(EN ALGÚN LUGAR DE LA SELVA SALVADOREÑA)

Alex Méndez vestía un ajustado BDUs (Battle Dress Uniform), un traje usado por los Navy SEALs para operaciones de infiltración. Con el camuflaje que le originaba la tela —y cada centímetro expuesto de su piel pintado de azul y negro— hubiera sido más que suficiente para desaparecer en la selva salvadoreña, pero Méndez, entrenado por los Green Beret, tenía tatuada una frase en su cerebro:

*Si crees que es suficiente... entonces no lo es.*

Por eso traía puesto un pesado Ghillie (el mundialmente famoso traje de francotiradores), que le permitió mimetizarse con el follaje.

Llevaba tres días escondido en la selva, esa era su especialidad y la principal razón de que lo hubiesen contratado. Una vez que le facilitaban las coordenadas de su objetivo, la infiltración, el seguimiento y la elaboración de un plan de ataque se convertían en la prioridad de su vida... era como una especie de obsesión.

Apenas dormía unas horas y solo durante el día, el resto del tiempo lo pasaba despierto y vigilando el objetivo. A solo 400 metros de su nido estaba la mansión de Héctor Ramírez, para muchos, el traficante de armas más poderoso de El Salvador.

\*\*\*

*Lo más importante es conservarse hidratado,* esa regla era su mantra. Desde que se infiltró en la selva, Alex ingería enormes cantidades de agua. La humedad de las noches y las altas temperaturas, lo mantenían en un baño de sudor constante. Sabía que perdía peso prácticamente por hora, y con el paso de los días sus sentidos se irían debilitando. Para cuando finalizara su misión, estaba seguro de que habría perdido al menos unas diez libras.

Tenía suficiente agua para el resto de la semana, barras de proteína energética y una veintena de paquetes MREs (estos últimos eran especiales, diseñados exclusivamente para comandos de las fuerzas especiales estadounidenses).

*Que interesante… hoy tenemos un cambio de guardias.*

Alex creó una rutina para espiar a los guardias de la mansión. Tenía una pequeña base de operaciones a unos 300 metros de su escondite actual, allí era donde ocultaba su kit de primeros auxilios, sus provisiones, su teléfono satelital y el resto del equipo para crear una extracción de emergencia en caso de ser necesaria. En ese nido es donde tenía su modernísimo equipo de espionaje.

Llevaba colocada una lente de visión nocturna, la cual no se quitaba para nada. El AN/PSQ-20 podía catalogarse con facilidad como una lente futurista. No solo le daba una perfecta visualización nocturna de todo su entorno, sino que le permitía obtener señales térmicas de sus enemigos, e incluso grabarlos. Su vestuario, y esa capacidad extraordinaria de escudriñar la noche, lo convirtieron en otra parte más de la jungla. Se familiarizó con los animales, llegó a reconocer de dónde provenía cada sonido, y a la postre, se fusionó con la selva de tal manera, que llegó a transformarse en un depredador más.

A lo que más se asemejaba dadas sus cualidades, era a una enorme pantera negra en espera de una sola oportunidad para lanzarse sobre su presa.

Frente a él yacía instalado un potente micrófono direccional que le permitía escuchar las conversaciones de los guardias. En una libreta iba anotando las palabras claves que destacaban en las charlas. Una de las técnicas infalibles dentro de las operaciones de infiltración y espionaje, era familiarizarse con el enemigo. Por eso, en los tres días que llevaba escondido, Alex conocía perfectamente a cada guardia, sus vicios y costumbres.

Cuatro Ojos: un tipo de gafas oscuras, las que al parecer no se quitaba ni para dormir. Alex miró su libreta. *Muy bien, ya es hora.* Como cada noche, Cuatro Ojos se separó de la puerta que se mantenía custodiando, dejó su AK-47 contra la pared y se echó una larga meada. El micrófono captó la exclamación de placer cuando Cuatro Ojos liberó su vejiga.

Señor Tabaco: era otro guardia encargado de cubrir los muros de la mansión. Este tenía la mala costumbre (muy conveniente para Alex), de llamar a su amante y hablar con ella por media hora mientras se fumaba un puro.

El Gordo y el Flaco: era un dúo que patrullaba el camino de acceso a la mansión. Todos se mantenían en contacto a través de los walkie talkie que les colgaban de sus cinturones. Quizás fuera por lo inaccesible del lugar, o por lo relajados que se sentían noche tras noche, los guardias cometían día tras día un alud de errores en cuanto a la definición de cuidado y mantenimiento de un perímetro de seguridad. Esto significaba que cuando Héctor llegara, se pondrían más tensos, pero al no haber practicado constantemente técnicas para un asalto frontal, o maniobras de escape, Alex iba a contar con el factor sorpresa. Aunque, como solía decirle uno de sus entrenadores cuando pasó el curso intensivo para formarlo como un Green Beret: *...ningún plan es efectivo hasta que lo pones en el terreno, y solo entonces te darás cuenta de que nada saldrá según lo planeado. Por tanto, siempre ten un plan B, C, y así sucesivamente hasta el Z.*

Alex lanzó hacia el aire el microdrone (un diseño militar de uso exclusivo). El microscópico drone contaba con un potente lente que le enviaba imágenes térmicas del interior de la casa y sus alrededores. Gracias al drone, Alex ya había trazado un bosquejo de cada rincón de la mansión, sus habitaciones, cocinas, salas de juego. De entre tres o cuatro veces al día dibujaba en su cuaderno diferentes salas de la casa como si se tratase de un juego, una especie de crucigrama que le permitía ubicarse y crear salidas de emergencia. La habitación de Héctor estaba señalada con una X, *como la del tesoro*. La mansión, escondida en una de las tantas selvas salvadoreñas, se había convertido en el lugar más seguro de Héctor, o al menos eso él pensaba.

En cuanto inició el amanecer, Alex se retiró de su nido, dejando en activo algunos sensores de movimiento. Regresó a su campamento para comer algo y dormir algunas horas, luego volvería a repetir su rutina.

## CAPÍTULO 2
## OTRO AMANECER
### (HOTEL PARAÍSO AZUL, CAYO SANTA MARÍA, CUBA)

*Otro amanecer te sorprende en cama ajena con el alma vacía*
*y la cartera llena.*
*Te levantas con prisa, te alistas, pasas revista,*
*tú lista, tienes cita con otro turista…*

LOS ALDEANOS

Jimena abrió los ojos y lo primero que vio ante sí fue el pomo de Viagra sobre la mesita de noche. Estaba completamente desnuda…, justo como a él le gustaba. La palma de su mano se mantenía en pose de descanso sobre uno de sus senos, casi con un ademán de sujeción, como si temiera que ella se fuera a escapar.

*Y ganas no me faltan,* pensó.

Al girarse a un lado se topó con el rostro de Gilberto.

Con la punta de los dedos le levantó el brazo y lo tiró hacia un lado, como si intentara quitarse algo podrido de encima.

*Todo le huele a viejo…*

Gilberto debía de rondar los sesenta o setenta años. Jimena no podía estar segura. Destacaba en él su pequeña panza y la piel del cuello y las manos lucían más arrugada que el resto, aunque estaba en muy buena forma, y se cuidaba más que un gallo fino. Muchas veces lo había pensado, e incluso se percató con el pasar de los meses que el viejo nunca tenía excesos de nada. Con este "cliente" todo era moderado, a su tiempo, bueno… casi todo. Era verdad que Gilberto comía moderadamente, bebía de igual manera, solo para el sexo tenía un apetito como si fuese un semental de veinte años, y todo gracias a sus milagrosas pastillas de las que nunca se separaba.

Jimena se corrió hacia un lado.

El maldito viejo roncaba como un oso, lanzando una pestilencia de aliento hacia su cara, no lo quedó más remedio que darle la espalda. Se levantó y fue hasta su bolso, sacó un paquete de ropa interior limpia, una nueva blusa y un short deportivo. Por el piso de la habitación estaba el rastro de la noche anterior; todavía en una de las sillas estaba enganchado su sujetador. La tanga, sí que estaba desaparecida. No tenía ni idea de hacia dónde la habría lanzado Gilberto, y a decir verdad, tampoco tenía intenciones de ponerse a buscarla.

Se dirigió al baño para darse una larga ducha.

*Agua bien caliente es lo que necesito, que me arranque la baba asquerosa de este viejo.*

En su camino hacia el baño se percató que sobre la mesa de la sala estaba la laptop de Gilberto. Presionó varias teclas y la pantalla se iluminó, no tenía contraseña. *Perfecto, por lo menos voy a revisar el Facebook.*

Jimena no sabía con exactitud quién era Gilberto y su función dentro del hotel. Según le explicó Félix — el gerente—, era uno de los arquitectos principales del proyecto de renovación de los puentes del pedraplén (que estaban cayéndose a pedazos, por lo que era una prioridad el repararlos, todo allí se resumía a lo más elemental; asegurar la vía principal de entrada de los autobuses repletos de turistas era una tarea de máxima prioridad para los miembros del Politburó).

Una posición como esa significaba codearse día a día con los "peces gordos" del gobierno. Quizás por eso, era que Gilberto tenía acceso ilimitado a los Cayos, podía quedarse a dormir en la habitación que quisiera y escogía sin reparos a la bailarina que más le gustara para pasar la noche. En ese caso, ella era la chica de turno.

¡Qué suerte la mía!

Tomó la laptop bajo el brazo, también su bolso y entró con sigilo en el baño sin dejar de vigilar a Gilberto. No quería que se despertara y la viera fisgoneando, aunque ella solo deseaba chequear un momento su cuenta en Facebook… Bueno, quizás un poco más. Fantaseaba con la idea de ir dándose una ducha a la par que miraba los videos de la plataforma digital más famosa del mundo…, aunque al final todo se resumía a una ambición simplona: usar la Wifi gratis del hotel.

*ADRIÁN HENRÍQUEZ*

## CAPÍTULO 3
## ¿QUIÉN CONTROLA EL DINERO?
### (EN ALGÚN LUGAR DE LA SELVA SALVADOREÑA)

Alex observó su diminuta pantalla táctil. El dispositivo tenía incorporados diferentes sistemas de posicionamiento global junto con un programa para recibir mensajes encriptados. La foto de Héctor Ramírez, mientras se subía a su avión privado, apareció en la pantalla. Había sido tomada hacía menos de cinco minutos. El objetivo venía en camino.

\*\*\*

Héctor Ramírez, de nacionalidad ecuatoriana, poseía una Green Card —la famosa tarjeta verde que les permitía a los emigrantes de todas partes del mundo obtener el añorado sueño americano—, o al menos intentarlo.

En el caso de Ramírez, la Green Card, tramitada por uno de los abogados más influyentes de Dallas, le brindaba la oportunidad de viajar a los EU y permanecer en territorio americano el tiempo que fuese necesario para supervisar su red de tráfico de armas. Los principales clientes de Ramírez eran las pandillas salvadoreñas.

En el imperio de Ramírez todo marchaba bien hasta que cometió su primer gran error dentro del mercado negro. Desviar un cargamento que iba destinado para la MS-13 y vendérselo a las guerrillas colombianas quienes, al no disponer del cash, se lo pagaron con kilos de cocaína de la mejor calidad. Cada kilo fue vendido en Europa con lo que cuadruplicó las ganancias. Ramírez entregó lo acordado a sus socios en Dallas, pero omitió el simple detalle de no contarles que las armas fueron vendidas tres veces por el valor del precio fijado.

\*\*\*

La primera vez los socios de Dallas se hicieron los de la vista gorda, le dieron la oportunidad de que Ramírez les contara sobre sus nuevos ingresos. La segunda vez le reclamaron su parte, Ramírez se negó, exponiendo que una vez que las armas pasaban la frontera de Guatemala, si él triplicaba las ganancias ese era su problema.

Por tercera vez el cargamento fue vendido a la FARC, fue entonces cuando los socios tomaron medidas. Ya no habría una cuarta vez, simplemente porque desde Dallas ya conocían los nombres de los contactos de Ramírez. Ahora solo necesitaban reemplazarlo y como Ramírez no se iba a salir a las buenas del negocio, ahí era donde entraba a jugar Alex Méndez.

## CAPÍTULO 4
## THE CUBAN DREAM
### (HOTEL PARAÍSO AZUL, CAYO SANTA MARÍA, CUBA)

*Y siempre lista la sala para aterrizar en pista,*

*que camarón que se duerme...*

*¡se lo comen los turistas!*

BUENA FE

Jimena abrió su bolso y comenzó a "luchar", una palabra muy diferente a "raspar".

*Luchar* era el término usado por todos los trabajadores de los Cayos —en pocas palabras, *luchar* significaba llevarse todo lo que se podía de las instalaciones turísticas para venderlo luego por la "izquierda" (el mercado negro cubano) —, esa rutina debía hacerla cada vez que entraba en una habitación de los Cayos.

Mientras que *raspar*; significaba rasparle cosas a los turistas... era un término muy preciso para usar técnicas elementales que se enfocaban en aplicarle el cargo de conciencia al turista. Hacerse amigo de los turistas y mientras las risas y los tragos iban fluyendo, salían las frases:

— ¡Cómo me gusta esa gorra! —el turista siempre sonría, entonces venía el *raspado* —, mi hermano siempre ha querido una gorra así, pero imagínate, eso aquí en Cuba cuesta una fortuna.

*Mi hermano, mi tío, mi primo...*, el pariente se inventaba según el momento. El turista, sorprendido, no podía creer que su gorra Nike pudiera cambiarle el día a la hermosa bailarina, o bailarín... así que al momento se la regalaba.

23

*Raspar* se aplicaba a todo lo que el turista te pudiera regalar.

—¡Madre mía, siempre he soñado con unas zapatillas así!

—Mi primo, enfermo terminal, posiblemente no termine el mes —siempre se podían aplicar algunas lágrimas—, él siempre quiso un reloj de pulsera, pero eso es imposible de conseguir…

—¿Tú crees que con este sol a mí no me quedarían bien esas gafas?

—¡Una camiseta del Real Madrid! No me tortures así… yo soy fan del Real Madrid —en ese momento recordar quien carajos jugaba en el Real Madrid; ¿Ronaldo o Messi?—, por favor, regálamela…

\*\*\*

Tomó los dos jabones que la camarera de habitación dejaba todos los días después de la limpieza. El pomo de champú, el de acondicionador, un rollo de papel sanitario (todos productos de consumo básico en cualquier centro turístico de la isla, pero que duplicaban su venta en las calles). Dentro de su bolso tenía varias bolsas de nailon preparadas para esa función, lo guardó todo y entró a la ducha.

*Caliente, bien caliente la necesito.*

Abrió el grifo y esperó que el agua estuviese bien caliente, como para desplumar a un pollo. Lo primero fue lavarse la boca, después el cabello. Una simple mirada sobre el lavamanos, en plan de *catalogar al cliente,* le demostró la importancia de quién era Gilberto, sobre todo el poder adquisitivo que este tenía.

¡Vaya con el viejo!

Gilberto viajaba con su propia colección de champú y acondicionadores. Todos de marca Pantene. Jimena comenzó a lavarse el cabello usando chorros desproporcionados de champú, a fin de cuentas, ella no lo pagaba. Después tomó una de las máquinas nuevas de afeitar, una Gillette —usando el pomo de crema para afeitar de la misma marca—, se echó una montaña de espuma en la palma de la mano. Seguidamente comenzó a afeitarse las piernas, las nalgas y la pelvis.

Para Jimena, usar los productos higiénicos de los turistas era algo normal, ella nunca podría malgastar el dinero comprándose una crema de afeitar, de hecho, muy pocos cubanos podían permitirse el lujo de tener un pomo de champú Pantene (uno de esos pomos vendidos solamente en la "tienda de marca" les podía costar el salario del mes), o sea, quienes podían costearse semejantes productos a precios astronómicos eran:

*1-Peces gordos del gobierno.*

*2-Los hijos de los peces gordos del gobierno.*

*3-Quienes tuvieran familiares (ricos) en el extranjero.*

*4-Negociantes (ricos) dentro de la isla.*

Fuera de esa constreñida lista... solo los turistas.

Algo tan simple para cualquier extranjero, como podía ser una crema de afeitar, era un lujo en la "isla más hermosa que ojos humanos hubieran visto".

***

Jimena se secó el cabello con una toalla; prefirió no usar el secador para no hacer ruido. Lo menos que quería era despertar a Gilberto. Una vez que se vistió, sentada sobre la tapa del inodoro con las piernas en forma de mariposa (su posición preferida para relajarse), abrió la laptop.

La flecha se deslizó por toda la pantalla buscando la página de Facebook, pero antes de intentar conectarse, un icono llamó su atención. Algo (un sexto sentido femenino, o lo que fuera, le advirtió que no abriera el archivo), y de haberle hecho caso a sus instintos, quizás la curiosidad no hubiera matado al gato. Dos click sobre el icono abrieron una página web… ya era demasiado tarde.

La página web tenía su propia protección (por lo visto, para acceder a ella debía hacerse a través de algún link secreto), pero la contraseña estaba guardada en el usuario. Cuando le dio otro click en el botón de *login*, comprendió que la página era administrada por Gilberto, quien la podía editar a su antojo. El viejo la mantenía abierta en su computadora y con la contraseña activada. Eso solo demostraba lo seguro que debía de sentirse dentro de aquellas instalaciones.

La página web se llamaba: The Cuban Dream; ¿El Sueño Cubano? De seguro no es para cubanos.

Jimena primero se echó hacia atrás, pero luego extendió su cuello hacia adelante como si quisiera meterse dentro de la pantalla, las imágenes que desfilaron ante sus ojos la conminaron a darle un nuevo título a la página web: The Cuban Nightmare… *La Pesadilla Cubana.*

\*\*\*

Se trataba de un catálogo para turistas. Un servicio que al igual que un buffet, traía todo incluido. Hospedaje en diferentes hoteles de la isla, autos, yates y "modelos", o más bien Escort Girls, así les llamaban.

Jimena abrió los ojos y se llevó la mano a la boca para contener el grito de rabia que comenzó a nacer en su garganta.

¿Pero qué cojones es esto?

Entre las "Escort Girls", pudo reconocer a bailarinas de otros Cayos. Compañeras suyas con las cuales había participado en cientos de danzas y montajes coreográficos para diferentes galas en los hoteles… de repente, se vio a sí misma en los anuncios. Aquello fue como un shock eléctrico que la dejó sin aire. Su corazón parecía a punto de estallarle en el pecho y solo podía apretarse la boca para no salir gritando del baño y formarle un escándalo a ese viejo hijo de puta que se acostaba con ella y de gratis... ¡sí, de gratis, no podía llamarlo de otra manera!

Su propia foto (prácticamente desnuda) le sonreía desde la pantalla. Recordó cuando le tomaron aquellas fotos. ¡Dios mío! ¿Cómo se pude ser tan ingenua en esta vida? No, ingenua no... tú no eres ingenua Jimena, lo que pasa es que estos maricones de mierda no te dieron opciones.

Jimena recordó perfectamente como ocurrió la escena. Un fotógrafo de la Habana (enviado desde el Centro de la Música), necesitaba modelos para una campaña promocional. *Bien claro y sin mucho rodeo, o te tirabas esas fotos o podías despedirte de los Cayos.* De entre todas las modelos que se presentaron ese día, varias serían seleccionadas para representar catálogos internacionales de promoción turística de la isla. A medida que las secciones de fotos iban avanzando, Jimena notó que el "fotógrafo" cada vez quería más desnudos y menos fondos de playas y piscinas, al final, las fotos parecían más adecuadas para una revista de la Playboy que para una promoción turística. Ahora todo tenía sentido, pero el choque con la realidad solo la hizo sentirse más impotente, saber que no le pagaron ni un centavo por aquellas fotos, sin embargo, ahora se veía a sí misma en una lista de todo incluido... ella incluida. Y nada menos que por $1200 CUC la noche... un paquete que contenía además hospedaje, auto y otros beneficios.

¡Ese maricón me las va a pagar! ¡Qué bonito, se está forrando los cojones con el sudor de mis nalgas!

Félix, el gerente del hotel, era quien la enviaba a las habitaciones de los turistas. Desde que ella tocaba a la puerta, el turista (o cliente) sabía perfectamente a lo que había venido. Ella les regalaba una noche de sexo, pasión y locura. A la mañana siguiente, o unas horas después (dependiendo de sus ensayos con la compañía de danza), lograba "rasparle" al cliente unos $100 dólares, algún perfume o ropa y su email; esto último era fundamental. Ya que después, cuando el gobierno lanzaba las dobles recargas telefónicas en el extranjero —$23 dólares de doble recarga a un teléfono cubano, representaba que el "amigo, amante, familiar" recibiría hasta $50 CUC en su celular, un dinero que solo se podía gastar en llamadas, no había manera de cobrarlo—, por eso la importancia de tener una lista de emails. Cuando ofrecían estas "dobles recargas", ella, al igual que miles de trabajadores del sector turístico de la isla, le escribía a sus "amistades", pidiéndoles algo sencillo, tan simple como esa recarga. Para nadie era un misterio, incluido el gobierno, que más del noventa por ciento de los celulares en Cuba se recargaban desde el extranjero, pues los cubanos de a pie apenas si podían acceder a unos minutos para mantener activas sus líneas.

*Félix Martínez, ese maricón hijo de puta va a saber lo que es una bailarina en tacones.*

Jimena cerró la pantalla, volvió a depositar la laptop en su rincón y se marchó de la habitación en puntillas. Antes recogió los $80 CUC que estaban junto a la lámpara de la mesita de noche, al lado del frasco de Viagra.

¡Viejo tacaño de mierda! No me podías haber pagado al menos unos cien.

## CAPÍTULO 5
## EL CONTRATO
(EN ALGÚN LUGAR DE LA SELVA SALVADOREÑA)

A sus 42 años, ya Alex Méndez se había ganado la reputación como el mejor asesino por contratos de toda Latinoamérica... y se lo ganó a pulso, o más bien, a puro plomo. Una de sus principales características era la de nunca, bajo ningún pretexto o cantidad de dinero, operar en un terreno que no conociera. Por eso no aceptaba contratos en Europa, ese era un requisito indispensable.

Experto políglota, hablaba inglés, francés, español y portugués, aunque una de sus mejores artimañas para mezclarse con los locales era la habilidad de copiar los acentos de las regiones.

Sus tarifas siempre rondaban un número de seis cifras, nunca menos. No aceptaba los contratos de manera simple. Su expediente de trabajo era bien conocido entre los cárteles, gobiernos y mafias, a pesar de que nunca nadie le había visto la cara. Para ello Alex contaba con Troy Jackson, un veterano de la CIA que junto a un buen grupo de hackers, se encargaba de gestionarle los contratos y cuidar de su identidad.

Por el contrato de Héctor Ramírez (y por llevarlo a cabo en menos de un mes), Alex pidió $900,000 dólares, pero sus clientes se negaron, y le ofrecieron apenas $400,000; al final, quedaron en $700,000 con la condición de que finalizara el trabajo en una semana contando desde el momento en que se hiciera el primer depósito.

En cuanto Alex se hubo infiltrado en la selva, montó su campamento y comenzó la vigilancia de la mansión, Jackson les informó a los clientes que ya podían hacer la transacción. Estos hicieron un depósito directo de $350 mil dólares a una de sus cuentas en Islas Caimán, que también eran controladas por Jackson. En cuanto el dinero estuvo disponible, el equipo de hackers comenzó a distribuirlo por una veintena de cuentas que iban desde Suiza hasta Panamá. Esa era la primera parte del contrato, en cuanto el trabajo estuviese finalizado, el resto del dinero se depositaría de igual manera.

Gastos en armas, sobornos y transporte corrían del propio bolsillo de Alex, por eso él siempre subía sus honorarios. Nadie discutía o sugería prestarle sus contactos. Tanto Alex como sus clientes querían estar lo más lejos posibles los unos de los otros.

***

Desde su nido y usando el micrófono direccional, Alex escuchó las órdenes de los guardias. Estos corrieron a sus posiciones y formaron un perímetro defensivo. Tres Range Rover subieron por el camino que conducía a la mansión. La monumental puerta se abrió y los autos desaparecieron en el interior.

*Héctor Ramírez, acabas de llegar... ahora solo es cuestión de tiempo.*

Alex ya había previsto la imposibilidad de efectuar un disparo desde esa distancia. Así que cargar por toda la selva con un pesado rifle de francotirador hubiese sido una pérdida de tiempo y un desgaste en vano. Para comenzar, Héctor viajaba en uno de esos tres autos blindados, iba con su propia escolta, nada que ver con los holgazanes que custodiaban su casa. Los autos entraron a la mansión y cerraron la puerta sin que Alex tuviese chance de observar con más detenimiento.

Todos esos elementos combinados le dejaban una sola opción: tendría que entrar para finalizar el trabajo. Cuando llegara la noche iba a comenzar su cacería.

***

El camión se detuvo, tres guardias pusieron una tabla a modo de rampa para que cuatro mujeres se bajaran. Las chicas, a juzgar por su aspecto, no debían pasar de los quince años; fueron registradas metódicamente (los guardias se tomaron su tiempo para tocarle las nalgas y las tetas), luego el jefe de los escoltas dio el visto bueno. Las prostitutas fueron llevadas el interior de la mansión.

Alex ajustó el micrófono... entonces sucedió.

*Mierda... ¿de dónde saliste?*

La falta de sueño y la deshidratación lo habían hecho bajar la guardia. A menos de cinco metros dos guardaespaldas se acercaron a su nido. Uno de ellos sacó un cigarrillo, el otro se mantuvo caminado directo hacia él.

*Esto lo cambia todo.*

Su traje lo hacía invisible, pero un simple movimiento, el más breve sonido que dejara escapar pondría en alerta a los dos mercenarios. Suavemente, conteniendo su propia respiración, alargó la mano y desenvainó su cuchillo táctico. El guardia llegó hasta su lado. Un paso más y le pisaría la espalda. Alex acomodó el cuchillo. *Tiempo de abortar, será en otra ocasión.*

El ataque iba a ser tan rápido que el guardia nunca lo vería venir. Primero le pincharía el cuello, justo en la carótida, como había hecho cientos de veces, el guardia se llevaría las manos al cuello para contener el inevitable chorro de sangre. Antes de que callera al piso, su compañero sería eliminado con dos disparos en la cabeza, todo terminaría en menos de dos segundos. El silenciador no alertaría al resto de los guardaespaldas, pero ese iba a ser el fin de la misión.

El guardia dio un paso más, Alex dobló el cuchillo en su mano, tomó aire y flexionó las piernas para saltarle encima... Fue entonces cuando recibió el chorro caliente de orine en su cara. Escenas como esa las había visto en cientos de películas, pero nunca imaginó que lo viviría en persona; contuvo la risa ya que el más leve sonido le podía costar la vida, pero no dejó de maldecir su mala suerte.

Esperó a que terminara, se subiera la bragueta y le diera la espalda. Alex contó otros diez segundos. Los guardias empezaron a alejarse sin tener la más mínima idea de cuan cerca estuvieron de formar parte de la selva para siempre.

## CAPÍTULO 6
## LO QUE NADIE CUENTA
### (HOTEL PARAÍSO AZUL, CAYO SANTA MARÍA, CUBA)

*Aquí estoy una vez más, en la esquina de este barrio.*
*Con el sudor, el sexo y el tráfico de habanos.*
*Entre la calle y el ron, se vive un poco agitado...*
HABANA BLUES

Jimena salió de la habitación escudriñando hacia el final del pasillo... allí estaba. Un gigante repleto de músculos, Gilberto siempre andaba acompañado por uno o dos de esos titanes. Debían de ser sus escoltas o algo por el estilo, al principio eso la intimidó, pero después de pasar varias noches con él, comprendió que sus "guardaespaldas" o lo que fuesen aquellos gigantes, estaban allí más bien para brindar algún tipo de protección interna dentro del hotel. De cualquier manera, no le gustaba ni aproximarse a ellos.

Giró sobre sus tacones y se fue en la dirección contraria.

Vio salir de una de las habitaciones a Yamila, la camarera de piso (una amiga del barrio que ella recomendó a uno de los contratistas); Yamila solo la miró y le guiñó un ojo. Ambas fueron hasta uno de los cuarticos de limpieza que no quedaba bajo el ángulo de las cámaras de seguridad.

—¿Qué tal la noche? —le preguntó Yamila. En realidad, era pura retórica, ya que ninguna de las dos quería saber ni dar detalles de lo que ocurría dentro de las habitaciones.

—Lo mismo con lo mismo, ¡abre la caja!

Yamila abrió una enorme caja que tenía preparada sobre una montaña con pomos de detergente y aromatizantes. Jimena dejó caer el pomo de champú, el de acondicionar y el rollo de papel sanitario. De a poco iban llenando cajas

33

como esa. Aunque ese negocio era propiamente de Yamila, ella la ayudaba a sacar esa mercancía de los Cayos, pues a los bailarines los cacheaban menos los oficiales del peaje. Después ella le cobraba un porciento de las ventas.

—Cuídate —le dijo Yamila—, ya vendí lo de hace unos días, así que esta noche paso por tu casa.

—Se lo dejas a mi mamá si yo no estoy.

Jimena se dirigió hacia uno de los comedores, donde René, uno de los cocineros principales, le guardaba siempre un desayuno. Mientras tanto, Yamila continuó con la limpieza de las habitaciones.

***

Apenas podía tragarse la comida. Las manos le temblaban y el corazón parecía un solo de batería, al punto que casi podía escucharlo. Nunca había tenido un ataque de nervios tan severo. Tampoco se había visto antes en una situación así. Miró el plato que tenía delante: tres lascas de tocino, un revoltillo relleno con queso y jamón y un vaso de jugo de naranja.

Estaba sentada donde el buffet del hotel, en una mesa separada de todos los turistas, ya que bailarines y clientes no podían estar en una misma "sala" sin la autorización debida. El desayuno que tenía delante era algo que los cubanos de a pie jamás habían visto. Tuvo que insuflarse ánimos. ¿De qué te estás quejando mujer?

La decisión que iba a tomar podía cambiarle la vida, lo sabía y quizás por eso es que tenía ese nudo en la garganta.

Desde los diecinueve años Jimena comenzó a trabajar en los Cayos…, no era estúpida, sabía perfectamente que ese trabajo le había cambiado el estatus social a su familia, debía estar contenta por ello, pero cada día, cada hora, cada vez que tenía que acostarse con un cliente, un turista de piel lechosa y ojos lagañosos, era una tortura que no estaba dispuesta a seguir soportando.

Por otro lado, tampoco podía plantarse y decir; *no lo haré más... no puedo con esto, búscate a otra.*

De atreverse, al día siguiente estaría despedida, y sin dudas en la calle sobraban bailarinas que fantaseaban con ocupar su puesto. La única salida de aquel círculo que le estaba robando los mejores años de su vida era un viaje al extranjero, lo mismo le servía China, Turquía, Jamaica, México... Marte, Júpiter, Plutón, lo que fuera con tal de salir de Cuba. Esa era la meta de todos los bailarines de los Cayos..., una gira al extranjero.

Pero para conseguirlo necesitaba un contrato de trabajo (contrato que se gestionaba en el Centro de la Música), para ello, lo más importante era la recomendación del gerente del hotel, en ese caso el hijo de puta de Félix.

*Pero está vez tengo algo para ponerte contra la pared.*

Era en extremo riesgoso lo que pensaba hacer. Pero sin riesgos nunca iba a llegar a ninguna parte. Ya tenía veintidós años, la vida útil de una bailarina era limitada y ella mejor que nadie lo sabía. Los graduados de la EPA (Escuela Profesional de Arte), de la ENA (Escuela Nacional de Arte), y los desertores de la EIA (Escuela de Instructores de Arte), se alistaban todos los años para pelear por una posición.

Todos formaban la enorme cantera que alimentaba los centros turísticos de la isla. Mujeres y hombres con unas condiciones físicas que de momento ella podía competir y superar... ¿pero por cuánto tiempo más?

Salió de sus reflexiones al escuchar la voz de Félix cuando entró al salón. Este saludó a casi todos los turistas y a varios cocineros. Félix era el gerente típico, un político con un máster en lameculos. La vio al final de las mesas y se acercó hasta ella, ni por un instante perdió su sonrisa zalamera.

—Buenos días, bonita —Félix se encorvó y le dio un beso

en la cara, olía a perfume extranjero… y caro, muy caro—.
¿Qué tal Gilberto? Me llamó hace un rato, dice que te fuiste
sin despedirte.

—Estaba apurada —el corazón se le iba a salir por la boca
y no podía coordinar bien las palabras—, tengo ensayo
dentro de un rato, sabes perfectamente cómo se pone el
coreógrafo cuando trabaja doble.

Félix sabía perfectamente que aquello no era una
indirecta, más bien una directa al pecho y sin rodeos. Jimena,
graduada de la EPA, era la mejor bailarina y coreógrafa
posiblemente de todos los Cayos, tristemente, le pagaban
solo por bailarina, a pesar de que tenía que montarle las
coreografías al Director Artístico del hotel. Un viejo con
demasiadas conexiones en las altas esferas.

*La única manera de poder escaparme de este círculo vicioso es
con el maldito viaje al extranjero.*

En más de diez ocasiones se había reunido en la oficina
del gerente, le había expuesto todos sus problemas, le había
pedido…, no, más bien rogado que le aprobara un viaje. La
respuesta de Félix siempre era la misma:

—Créeme que estoy trabajando en eso, eres la primera
de la lista —solía mirar el reloj para demostrarle que era
un hombre muy ocupado y que no tenía tiempo para las
quejas de una bailarina—. Te prometo que al primer viaje
que se presente vas a inaugurar el avión.

Pero el viaje nunca llegaba, los clientes sí.

***

*Es ahora o nunca.*

—Necesito tener una conversación contigo.

—Cuando tú quieras, pero vamos a dejarlo para la
semana que viene, porque ahora estoy súper…

—Félix, necesito conversar contigo. —El gerente se
le quedó mirando, Jimena supo que estaba valorando la

seriedad de sus palabras, iba a decir algo más, pero ella se apresuró a interrumpirlo —. ¡No sigas comiendo mierda conmigo! Esta vez te pasaste.

Félix comprendió de inmediato que "esta vez", no se trataba de una simple perreta para que le diera su añorado viaje al extranjero. Tragó en seco al advertir el odio que destilaban los ojos de Jimena. No le quedó más remedio que dejar a un lado sus modales suaves y conservadores… cambió su tono de voz para que entendiera que ella no podía hablarle de esa manera.

—Pasa por mi oficina mañana en la tarde, a eso de las dos.

Jimena se levantó de la mesa sin probar el desayuno, le dio la espalda sin despedirse y se fue hacia los camerinos.

*ADRIÁN HENRÍQUEZ*

# CAPÍTULO 7
## ÚLTIMOS DETALLES
### (EN ALGÚN LUGAR DE LA SELVA SALVADOREÑA)

Alex se retiró a su escondite para hacer un último repaso. El manto de la noche comenzó a cubrir cada rincón de la selva, ahora cada segundo contaba. La jungla despertó a medida que las sombras lo cubrían todo con prudencia. Los gritos de los animales nocturnos —a los cuales ya se había acondicionado, cambiaron de repente—, dándole paso a nuevos sonidos. Los depredadores (al igual que él), comenzaron a salir de sus madrigueras.

Para la misión Alex escogió un pesado Kevlar, guantes especiales, rodilleras, coderas y hombreras. Dos cuchillos tácticos y tres pistolas. Dos Beretta 92FS (cada una con un silenciador previamente engrasado), y una pequeña Walther PPK 9mm, que se ajustó a un tobillo. De todo su arsenal, solo tenía dos elementos claves, una pistola con silenciador y un lente de visión nocturna.

\*\*\*

Durante años el ejército americano había entrenado a sus comandos basándose en misiones previas. Analizando cuáles fueron sus errores, qué debieron cambiar, quitar, modernizar o descontinuar. El objetivo de estos ejercicios era evitar que se repitieran los mismos errores. Por eso, durante largas horas de entrenamiento, Alex y sus colegas repasaron los acontecimientos ocurridos en Somalia en 1993. En los anales de las misiones especiales, la operación Mogadishu era considerada la más terrible de todas.

Durante aquella operación, diecinueve soldados americanos resultaron muertos. A pesar de que las bajas causadas a los guerrilleros somalíes no se tenían del todo confirmadas, las estadísticas indicaban que ese día el ejército americano mientras intentaba abrirse paso para salir del caos en que se convirtió la misión, les causó de entre 300 a 500 bajas. Aun así, la operación fue considerada un desastre desde el mismo inicio. Con el pasar de los años, todos los miembros de operaciones especiales que estuvieron involucrados llegaron a coincidir en un solo punto: la misión tuvo que haberse llevado a cabo durante la noche.

La experiencia adquirida, he inculcada luego a cada miembro de las fuerzas especiales estadounidenses, fue la de "NUNCA" operar durante el día, a menos que no quedara más remedio bajo ciertas circunstancias.

***

Alex revisó el cargador una vez más, introdujo una bala en la recamara y esperó que el manto de la noche lo cubriera todo completamente. Mientras esperaba, pensó en su plan B, C y D. Esta era una parte significativa de su estrategia principal, nunca entrar en un lugar si no tenía al menos cuatro vías de escape.

## CAPÍTULO 8
## SACRIFICIOS
(SANTA CLARA, CUBA)

Carmen solo necesitó mirar a su hija por unos segundos, mientras estaba sentada sobre la meseta de la cocina, para comprender que atravesaba por algún problema. Alguna decisión muy grande se estaba horneando en aquella cabecita, la conocía demasiado bien, y como siempre, la impotencia de no poder hacer nada la conminó a mantenerse callada.

Jimena estaba descalza, los ojos en un punto fijo y algo exorbitado; con la planta de los pies tenía atrapado el mortero de aluminio. Las rodillas tocaban los azulejos formando una perfecta mariposa en línea con sus fibrosos muslos. La espalda erguida, los hombros levantados, sus movimientos eran enérgicos y artísticos... Incluso para ojos no entrenados, era fácil deducir que aquel cuerpo elástico pertenecía a una bailarina profesional.

La joven, que había detenido por un momento el ritmo acompasado de sus manos, volvió a blandir el machacador y continuó con su faena de pelar ajos (ajena por completo al escrutinio de su madre), les iba quitando la cascara y dejaba caer los dientes dentro del mortero. Todo esto lo hacía de manera mecánica, pues su mente vagaba en otro lado.

Carmen se giró para mirar fijamente a su hija durante un minuto, que le pareció demasiado largo. Conocía perfectamente aquella expresión, lo que significaba; Jimena estaba por tomar una de esas decisiones que le cambiaría la vida. Impotente como madre, al no poder nunca formar parte de los miedos y dudas de su hija, Carmen simplemente sintió que el agujero que tenía en su pecho se le hacía más profundo.

*Los padres deberían cuidar a los hijos, no al revés.*

Jimena solo tenía veintidós años, pero desde los diecinueve se hizo cargo de la casa. ¿Cómo traía tanto dinero los fines de semana desde los Cayos…? no se atrevía a indagar. Ella no era ciega, pero hay ciertas cosas que a veces es mejor hacerse de la vista gorda, por el bien de todos, en especial por el de su hija.

Carmen siguió la mirada de Jimena. En ese momento observaba a su padre.

Fernando, sentado en su moderna silla de ruedas con su sistema de mandos eléctricos y poleas automatizadas, permanecía enfrascado en una batalla campal de ajedrez contra su mejor amigo y vecino, el inseparable viejo Aurelio. Ambos llevaban más de dos horas en la misma partida. De repente, Fernando levantó la mirada del tablero al sentir el peso de los ojos de Jimena. Usando el único brazo que podía mover, y del mismo, solo tres dedos, tocó el mando de la silla. El modernísimo sistema de sensores y circuitos puso en movimiento los engranajes de la silla. Las ruedas giraron y Fernando quedó de frente a su hija.

—Jime, mi niña, tráenos un poquito de café.

Jimena le sonrió. Con la gracia de una gacela cayó junto al borde de la meseta de un solo movimiento, justo al lado del refrigerador donde estaba el termo de café (un termo que le "raspó" a una delegación de turistas alemanes y que mantenía el café caliente por horas). Llenó dos tazas de porcelana y las puso encima de una bandeja.

—Jimenita —el viejo Aurelio, eterno rival de su papá ya fuera a las cartas, ajedrez o dominó, se apresuró a concluir el pedido que su padre no se atrevió a hacerle—. ¿Tú crees que nos lo puedas bautizar?

Jimena se puso las manos en la cintura y miró con desaprobación a su padre, este prefirió esquivarle la mirada.

—Mami —Jimena se giró en busca del apoyo de su madre—, viste lo que quiere papi. ¡Tú bien sabes lo que dijo el doctor!

Carmen se encogió de hombros y acercando el dedo pulgar y el índice le indicó que les echara un poquito. Miró a su esposo y le guiñó un ojo. Jimena sonrió sin mirar a su papá, a ella le encantaba ver a sus padres jugando a conspirar contra ella.

—Échales un traguito, hierba mala nunca muere — Aurelio levantó sus manos enseñando sus bíceps—. Ahí como tú los ves, cuando esos dos viejos cogen una borrachera, si no los vigilo bien se toman hasta la permetrina y no les pasa nada.

Jimena fue hasta el aparador para sacar una botella de Habana Club Añejo 3 Años. Por el espejo de la vitrina, vio cómo su papá le indicaba a Aurelio que insistiera en la otra gaveta. El viejo volvió a la carga.

—Bueno, Jimenita, si ya nos vas a dar el veneno, que sea uno de calidad.

Jimena giró sobre sus talones conteniendo una risa ante la expresión de su padre. Fue hasta la otra gaveta y sacó una botella de adentro de un estuche, color ámbar. Se trataba de un Habana Club Máximo Extra Añejo.

—¡Coño tigre! —exclamó Aurelio, sin creer lo que estaba mirando—. ¡Yo no voy ni a preguntar!

*Sí, mejor ni preguntes,* pensó Carmen.

Jimena no solo les sirvió un trago en el café, sino que en unas pequeñas copas les sirvió una buena porción de aquel líquido ámbar. Solo ella sabía lo que tuvo que hacer para adquirir esa botella. Acostarse con quien administraba los alimentos y bebidas del hotel siempre tenía sus ventajas. Ella hubiese preferido un Chivas Regal para poderla revender en la calle, porque esa botella que tenía en sus manos, el Habana Club Máximo Extra Añejo, era fabricado en Cuba, pero solo era conocido por un cinco por ciento de la población cubana. La botella, en el mercado mundial, tenía un valor de $1,235 euros.

Jimena depositó la bandeja con el café y los tragos en una mesita especial que tenía instalada la silla de su papá. Fernando dio marcha atrás y emprendió la retirada a toda velocidad antes de que la regañona de su hija cambiara de idea. Aurelio estaba a la espera y se pasaba la lengua por los labios, luego levantó los brazos en señal de victoria cuando logró poner sus manos en una de las copas.

Mientras Fernando se alejaba, Carmen no pudo apartar los ojos de las ruedas de la silla. Una vez más, un nudo se formó en su garganta al recordar cómo llegó esa silla a la casa.

***

Carmen jamás podría olvidar aquella tarde.

Para ellos, como padres, fue un tremendo choque con la realidad que llevaban más de un año intentando ignorar.

Desde el accidente de Fernando la vida les había cambiado de la noche a la mañana. Para Carmen, una de las chefs más famosas en Santa Clara, con varios restaurantes (o paladares, como todos los llaman) que se disputaban por tenerla en su nómina, fue terrible tener que dejar sus metas para dedicarse por entero al cuidado de su marido. Por su parte, Fernando, quien era director de un comedor escolar, perder más de un ochenta por ciento de la movilidad de su cuerpo, verse paralítico en una silla, fue lo peor de todo. Se sumió en una crisis depresiva de la cual emergió solo gracias a las largas conversaciones con su esposa. Aceptar la nueva realidad fue muy duro. Por aquellos días Jimena estaba terminando la escuela.

Y entonces todos los problemas vinieron juntos.

La crisis económica en la que se sumieron los obligó a vivir prácticamente de la caridad de sus vecinos. Quienes muchas veces tenían que dejar de comer para regalarles unas libras de arroz o de frijoles. Con muy buena suerte, tres huevos para una comida. Huevos que Carmen tenía que transformar en almuerzos y comidas. Un huevo lo hacía tortilla y lo rellenaba de arroz para que rindiera tres porciones. Aquel fue simplemente uno de los millones de trucos que tuvo que hacer.

Pero ˙todas aquellas penurias empezaron a menguar desde que Jimena comenzó a trabajar en los Cayos.

*** 

Esa tarde estaban en el portal de la casa cuando un camión que reparte envíos del extranjero se detuvo ante sus narices (familiares del "yuma" enviaban desde todas partes del mundo equipos electrodomésticos y alimentos al resto de su familia en Cuba. Los peces gordos del gobierno cubano, viendo un negocio en todo, comprendieron que llevar hasta la puerta de la casa un servicio a domicilio les generaría ganancias millonarias). El único problema era que ni Carmen ni Fernando tenían familiares en el extranjero. *Entonces, ¿qué carajo hace ese camión frente a mi casa?*, pensó Carmen. *Tiene que haber un error.*

Pero no lo había. Los repartidores abrieron las puertas del camión, bajaron una enorme caja y le enseñaron la lista a Carmen. Esta firmó sin comprender lo que estaba pasando. Y por supuesto, para ese entonces ya una pequeña multitud de vecinos y "chismosos" del barrio, se habían reunido junto al camión para ver quién era el afortunado.

Carmen firmó el comprobante de recibo y uno de los choferes acompañado de un técnico, abrió la caja. Instalar la silla solo les tomó unos minutos (aunque para Carmen fueron horas), no podía mirarle la cara a Fernando, que estaba colorado y rígido como si fuera a sufrir un infarto. Es que, de hecho, la presión debió de subirle hasta los límites de solo mirar a los vecinos y escuchar sus cotilleos. Toda la escena se desarrolló a tal ritmo, que ni Carmen ni Fernando tuvieron tiempo para asimilar lo ocurrido.

El camión se marchó y las emociones se calmaron. En cuanto estuvieron solos, Fernando miró a Carmen y le dijo:

—¡No quiero ver esa silla ni en pintura!

\*\*\*

Esa noche, cuando Jimena llegó de los Cayos, corrió por la puerta y se guindó del cuello de Fernando. Lo colmó de besos y comenzó a preguntarle si le había gustado la silla.

—¿Dime que ya la probaste? ¿Te gustó?

—Está… está preciosa —Fernando miró a su esposa y por su mirada supo que lo mejor era callarse la boca. Tragó en seco y sonrió, lo menos que quería era darle una mala respuesta a su hija—. Una tecnología de punta. Debe de ser alemana. Los alemanes son buenos en la electrónica.

—¿Y qué estás esperando para probarla?

—Mañana… mañana con la luz del día la probamos. — Jimena asintió, comprendía que algo no iba bien, su papá estaba demasiado serio y a duras penas alcanzaba a sonreír. Fernando supo que no podría continuar con aquella farsa por mucho más tiempo. Necesitaba preguntar lo que hacía tanto rato le estaba devorando las entrañas—. Jime… ¿cómo es que conseguiste esa silla?

—Oh, un amigo canadiense —Jimena les contó una historia de un canadiense, doctor, que vino con su familia de visita y se hicieron amigos. Ella le habló de la situación de su padre y el doctor le dijo que la podría ayudar. La historia tenía tantos agujeros y mentiras que hasta un niño podría detectar las cosas que no coincidían—. Pero al final no me dijiste, ¿te gustó el color?

—Está preciosa. Un asiento de cuero, muy cómodos, con espuma de memoria, de esa que se acomoda al cuerpo.

Jimena sonrió y volvió a besarlo.

\*\*\*

Carmen miró como Jimena le servía un trago a ella también.

—No Jime, a mí no me gusta…

—Mami, date un trago para que espantes a los muertos —Jimena le tendió una copa y llenó una para ella también—; salud.

El cristal de las copas tintineó.

Mirando a su hija, Carmen volvió a recordar aquella noche.

En la oscuridad de la habitación, hablando entre susurros para que Jimena no escuchara ni una palabra, Fernando, con su única mano, tocó el rostro de su esposa.

—No pienso tocar esa silla. ¡Dios mío, me muero de la vergüenza! ¿Te imaginas lo que dirán los vecinos? ¿Cómo tú crees que consiguió…?

Carmen no lo dejó terminar. También, entre susurros, pero con la furia de una tormenta que comienza a formarse, le cogió el rostro con ambas manos y le besó los labios para que se callara. Fernando no veía los ojos de su esposa, pero la conocía demasiado bien como para saber que un huracán de emociones, categoría cinco, estaba revolcándole las entrañas. Por fin la tormenta estalló:

—¡Escúchame bien, Fernando Antonio! —cuando su esposa se ponía así, lo mejor era callar y escuchar—. Tú no tienes idea ni yo tampoco de lo que Jimena haya tenido que hacer para conseguir esa silla. O para traer comida a esta casa. O para mantenernos… ¡Porque sí! Jimena es la que mantiene esta casa, ¿cómo? A veces es mejor no preguntar.

—¿Tú piensas que no me he dado cuenta? ¡Cojones, si a veces me dan ganas de cortarme las venas y quitarles esta carga en la que me he convertido! —Fernando supo al instante que habló demasiado, no podía ver a su esposa en la oscuridad, pero si escuchaba perfectamente su respiración, acababa de entrar al ojo del huracán… una calma momentánea llenó el silencio de la habitación—. Es que quiero explotar de solo pensar en cómo tocan a mi niña… lo que esos turistas de mierda le deben…

Carmen no estalló como el tornado que Fernando estaba esperando. Su esposa le habló con una resignación en su voz que lo obligó a escoger cuidadosamente sus siguientes palabras.

—Jime no nos pide nada a cambio. Se mata trabajando y haciendo, (escúchame bien), haciendo lo que tenga que hacer para mantenernos unidos. Conozco mejor a mi hija que ella misma. —Carmen hizo una pausa para acariciarle el cabello a su esposo—. ¿Sabes que es lo único que le preocupa?

—Que le hagamos un reproche —le respondió Fernando. Su voz la sintió lejana, cansada y resignada.

—Así mismo Fernando, que le hagamos un reproche, una crítica… la hemos educado bien, hay cosas que no podemos controlar, este gobierno de mierda, este país, lo que sea, nos obliga a seguir adelante. Por ella, tenemos que estar ahí por ella. Un simple reproche que le hagamos… Fernando, ¡Jimena se nos muere de vergüenza! —Carmen se acomodó en la cama y atrajo la cabeza de su esposo contra su pecho, entre susurros continuó hablándole—. Vamos a quitarnos la venda de los ojos… sí, los comentarios llueven en el barrio sobre lo que la hija de Carmen y Fernando hace en los Cayos para traer tantas cosas. De nosotros depende que se metan la lengua en el culo y dejarles claro que estamos muy orgullosos de ella. —Carmen habló entonces con toda la furia reprimida en un susurro apenas—. De ti depende montarte en esa silla de mierda y callarles la boca a todos los chismosos de la cuadra. Depende solo de nosotros, Fernando, ¡solo de nosotros!, demostrarle a nuestra niña que estamos muy orgullosos de ella.

Carmen hizo una pausa para tomar aire y besar a su esposo; de inmediato sintió en su rostro el sabor amargo de las lágrimas.

***

A la mañana siguiente Jimena se despertó con la gritería y los chiflidos de los muchachos del barrio. Al salir al portal se encontró con una multitud de caras alegres, de sonrisas, de elogios… todos le daban palmadas en el hombro a su papá.

Fernando, en el medio de la calle y rodeado por toda la multitud era el centro de las risas y aclamaciones. Con cada giro que le deba a la modernísima silla una ola de aplausos surgía de todos los presentes. Jimena sintió que algo le iba a estallar de alegría en el pecho. Su mamá estaba en la cocina preparándole el desayuno, fue hasta la puerta de la sala, le dio un beso, una nalgada, y le dijo que se fuera con su padre a "mataperrear" por el barrio.

Jimena se pasó toda la mañana de casa en casa, visitando a todos los vecinos de la cuadra junto con su padre y una pequeña multitud que los seguía a todas partes observando asombrados la silla de rueda con mando y esteras. Aquello era algo novedoso en la cuadra. Fernando no dejaba de asentir, aceptar las palmadas al hombro y dar las gracias a cada persona que se le acercaba para felicitarlo.

Saliendo de la casa de Aurelio, su eterno rival, se toparon con Tamara, la presidenta del CDR. Una comunista de la vieja generación que le encantaba gritar: ¡Viva la Revolución!, en cuanto acto y tribuna abierta la invitaban… también le encantaba recibir regalos de los gusanos, esos a los que un día les tiró huevos cuando se fueron de Cuba. Ahora, regresaban convertidos en mariposas y nadie se acordaba de aquellos años fatídicos… mucho menos ella.

—Fernando, pero ¡qué maravilla de tecnología! Eso

parece una nave espacial ¿Cómo conseguiste esa súper silla? —la multitud se calló, la mala intención en la pregunta no escapó a ninguno de los presentes. De repente Fernando lanzó una carcajada y le guiñó un ojo a su hija.

—¿Pues cómo tú crees, Tamara…? ¿No lo sabías?, me la mandaron directo del PCC por mi destacada lucha en la batalla de Palo Cagado, en las lomas del Chicharrón. Un combate junto a la generación del centenario contra los "tira huevos capitalistas". ¿O esos fueron los comunistas?

La carcajada estalló en la multitud, a Tamara se le pusieron las mejillas al rojo vivo. Tomó aire para decir algo, pero Fernando se le adelantó.

—La silla me la mandó un amigo de Jimena de Canadá.

Por la mirada que Fernando lanzó a todos los presentes, nadie (incluyendo a Tamara) se atrevió a decir una palabra más.

—¡Pues que vivan las relaciones con el pueblo hermano canadiense! —gritó Aurelio, su inseparable amigo a prueba de balas y siempre con mente rápida para apoyar a Fernando. Los presentes respondiendo con risas y aplausos—. Esta maravilla tecnológica capitalista-imperialista lo que se merece es un brindis. ¡Y ojo, Fernando! Esa silla es de Canadá. Para allá arriba hay un frío de los cojones, cae nieve, las calles se congelan y toda esa mierda. Tú cuidado no aprietes un dedo y a esa cosa le salgan esquíes y un propulsor.

Más risas y aplausos llegaron de cada rincón de la cuadra. Las ocurrencias de Aurelio le hacían el día bueno a cualquiera.

Esa misma noche, entre los susurros de las sábanas, Carmen volvió a limpiarle las lágrimas a su esposo.

*\*\*\**

Carmen despejó aquellos pensamientos. Disfrutó de

su hija mientras se daba unos traguitos del famoso ron, y supo por su mirada que su niña estaba asustada, que muy pronto iba a tomar una decisión muy determinante.

—Jime —ella la miró solo por unos segundos, no podía sostenerle la mirada—. Tú sabes que puedes contar conmigo para lo que sea. ¡Lo que sea, mi niña!

—Yo sé mami, yo lo sé...

Jimena le dio un beso en la frente y se fue hacia su cuarto. Carmen bajó el trago de ron de un solo buche. Su niña ya era toda una mujer y quería resolver los problemas por sí misma.

*ADRIÁN HENRÍQUEZ*

## CAPÍTULO 9
## LA ESTAFA PERFECTA
### (HOTEL PARAÍSO AZUL, CAYO SANTA MARÍA, CUBA)

Si, si, si... *Solo voy a preguntar hasta cuándo. Oh, hasta cuándo.*
*No aguanto una mentira más...*

LOS ALDEANOS

¡De esta me da un infarto!

Entró a la oficina del gerente del hotel. Cerró suavemente la puerta y sintió como los pelos de los brazos se le erizaban por el cambio de temperatura. El aire acondicionado de la oficina estaba a tope, como si se tratara de una sala de esterilización a prueba de virus. Félix la reparó con lentitud y se aclaró la garganta con un gesto que más bien quería decir: *prepárate, que voy para ti.*

Jimena pudo sentir a la perfección que su cuerpo se estremecía con los latidos de su corazón, era como si un tambor estuviera bombeando sangre por sus venas; el temblor en las manos y las piernas era tan evidente que en el rostro del gerente apareció una sonrisa de superioridad.

—Creo que te pasaste ayer en el buffet —Félix rompió el incómodo silencio—, yo no le permito a nadie, y mucho menos a una bailarina que...

—¡Eres la plasta de mierda más grande que tiene este hotel! —las palabras se le salieron de la boca sin poder contenerse. Una vez que las dijo, supo que ya no podría parar. Félix dio un paso hacia atrás como si acabara de recibir un puñetazo. La expresión de su rostro lo decía todo, no se esperaba aquello, de hecho, estaba en shock. Jimena conocía perfectamente a los hombres como él, tipos a los que nadie nunca les llevaba la contraria—. ¿Cuántas

53

veces te he pedido que me des un viaje, que me apruebes el maldito permiso?

—¿De qué cojones tú estás hablando? Crees que puedes venir a mi oficina y hablarme de esa manera. Acaso no has pensado…

—¡Eres el hijo de puta más grande que he conocido! —le gritó Jimena.

—¡Escúchame bien! —la voz de Félix no se alteró, pero sí le estaba dejando claro que acababa de cruzar una línea de la que no habría vuelta atrás—. Yo no te permito que…

—No me has dado el permiso porque no te conviene quedarte sin bailarinas para tu "Cuban Dream". —Félix se calló al instante, una vez más Jimena pudo leer el miedo y la confusión en su rostro—. ¿Cuánto te ganas cada vez que me mandas para una habitación?

Félix no respondió. Se limitó a pasarse las manos por el cabello, repitió el movimiento unas cinco veces.

—Jimena, hay cosas de las que no tienes idea, no sabes lo que significan —*no piensa negarlo, así que móntate ahora en la bicicleta, aprieta el culo y dale a los pedales, porque de aquí sales con un permiso para un viaje, o despedida de los Cayos* —. Ese negocio es…

—¡Félix, no me jodas! ¿Tú crees que nadie sabe lo que los bailarines tienen que hacerte para ganarse un permiso de viaje?

Por un permiso que le garantizara un contrato de trabajo con el Centro de la Música, cada bailarina debía pagarle $300 CUC, esa era una tarifa que nadie podía saltarse. Si se trataba de un bailarín… *pues tiene que dejarse romper el culo por ti, ¡bugarrón de mierda!*

—No te voy a pedir que me pagues todo el dinero que te has embolsado con el sudor de mis nalgas. Solo dame un permiso de viaje y daré por olvidada esta conversación.

Félix se llevó las manos al rostro y asintió, aunque no como ella hubiera querido. El gerente tomó la decisión de probar fuerzas. Le habló con una voz suave y pastosa, cargada de odio y desprecio.

—Y si no te doy el permiso, ¿qué cojones vas a hacer?

*Ahora si estás metida en la mierda hasta el cuello.*

Llevaba casi veinticuatro horas ensayando su posible respuesta —llegado el caso—, pero el temor de decirla nunca desapareció, y a pesar de todo, cuando habló finalmente las palabras sonaron más fuertes y seguras de lo que ella misma se hubiese imaginado.

—En lo que me quede de vida, quizás yo no vuelva a conseguir un trabajo en los Cayos, pero tú tampoco. Me tendré que ir a dar clases para alguna Casa de la Cultura o a vender paletas de helado en las esquinas, pero tu cara va a ser más que conocida por todos.

Félix arqueó una ceja, la amenaza no pareció sorprenderlo mucho, por lo que Jimena procedió a explicarle su maquiavélico plan para destruirlo.

—Tengo varios amigos periodistas en Radio Martí —esta vez los hombros del gerente se tensaron, Jimena supo que había tocado las fibras del miedo—. Les voy a mandar una carta con tu nombre, todo lo que has hecho, el negocio que tienen montado en los Cayos… El Cuban Dream: ron, tabaco y bailarinas; el paquete completo que incluye hasta ofertas especiales. Te garantizo que tu cara va a salir hasta en Univisión.

No era miedo… era pánico. Jimena comprendió que acababa de ganarse un enemigo muy poderoso. Al principio cuando entró en aquella oficina, el miedo le tenía atenazada la garganta. Ahora sabía que era dueña de la situación. Félix era una persona extremadamente inteligente —tenía que serlo para formar parte de la élite de los famosos gerentes de los hoteles de los Cayos—, la mención de verse expuesto a la prensa internacional lo hizo comprender el peligro que amenazaba su estilo de vida y su propia persona.

—Jimena, vamos a tomarnos las cosas con calma —*y de nuevo regresó el gerente, frío, calculador, quiere una salida de esto sin que nadie salga "herido", sobre todo él, le importa demasiado su reputación*—, déjame llamar al Centro de la Música.

¿Así de fácil? ¿No, tendría que haber alguna trampa de por medio?

Puede que la hubiera, pero Jimena había jugado sus cartas, ya no le quedaba nada más que decir o hacer. Ahora, cruzar los dedos y pedirles a todos los santos para que Félix le diera el maldito permiso.

—Ven a la noche, voy a tenerte una respuesta, pero no vayas a hacer nada estúpido —Félix rodeó su buró y llegó junto a ella, la expresión de odio y desprecio había desaparecido, lo que era peor. En su rostro de porcelana acababa de aparecer una máscara, una expresión que le recordó el estribillo que cantaban en los pasillos refiriéndose a él: *...como las serpientes, la sonrisa en los labios y el veneno entre los dientes.*

## CAPÍTULO 10
## COMIENZA LA CACERÍA
### (EN ALGÚN LUGAR DE LA SELVA SALVADOREÑA)

La noche y las sombras eran sus elementos. Para un experto en mimetismo, usar todo lo que había a su alrededor era la clave para lograr su objetivo. Como una especie de camaleón-pantera, Alex fue cambiando de colores a medida que iba acercándose a la mansión. Héctor cometió el terrible error (como casi todos los millonarios), de comprarse una casa demasiado grande. El muro que rodeaba al palacete, como mínimo, necesitaba de unos ocho hombres para mantener un perímetro despejado —Ramírez solo contaba con cinco—, dentro de la casa tendría por lo menos ocho guardias más, pero aún no eran suficientes.

El no contar con cámaras o sensores de movimiento era la prueba que Alex necesitaba.

Héctor Ramírez se sentía seguro en su mansión. Lo más posible es que se creyera de verdad que nadie conocía su paradero... *ese error lo vas a pagar con tu vida.*

Arrastrándose como un reptil logró llegar hasta una de las palmeras que decoraban los alrededores, ya estaba a unos cincuenta metros de su primer objetivo, desde esa distancia se fue deslizando metro a metro hasta llegar a su punto A, una vez alcanzada esa posición, debía trasladarse al punto B (donde Cuatro Ojos, como las noches anteriores, se detendría para echar una meada).

*Algo no anda bien...*

Los minutos fueron pasando sin que pudiese hacer nada para evitarlo, el objetivo no aparecía en esa sección, lo cual indicaba un cambio de rutina. Una alteración del plan original conllevaría a elaborar una ruta diferente. Alex ya estaba a punto de abortar la aproximación cuando escuchó los pasos. Cuatro Ojos se acercó a la tapia y depositó su AK-47, apoyó una mano contra la pared y estiró el cuello hacia atrás. Alex esperó unos segundos hasta escuchar el chorro de orine. Avanzó otro metro y desenvainó su cuchillo.

Alex tenía tanto o más conocimiento sobre la anatomía humana que cualquier doctor especializado. Los Green Beret eran entrenados (incluso los llevaban a morgues) donde les explicaban técnicas de aproximación, como eliminar un enemigo de un simple golpe, ya fuera usando un cuchillo, las manos o un disparo. En el caso de Alex, este se convirtió en un especialista eliminando a sus blancos a poca distancia, muchos de ellos prácticamente cara a cara.

Cuatro Ojos bajó la mano de la pared y comenzó a sacudirse el pene... no tuvo ni la menor oportunidad. Alex se levantó y con cuatro rápidos pasos llegó hasta su espalda, con una mano le haló la frente hacia atrás y con la otra le introdujo el cuchillo en la base del cráneo, removiendo la hoja en su interior. La muerte cerebral fue instantánea al cercenar los nervios que unían al cuerpo con la columna vertebral. Cuatro Ojos se desplomó en silencio mientras Alex lo sostenía por debajo de los brazos, y con movimientos muy rápidos y suaves, lo depositó en el suelo.

***

Pegado a la pared avanzó hasta uno de los bordes por donde pasarían el Gordo y el Flaco. Se agachó, sacó su pistola y apuntó hacia el lugar. Varios gruñidos le pusieron todos sus sentidos más alertas de lo que ya estaban.

¿Qué mierda es esta?

El Gordo y el Flaco se aproximaron, cada uno sostenía a través de una larga cadena a un enorme pastor alemán. Durante tres noches ninguno de los dos había hecho el recorrido con esos perros. Peor aún, los pastores comenzaron a gruñir en dirección a las sombras donde él se encontraba. Si hubiesen ladrado, significaba que eran perros guardianes, pero lanzar aquellos gruñidos...

¡mierda, son perros entrenados para atacar!

Sus olfatos sensibles lo detectaron con la primera brisa proveniente de la selva.

— ¿Qué pasa campeón? —le preguntó el Flaco a su perro cuando el canino le tensó la cadena.

— ¡Suéltalo, que hay alguien! —el Gordo liberó a su perro.

Alex escuchó con claridad como las pesuñas de los canes se enterraban para tomar tracción en su carrera; calculó que estarían encima de él en menos de tres segundos.

*Ningún plan es efectivo hasta que lo pones en el terreno, y solo entonces te darás cuenta de que nada saldrá según lo planeado. Por tanto, siempre ten un plan B, C, y hasta el Z.*

Pero ese era el problema, no tenía ni remotamente un plan para enfrentarse a dos perros entrenados. Instintivamente, su primera reacción fue la de salir de su escondite para dispararle a los perros —su única ventaja era el haber sido entrenado por comandos élites— por lo que supo reprimir esos impulsos, más que todo, saber controlarlos. Y en efecto, salió de su escondite, vio a los dos perros lanzarse contra él, pero en vez de apuntar a los pastores, su pistola efectuó dos disparos. Cada bala impactó en la cabeza de los guardias, el Gordo y el Flaco cayeron hacia atrás con un agujero en la frente. Alex efectuó tres disparos más contra uno de los perros. La fuerza del impacto lanzó al pastor contra la pared, pero el segundo dio un salto atrapándole una mano. Alex giró sobre sí mismo y mantuvo el equilibrio para evitar que el perro pusiera sus patas en el suelo. Si el pastor lograba volver a tomar impulso le desgarraría el brazo.

Las poderosas mandíbulas atravesaron su traje y sintió como los colmillos se enterraban en los músculos de su antebrazo. Se llevó el brazo al pecho para sostener todo el peso del perro, mientras hacía un último giro para posicionar el silenciador contra la oreja del pastor. Luego apretó el gatillo.

¡Puff!

Un solo disparo le arrancó la mitad de la cabeza. El perro cayó al piso como un peso muerto. Alex giró por el suelo hasta quedar contra la pared, esperó unos segundos, necesitaba calmar su respiración, sobre todo, aclarar sus sentidos y escuchar todo lo que sucedía a su alrededor.

\*\*\*

Por increíble que le pareciera, las alarmas no estallaron, aunque si escuchó los pasos de alguien que se acercaba corriendo, quizás en pos de los chillidos de los perros. Alex se apresuró a salir de su escondite y caminó pegado a la puerta que daba al interior de la mansión. Escondido entre las sombras vio pasar a tres guardias, ninguno de ellos era el Señor Tabaco, *han de ser del nuevo equipo de escoltas que trajo Héctor.*

Cada uno traía un M-16.

—¿Tú lo oíste? —preguntó uno de ellos.

—Sí, los perros estaban chillando.

—Llámalos de nuevo —le ordenó el tercero.

Los escoltas desaparecieron tras la pared, Alex salió de su escondite a toda prisa. Podría haberlos matado, pero eso le habría robado más tiempo y posibilidades de que a alguno se le escapara un tiro y pusiera a toda la casa en estado de alarma. Calculó que tendría no menos de treinta segundos para llegar a la habitación de Héctor. En cuanto los guardias encontraran los cuerpos, iba a comenzar el caos.

\*\*\*

Alex entró a la mansión por una de las puertas que conducía a la piscina. Se levantó el lente de visión nocturna para no desorientarse por las luces del interior de la casa.

Una enorme fogata estaba encendida en el patio, bajo una pérgola había una mesa repleta de platos y botellas de vinos, rones y cervezas.

Desde el drone, Alex recordó haber visto a Héctor cenando con las prostitutas hasta entrada la madrugada. Después todos se fueron a su habitación. De eso hacía tres horas; con suerte, esperaba que ya estuviera durmiendo. Recorrió el mismo pasillo que tomara Héctor con una chica en cada brazo.

La adrenalina del momento fluía con tanta fuerza por su cuerpo que no lo dejaba sentir el dolor de la mordida, pero en un solo instante que se detuvo a mirar su mano, comprendió lo grave de la situación. La sangre le corría a chorros por el antebrazo, peor aún, estaba perdiendo la sensibilidad de los dedos. Fue solo un segundo de distracción, pero cuando volvió la vista al frente, el Señor Tabaco salió como de la nada con el celular pegado a su oreja. De no haber estado tan distraído marcándole a su amante, habría chocado con Alex.

—¡Que cojones...! —Alex no lo dejó terminar la exclamación, instintivamente efectuó tres disparos. Uno de ellos le arrancó la mandíbula, el otro le rozó el hombro. El tercer disparo impactó contra una pared.

La escena que se presentó ante Alex no podía ser más grotesca. Con la mandíbula colgándole de un lado, aún en shock por lo que le estaba pasando, el Señor Tabaco parecía uno de los zombis encadenados de la serie The Walking Dead.

Señor Tabaco se lanzó contra él, atrapándole la mano de la pistola. Alex no pudo hacer mucho, dejó caer la pistola y con un rápido movimiento se desprendió del agarre. Controló de inmediato su respiración, lanzándole un combo de Krav Maga con resultados fatales para su oponente. Su puño se incrustó en el plexo solar del otro (sacándole el aire de los pulmones), una patada a la entrepierna lo desequilibró y acto seguido, incrustó su rodilla contra las costillas. El hombre cayó al piso bañado en su propia sangre e intentando llevar una bocanada de aire a sus pulmones. Todo el conflicto duró menos de cuatro segundos.

Sin perder tiempo en buscar su arma, Alex sacó su segunda pistola y le pegó un tiro en un ojo. Miró a su alrededor por acto reflejo, no estaba seguro de cuánto tiempo le quedaba. Se apresuró a salir de aquella sala, entonces recibió una ola de dolor que lo hizo detenerse en seco, apretar los dientes e incluso contener las náuseas.

¡Me cagó en la madre de Cujo!

Alex estaba adaptado al dolor, sabía controlarlo y esto incluso le podía agudizar los sentidos. Pero también conocía sus límites. El maldito pastor debió haberle dañado algún tendón de la mano, ya apenas la podía mover, y el flujo de adrenalina estaba desapareciendo.

*El tiempo se agota, cazador. Mejor te apuras si no quieres terminar como la presa.*

Llegó al borde del pasillo y usó como espejo un jarrón que había en la misma esquina. Pudo observar a dos guardias más frente a la puerta. Movió su mano izquierda y vio como la sangre le corría por entre los dedos. Cujo le iba a dejar unas bonitas cicatrices.

Uno de los guardias se llevó la mano a la cadera para responder el walkie talkie. Por la expresión de su rostro y la rapidez con que sacó su pistola, era evidente que la alarma había sonado.

¡Duró más de lo que pensé! Al menos llegué hasta la puerta.

## CAPÍTULO 11
### UN TRATO
(HOTEL PARAÍSO AZUL, CAYO SANTA MARÍA, CUBA)

*Y que aventurera que se ha puesto la juventud;*
*le da lo mismo Tokio, Barcelona que Moscú...*
BUENA FE

Por segunda vez en el mismo día entraba a la oficina del gerente. Aunque en esa ocasión pudo sentir que algo había cambiado en la actitud de Félix. Esperaba lo peor, podía sentir que aquella serpiente con modales suaves y voz pastosa estaba preparándole algo.

—Mira Jimena, no te voy a dar rodeos, las cosas claras — Félix le extendió una carpeta con varias hojas dentro. Con el corazón en la boca y unos retorcijones de estómago, ella abrió la carpeta. La primera página la dejó sin palabras. No podía creer lo que estaba leyendo—. Un permiso aprobado por el mismísimo Director del Centro de la Música. Dentro de un mes vas a participar en una gira por Italia, Francia y España.

Jimena no sabía qué decir. Miró de nuevo las hojas. Era un contrato con fecha de vuelo, precios, destinos, rutas que tomarían.

—Yo sé que no tienes la mejor opinión de mí, y no te la pienso cambiar, pero déjame decirte algo para que te quede bien claro —por su tono de voz y su sonrisa magnánima, Jimena comprendió que el peligro había pasado—. Yo siempre he dicho que, para sobrevivir entre tiburones, lo mejor es comer y dejar comer.

*Claro, el único problema de esa cadena alimenticia es que a la que terminan comiéndose es a mí y no a ti.*

—Es verdad que te consigo clientes, tú ganas tu parte, una mierda —*en eso sí te doy la razón*—, pero no todo es así de sencillo. Esto es una gigantesca maquinaria, donde muchas personas cogen su parte, yo no soy un santo, pero si soy bastante justo. Y te lo estoy demostrando. Querías un viaje, ahí lo tienes. A mí tampoco me gusta aprovecharme de la gente, no creas que soy estúpido, pero este negocio no se podría hacer si no hay bailarinas para que se acuesten con los turistas.

*Bueno, al fin dices algo que no te puedo reprochar.*

Jimena no pensaba perdonarle a aquel cabrón todo el dinero que se había embolsado a costillas de ella, eso lo tenía claro, pero estaba consciente de que necesitaba darle un voto de confianza, si no hubiera descubierto cómo funcionaba el negocio, seguiría en las mismas. Ahora, con todas sus cartas jugadas, al menos Félix le estaba dando una vía de escape.

—No me mires así —por unos instantes Félix pareció realmente avergonzado—, tú tampoco eres una santa. No creas que no sé qué te robas cosas de las habitaciones, de la cocina, de todos lados… tranquila, come y deja comer.

Jimena prefirió concluir aquella reunión, salir de esa oficina cuanto antes, pero Félix no había terminado.

—Ahora voy a necesitar una última cosa.

—Ya sabía que por algún lado me querías joder —Félix negó con la cabeza mientras dejaba escapar una breve sonrisa—. ¿Qué quieres?

—Un último cliente.

—¡No! ¡Claro que no!

—Jimena, no me pongas en esta situación, ese cliente ya había pagado por una bailarina.

—Pues envía a otra.

—¿A quién? Que tal a… ¡quieres que envíe a Teresa! —

Jimena no comprendió a qué venía aquello. ¿Qué tenía que ver Teresa con el puñetero turista? —. El turista pagó por una noche con Teresa, pero tuve que cancelarle su viaje.

¡Qué clase hijo de puta!

Ahora lo entendía. Teresa se iba de gira dentro de un mes por… *Italia, Francia y España.* Félix le canceló su viaje, o más bien se lo dio a ella.

—Teresa tuvo que marchase para cancelar el pasaje de avión que ya había comprado. ¿Dime tú qué hago? ¿Te cancelo el contrato, se lo devuelvo a Teresa, y el próximo viaje te lo doy a ti…? ¿Llamo a Teresa y le digo que regrese, que todo fue un malentendido?

Jimena sabía que esta era una oportunidad que se le presentaba solo una vez. El próximo contrato podría tardar meses. *Este cabrón me ha puesto contra la espada y la pared.*

—No… yo lo atiendo.

—Eso pensé —Félix abrió una gaveta y le dio una tarjeta magnética para abrir la puerta de la habitación 4016.

Félix no sacó el tema de los $300 CUC que cada bailarina debía pagarle por un contrato de trabajo en el extranjero. Ella se apresuró a salir de la habitación para no tener que tocar ese tema. Lo menos que deseaba en aquel momento era continuar probando fuerzas.

*ADRIÁN HENRÍQUEZ*

## CAPÍTULO 12
## EL ÚLTIMO CLIENTE
(HOTEL PARAÍSO AZUL, CAYO SANTA MARÍA, CUBA)

*En la comarca de su majestad,*
*todos repiten lo que dice el Rey,*
*él les da el agua, él les da el vino y el pan,*
*pero más tarde les cobra la ley.*
CARLOS VARELA

*Algo no está bien…*

Jimena no sabía exactamente qué estaba pasando. Sus sentidos le indicaban que iba a tomar una mala decisión, *¿pero qué opciones tengo?* La habitación 4016 quedaba en el tercer piso de la sección del hotel que aún estaba en construcción. Hasta donde ella sabía, a esa parte del hotel no se le habían colocado los aires acondicionados y la decoración. Supo ese detalle por uno de sus amigos, un pintor que tenía un contrato en los Cayos para llenar cada habitación de obras de arte (cuadros y objetos artesanales de poco valor artístico, pero con suficiente calidad como para darle un aspecto culto y refinado).

A medida que fue avanzando por el pasillo se dio cuenta que no había nadie en esas habitaciones.

*Bueno, ¿qué vas a hacer? Salir corriendo es lo mismo que olvidarte del contrato.*

Llegó a la puerta de la habitación 4016. No había ni un alma en el pasillo. Aquello parecía una escena de la película El Resplandor. Tocó dos veces a la puerta y después introdujo la llave magnética. Un segundo después el llavín parpadeó con una luz verde, oyó un click. Empujó la puerta y entró en la habitación. Escuchó la televisión

67

prendida. Caminó por el pasillo hasta llegar al centro de la habitación. Miró hacia la pantalla plasma que colgaba de la pared, mostraba una escena pornográfica, luego hacia la cama, donde ya la esperaba su cliente… volvió a mirar a la pantalla.

¡No tenía que haber entrado a esta habitación!

\*\*\*

Jimena nunca había sentido tanto miedo en su vida.

La puerta de la habitación se abrió a su espalda y dos montañas humanas entraron. Un tercer hombre salió del baño secándose las manos con una toalla. Jimena los reconoció a todos. Sobre la cama, sentado al borde, estaba Gilberto, este sostenía el control remoto del televisor y estaba viendo un video, una especie de cámara oculta en una de las habitaciones del hotel, donde se veía claramente a sí misma, desnuda y sentada sobre un turista cabalgándolo con un ritmo sensual.

Gilberto subió el volumen y los gritos de Jimena se escucharon a través de las bocinas que colgaban de las paredes.

—Ven —le dijo Gilberto, dio dos palmaditas a su lado para que Jimena se sentara. Ella obedeció sin poder apartar los ojos de los tres cavernícolas que la miraban con lujuria—. Me dijo Félix que te has portado mal, muy mal.

¡Ese hijo de puta me ha metido en una buena!

Jimena miró la pantalla y después a Gilberto. Quería llorar y salir corriendo de aquella habitación. Algo en los gestos del anciano le estaban poniendo la carne de gelatina.

—Te voy a hacer una sola pregunta: ¿tú sabes quién soy?

Jimena asintió, incluso creyó escuchar un breve castañear de sus dientes.

—Dime, ¿quién soy?

—Un... un arquitecto, jefe de algo, no me acuerdo.

—No Jimena, yo no soy arquitecto, yo no sé poner ni un bloque —en la pantalla aumentó el ritmo de las caderas de Jimena y los gritos de placer del turista dejaron claro que estaba llegando al clímax. Gilberto apretó un botón en el control y una nueva escena apareció en la pantalla. De igual manera, se veía claramente a Jimena, desnuda y con otra mujer. Ambas estaban haciendo un acrobático 69 que obligó a los tres gigantes a extender sus cuellos. Jimena pudo sentir que aquellos hombres ya estaban tan excitados que no disimulaban cuando se tocaban la entrepierna para acomodarse el pene—. Me llamo Gilberto Herrera, y soy coronel del CIM. ¿Sabes lo que es el CIM?

¡Dios mío! ¡Dios mío! ¡Dios mío! No grites... no grites... no te va a pasar nada.

Jimena simplemente asintió. Sabía perfectamente que era el CIM (Contrainteligencia Militar), cada hotel tenía varios de esos "agentes". Eran los encargados de chequear los expedientes de cada trabajador, y si notaban algo, lo que fuera que no les gustara en lo más mínimo, tenían el derecho de votar al empleado sin darle una explicación.

—Te lo voy a poner bien fácil, quiero que entiendas lo que está pasando en esta habitación —Gilberto volvió a pulsar el mando, en esa ocasión apareció Jimena, otra chica y un hombre. Estaban montando un trío y por el color de la piel de los otros dos, ella era la cubana, los otros los extranjeros —. Le hiciste una amenaza a Félix, uno de mis subordinados. Si solo llegaras a hacer la mitad de la mitad de eso conque amenazaste, las cosas no van a terminar nada bien para ti.

—Gilberto, yo solo quiero...

—Sss, tranquila, escúchame —el anciano le puso un dedo en sus labios y la obligó a callarse. Continuó hablándole con un tono de voz suave, pero cada una de aquellas palabras le llegó henchida de peligro—. Yo trabajo para personas muy importantes en esta isla. Personas que no admiten (te lo dejo claro), ¡no admiten bajo ninguna circunstancia una amenaza! El Cuban Dream, como advertiste en mi laptop, es solo un pequeño negocio más de los muchos que controlamos.

Jimena sintió el poder de la última palabra: "controlamos". Gilberto no trabajaba solo y se lo estaba dejando bien claro. Ella acababa de entrar a un mundo que escapaba a su entendimiento, no sabía qué hacer o decir, solo callarse y esperar lo que fuera que aquel monstruo tuviera planeado para ella.

—Cuando una persona… X, chantajea a mi grupo, lo solucionamos de una manera simple, rápida y efectiva. Digamos que esa persona X es una bailarina. ¿Tienes idea de cómo podríamos acabar con ese problema?

Gilberto abrió las manos como si esperara que ella le diera una respuesta. Por su parte, Jimena solo se atrevió a negar con la cabeza.

—Extremadamente sencillo —Gilberto cerró su puño con brusquedad, y a medida que fue hablando iba abriendo la mano con excesiva suavidad, poniéndole ejemplos con cada dedo—. Uno: llegó la noche, terminaste un espectáculo, varios tragos de más, y sin querer te resbalas, caes a la piscina y te golpeas la cabeza; pierdes la conciencia y amaneces ahogada.

Esta vez Jimena sintió como las piernas comenzaban a temblarle de manera tal que no pudo contenerlas. Las palabras de Gilberto eran frías y crueles. No la estaba amenazando como tal, y eso era lo peor, le estaba dando datos reales de casos que habían pasado, rumores de accidentes inexplicables que todos conocían, pero que nadie se preocupó en investigar. Cosas que le podrían suceder a ella misma.

—Dos: te encuentran dentro de un baño con una liga en la mano y una jeringuilla encajada en el brazo. Sí, extremadamente fácil de explicar, una sobredosis de drogas que le robaste a un turista… no me mires así, sé que suena un poco cliché, pero nunca pasa de moda.

*No, créeme, suena de todo menos cliché.*

—Tres: esta sí es clásica, tienes que haberla oído. Mientras estás esperando botella al lado de la carretera, de repente un conductor borracho pierde el control y por casualidades de la vida, ¿contra qué crees que choca la defensa de su auto? Tengo más opciones, cuatro, cinco, seis… en fin, opciones ya ves que nos sobran. ¿Tú realmente crees que sería difícil el acto de desaparecer a una bailarina?

Para ese entonces ya Jimena no podía contener más los nervios. Las lágrimas comenzaron a escapársele sin poder hacer nada por contenerlas.

—¡Discúlpame… discúlpame, por favor! Yo… yo te juro por mi mamá y mi papá que nunca lo voy a volver a hacer —los sollozos se hicieron tan fuertes e incontrolables que su cuerpo se estremecía con cada suspiro—. ¡Déjame irme! Yo te juro que más nunca…

—Claro que sí, mi niña —Gilberto le dio un beso en la frente como si fuera un abuelo que le estuviera dando un fuerte regaño, pero que al final iba a dejar que se saliera con la suya—. Vamos a dejar que te vayas. Incluso, vas a seguir trabajando en los Cayos. Pero quiero que veas las cosas desde mi punto de vista, bueno, no tanto del mío (porque para mí eres una muchachita excelente), mira las cosas desde otra perspectiva. ¿Te gusta la historia?

Jimena no supo cómo responder, Gilberto la vio tan desorientada que decidió explicarle.

—¿Sabes quién fue Rosemary Kennedy? —Jimena negó con la cabeza, la sonrisa de Gilberto hizo que otro temblor recorriera todo su cuerpo—. Era la hermana de John Kennedy. Pocos la recuerdan. El punto es que era una hermosa joven, muy rebelde con sus padres y maestros, un poco adicta al sexo, en fin, que con su hermano abriéndose una carrera en el mundo de la política (que eventualmente lo convirtió en presidente), los escándalos de la joven Rosemary podían opacar a la estrella de la familia. Así que el padre tomó una excelente decisión para mantenerla controlada… ¿sabes lo que le hizo?

Llegado a ese punto, Jimena no podía controlar sus espasmos. Negó con la cabeza una vez más, mientras que entre susurros volvió a pedirle disculpas a Gilberto.

—Le hizo una lobotomía… solo tenía veintitrés años. Después de la operación la joven nunca más pudo hablar o caminar. Y sabes que es lo que la historia recuerda del clan Kennedy, que uno de los suyos fue un buen presidente, que fueron amantes de Marilyn Monroe, que fueron inmensamente ricos… pero nadie recuerda lo que le hicieron a Rosemary.

Jimena estalló en llanto, no podía controlarse y los sollozos estremecían sus hombros.

—Yo trabajo con hombres muy peligrosos —Gilberto señaló con el control la pantalla plasma—. ¿Qué pasaría si vuelves a intentar chantajearnos con lo del Cuban Dream, o cualquier otra cosa?

—¡Yo te juro que eso no volverá…!

—Yo sé, créeme que yo sé que esto no va a volver a pasar —Jimena asintió con un tic nervioso en el cuello—. Pero quiero hacerte entender que, si vuelves a intentar chantajearnos, ¿sabes lo que va a pasar? Van a destruir tu carrera, tu vida y tu reputación sin necesidad de que te caigas en una piscina. Cada uno de estos videos se los vamos a entregar a la policía…

*Cabrones… ustedes son la policía.*

—En la PNR te abrirán un expediente por prostitución y coacción a extranjeros. Pruebas de que chantajeabas a turistas, los grababas y los amenazabas para que te hicieran pagos, nos sobran.

Jimena comprendió que aquellos videos eran exactamente eso, pruebas para chantajear a turistas importantes que visitaban la isla a cambio de espionaje, pagos o lo que fuera. Ella no era más que la actriz que los ayudaba (inconscientemente) a montarles la escena.

—Por lo mínimo, te van a caer unos ocho años de prisión. Para cuando salgas no vas a conseguir trabajo ni de auxiliar de limpieza, eso te lo puedo asegurar.

—Por favor… Gilberto, ayúdame —para ese entonces, Jimena ya no sabía qué decir, qué rogar, ni cómo implorarle a aquel monstruo de sonrisa y voz pastosa—. ¡Yo nunca más…!

Gilberto se levantó de repente y con una mano rápida y firme, con dedos convertidos en pinzas, le apretó la mandíbula hasta hacerla llorar de dolor.

—Escúchame bien Jimena, no te vamos a hacer daño esta vez. Pero quiero que te quede claro, no significas nada para hombres como yo —Jimena sintió el aliento cálido y apestoso chocando contra su cara—. Mis tres guardaespaldas, apréndete sus nombres; Pablo, Rangel y Bruno te van a demostrar que podemos hacer contigo lo que nos da la gana sin temor a las consecuencias.

Gilberto le dio la espalda, subió el volumen de la TV y se fue caminando hacia la puerta. Jimena observó cómo los tres mastodontes comenzaban a quitarse la ropa sin ningún pudor. Comprendió al instante cuáles eran sus planes.

De un salto se levantó de la cama y corrió hacia Gilberto.

—¡Gilberto, por favor! —uno de los guardaespaldas la interceptó, cogiéndola fuertemente por las caderas la lanzó contra la cama.

Jimena rebotó en el colchón, tardó solo un segundo en orientarse. Al instante se levantó y volvió a salir corriendo hacia la puerta. Dos de los guardias la cogieron de las manos, el tercero le sostuvo los pies y la llevaron hacia la cama. Jimena continuó gritando y pidiendo ayuda a Gilberto. Antes de que saliera por el pasillo le vio el rostro por última vez y pudo leer en sus labios la frase:

— ¡Que te sirva de experiencia!

## CAPÍTULO 13
## TODO TIENE UN PRECIO
### (EN ALGÚN LUGAR DE LA SELVA SALVADOREÑA)

Una tormenta de dolor había estallado en su cuerpo y Alex hacía hasta lo imposible por mantenerse a flote; enormes oleadas azotaban su mano a punto de arrancarle un grito. Añoró como nunca un disparo de morfina, pero eso le nublaría los sentidos y estaba en la fase final de la operación. Así que, se limitó a apretar los dientes y llenar sus pulmones de aire para no sucumbir al dolor. Pasado el momento, supo que no podía perder un segundo más. Como todos los comandos Green Beret, él había sido entrenado para disparar con ambas manos. Esto siempre era una ventaja en el terreno, y haciendo uso de esa habilidad, se dispuso a continuar.

*Contrólate.*

Salió de su escondite y caminó directo por el pasillo. Los dos guardias no tardaron en reaccionar, pero ya era demasiado tarde, Alex efectuó dos disparos certeros —a esa distancia era imposible que fallara—, el casquillo del primer disparo no había tocada el suelo, cuando el segundo proyectil atravesó el cráneo del guardia. Ambos escoltas se desplomaron en el piso sin tan siquiera tener la oportunidad de acariciar sus gatillos, mucho menos de proferir un grito de advertencia.

Alex abrió la puerta de la habitación, bajó el lente de visión nocturna y entró apuntando hacia la cama.

\*\*\*

Dentro de un mar de brazos, nalgas, tetas y cabellos, Héctor Ramírez dormía plácidamente. La habitación estaba en penumbras; por el balcón se colaba una ligera brisa y algunos rayos de luna que le daban un aspecto fantasmagórico a las cortinas de seda, que ondulaban desde los pilotes de la cama. En un rincón de la habitación, vio a una de las jóvenes prostitutas. La chica estaba pegada a la pared y no dejaba de llorar… Alex no quiso ni imaginarse lo que le habrían hecho Héctor y sus "amigas" veteranas para dejarla en ese estado.

Aquella chiquilla (Alex giró la cabeza hacia un lado para verla mejor), no debía de pasar los quince años. Estaba desnuda y con el maquillaje corrido. Era más que evidente que aún no había desarrollado del todo.

La joven lo miró desde su rincón —Alex sabía que solo podía ver su silueta—, pero ella debió de comprender cuáles eran sus intenciones, porque de repente una sonrisa cubrió su rostro.

—¿Qué pasa? —preguntó Héctor—. ¿Qué quieres?

El traficante se despertó y debió confundirlo con uno de sus guardaespaldas. Alex avanzó y le puso la punta del silenciador en la frente. Fue entonces cuando Ramírez comprendió lo que estaba a punto de ocurrir.

—¡Por favor, no lo hagas! —Héctor comenzó a temblar y a llorar—. ¡Lo que te hayan pagado yo te lo duplico!

*Muy bien, juguemos.*

—Me pagaron un millón… ¿me pagarías tres millones?

—Te puedo pagar dos millones ahora mismo, en cash.

Alex no podía creer que aquel imbécil estuviera regateando por su vida con una pistola en la frente.

—Dos millones ochocientos mil.

—Dos millones quinientos mil y te…

Alex apretó el gatillo.

***

Desde el instante en que la cabeza de Héctor Ramírez explotó contra la cabecera de la cama, y cubrió de sangre y sesos a todas las prostitutas, el caos comenzó.

Los gritos de las mujeres retumbaron en sus tímpanos, aquel repentino ataque de pánico fue más efectivo que el más moderno sistema de alarmas. Tres mujeres gritando en una habitación a todo lo que dan sus pulmones, es más que suficiente para atraer a todos los guardias que estuviesen a dos millas a la redonda.

Alex corrió hacia el balcón, esa era su tercera ruta de escape. Antes de saltar —el piso estaba a unos cuatro metros de altura—, se aseguró de escuchar a los guardias corriendo por el pasillo. No había nadie en el área de la piscina, así que saltó, cayó sobre sus rodillas, rodó con una técnica de desplazamiento practicada millones de veces y apuntó su pistola hacia la puerta que daba al segundo pasillo. Como lo había previsto, no pasaron ni cinco segundos cuando varios guardias salieron amontonados a través de la puerta. Una lluvia de balas los recibió. Dos de los cinco hombres cayeron hacia atrás. Uno de ellos herido mortalmente, pero no estaba seguro en dónde alcanzó al otro.

Introdujo un nuevo cargador y puso una bala en la recamara.

Corrió por todo el pasillo hacia la puerta trasera que daba a la jungla, luego tendría que correr unos doscientos metros hasta llegar al follaje. Era una carrera contra reloj y todo el tiempo que pudiera ganar en ese momento le iba a representar una ventaja adicional después.

—¡Tírale, que se va por la puerta de atrás! —desde el techo uno de los guardias lo localizó.

—¡Rodéenlo que se va por atrás! —gritó otro de los guardaespaldas.

Varias ráfagas le cerraron el paso y lo acorralaron contra un muro. El guardia del techo vació todo el cargador de su M-16 contra el muro. Alex esperó paciente el momento en que se le acabaran las balas e intentó recargar. Salió de su escondite y efectuó dos disparos, falló el primero, pero lo corrigió con el segundo. La bala dio justo en el muslo del hombre, haciéndolo perder el equilibrio y precipitarse desde el techo de la casa. Pudo haberle disparado al pecho, pero a esa altura sabía que iba a sobrevivir el impacto, y lo que necesitaba ahora era crear diversión y pánico, y nada mejor para "desconcentrar" a sus compañeros que uno de sus colegas lanzando gritos.

Corrió hacia la salida que tenía preparada, pero justo cuando llegaba a la puerta esta se abrió desde afuera, otro de los guardias entró y quedó frente a él. El hombre llevaba una AK-47 plegable entre las manos, el sicario se la llevó de inmediato al pecho, pero Alex fue más rápido y pudo agarrarla por la correa, le dio un tirón y la ráfaga recorrió el piso. A quemarropa Alex le dio dos disparos en las piernas.

El guardia cayó hincado de rodillas, gritando y lanzando juramentos y maldiciones, mientras que con ambas manos intentaba contener la hemorragia. Usando su propia AK-47, Alex vació el cargador contra el resto de los guardias que ya se habían organizado. Logró detenerlos por unos segundos, justo el tiempo que necesitaba para salir.

Una vez afuera, enganchó en el marco de la puerta dos granadas cilíndricas conectadas a un fino alambre de acero. Después corrió con todas sus fuerzas el tramo que lo separaba de la selva.

Solo unos metros más y hubiera alcanzado el follaje, la selva, su salvación… pero los planes nunca salen según lo previsto.

## CAPÍTULO 14
## UN PEÓN EN EL TABLERO DE LA VIDA
### (HOTEL PARAÍSO AZUL, CAYO SANTA MARÍA, CUBA)

*Tu cuerpo es instrumento de placeres,*
*te sientes que mueres cada noche en brazos de quien no deseas.*
LOS ALDEANOS

Los nervios, el miedo, la impotencia, lo que fuera, le dieron una fuerza que ni ella misma creyó poseer. Estiró los dedos como garras y se lanzó contra el rostro de uno de los mastodontes, pero este, con suma facilidad, esquivó el ataque y volvió a lanzarla contra la cama. Rodeada por los tres hombres, cambió de táctica, lanzando patadas al aire intentó mantenerlos a distancia.

Uno de ellos se separó, fue hasta el borde de la cama y agarró una almohada, le sacó la funda y con ella preparó una capucha. Jimena comprendió sus intenciones. Sin pensar en las consecuencias se lanzó hacia el baño, con la viva intención de encerrarse dentro. No avanzó ni dos pasos, uno de ellos le atrapó una mano y de un tirón la lanzó de vuelta a la cama.

A lo próximo que sucedió no pudo ponerle un orden. La funda de la almohada, convertida en capucha le cubrió la cabeza. Sin poder ver y sintiendo que le faltaba el aire, quedó completamente desorientada, instintivamente su reacción fue la de quitarse la capucha. Era lo que estaban esperando los tres matones.

—¡No, no, no…! —gritó, o al menos eso intentó, pues la tela que cubría su rostro opacaba sus gritos.

Jimena sintió como uno de aquellos gigantes se sentaba en su pecho, le sostenía los brazos, otro las piernas y el

79

tercero que le sujetaba la capucha inmovilizó su cabeza contra el borde de la cama. Entonces vino el verdadero ataque de pánico cuando los escuchó hablar.

—Échale un buen chorro, pero suave, por lo menos de medio minuto —a través de la tela, Jimena vio como el hombre sentado sobre ella abría un galón de agua. Lo próximo que sintió fue un ataque de asfixia, iba a morir, había visto ese tipo de torturas en series de televisión, pero experimentarlo en carne propia superaba cualquier pesadilla.

El chorro frío y constante se filtró a través de la tela. Al principio intentó contener la respiración, pero con aquella montaña humana sentada encima de ella, y la inmovilización de sus piernas, solo resistió tres segundos. El agua le entró por la nariz y la boca, quemándole los pulmones. Los dedos se le engarrotaron y su cuerpo estalló en una súplica por una bocanada de aire. Lo peor de todo fue que no perdió la conciencia mientras el agua, convertida en ácido, recorría sus conductos nasales. Era lo más doloroso que ella hubiera experimentado en su vida.

Cuando le quitaron la capucha, vomitó hasta por la nariz. Su garganta, como si fuera una parte independiente de su cuerpo, luchó por el preciado aire. Por un instante Jimena se imaginó a sí misma con la boca abierta, como los peces fuera del agua, luchando por una última boqueada de oxígeno.

Solo entonces, cuando respiró por tercera vez, cayó en cuenta que el hombre que le sostenía las piernas (mientras ella perdía todas sus fuerzas para seguir batallando en una pelea que estaba perdida de antemano), le había quitado el short junto con su ropa interior. Estaba desnuda de la cintura para abajo y aquel monstruo le estaba acariciando el sexo como si fuera un simple trozo de carne.

Con las pocas fuerzas que le quedaban volvió a intentar defenderse, pero su torturador volvió a ponerle la capucha, instintivamente ella se quedó quieta y comenzó a suplicarles.

— ¡Por favor, no! ¡No me lo hagan de nuevo!

Los tres tipos lanzaron una carcajada.

— No te dije que eso las doma al instante.

Jimena ni se movió, uno de ellos le desabotonó la blusa y se la quitó suavemente, evitando rompérsela. Ella, viéndolos a través de la capucha, los dejó que hicieran lo que les viniera en gana, lo que fuera con tal de alejarse del galón de agua.

— Bruno, ¡te lo digo brother, de corazón! Yo sigo diciéndolo, lo mejor son unos buenos electroshocks en los pezones, las ponen mansitas como una paloma —el que hablaba se quitó la ropa y, desnudo, con el pene como si fuera una especie de taladro, caminó por dentro de la habitación hasta la nevera, de donde sacó varias latas de cervezas. Abrió una, le dio un largo trago y le lanzó otra a su compañero.

El tal Bruno le quitó la capucha (si la hubieran puesto boca abajo quizás la humillación hubiera sido menos, habría podido dejar que su mente saliera de aquella habitación), pero la obligaron a acostarse mirando hacia el techo. Bruno se echó un chorro de lubricante sexual en la mano y comenzó a restregarle el cuerpo a Jimena, en especial, las nalgas y la pelvis. Ya para ese entonces los tres estaban desnudos, tomando cervezas y sentados calmosamente alrededor de la cama.

Bruno se puso un preservativo (un detalle importante que no se le pasó a Jimena), aquellos hombres eran violadores profesionales. Lo primero era someter a la mujer, dejarla tan cansada y sumisa después de darle el susto de su vida. De esa manera no había posibilidad de resistirse. Así podrían violársela sin dejar marcas. Sentado frente a las piernas de Jimena, le separó los muslos y la penetró suavemente.

Comenzó a moverse lento, muy lento, no tan enfocado en disfrutar el momento como en demostrarle que estaba dentro de ella y no iba a tener consecuencias por ello.

—Este tipo es un salvaje —le recriminó Bruno, se dio un trago de cerveza, le pasó la lata a su amigo, le agarró los muslos a Jimena, se movió un poco más rápido dentro de ella y después salió para que su compañero ocupara su puesto—. Cada vez que hacemos eso, se cagan y se mean encima, no vale la pena, te jode el momento.

¡Esto no me está pasando! ¡No es de verdad!

Su cuerpo volvió a moverse de arriba abajo con las nuevas acometidas.

—Es que este tipo es un cochino —dijo el nuevo violador que acababa de tomar su turno—, te acuerdas de la china, la muchachita bonita. —Bruno negó con la cabeza—. ¡Mijo, la china de las nalgas grandes! Si le tiramos hasta fotos. ¿Cómo no te vas a acordar? La hija del disidente aquel que quería... ¡Ah!, verdad, tú no estabas.

Aburrido de esa posición, la viró en la cama y comenzó a penetrarla de lado, apretándole las tetas mientras tomaba más impulso, por lo visto ya estaba mucho más emocionado. Jimena, como si fuera un simple trozo de carne, dejaba que entraran y salieran de ella sin moverse apenas. No hablaba, solo intentaba mantener los ojos cerrados y llorar, llorar tanto como pudiera, al menos eso no se lo prohibieron.

—Bueno, el cuento es que Pablo le metió corriente en los pezones y la chinita se vino en mierda.

Pablo lanzó una carcajada al recordar la ocurrencia.

—¡Muchacho, ni me lo recuerdes! —Pablo no podía parar de reírse—. ¡A la muchacha le cayeron unas diarreas que no podía parar! Roman, el de las Tropas Especiales, estaba ese día con nosotros. ¡El tipo me quería matar! Ese mulato desde hacía rato le tenía unas ganas a la chinita...

Los tres violadores lanzaron una carcajada imaginándose la cara de Roman. Rangel se levantó y le cedió su turno a Pablo. Este haló a Jimena por las piernas y la puso boca abajo, antes de penetrarla volvió a echarle aceite entre las nalgas. Ninguno quería hacerle un desgarramiento o algo por el estilo, eran muy profesionales en su oficio.

\*\*\*

Ser violada era una experiencia terrible, pero ser violada por tres hombres... era inimaginable; y tres hombres como aquellos, que hablaban a su alrededor como si ella no fuese nada más que un muñeco, un "algo", aquello superaba todas las pesadillas de Jimena. Una mezcla entre la realidad y la ficción que su mente no podría superar. Supo que después de aquella experiencia, cuando terminaran (si es que terminaban algún día), nunca más volvería a ser la misma.

Las horas de impotencia continuaron.

El miedo a la capucha era constante (ellos lo sabían y se lo recordaban), aunque las conversaciones de sus violadores quizás resultaran peores. Continuaban hablando de sus "experiencias" con otras mujeres (incluso hasta con hombres), no estaban desesperados por lograr el clímax, iban despacio y tomándose el tiempo que fuese necesario para demostrarle todo lo que podían hacerle. La violaron en la cama, en el sofá, en el piso... la sodomizaron, uno a la vez. Abrían cervezas, comían lascas de jamón con queso y le cedían el turno a su compañero. Uno de ellos (ya no sabía cuál), la sentó encima de él, la penetró y la atrajo contra se pecho, su compañero llegó por detrás y la sodomizó. Entre los dos lograron al fin el clímax. Jimena los sintió estallar dentro de ella. El tercero la penetró, la envistió como ninguno lo había hecho hasta el momento, y logró su orgasmo al instante.

\*\*\*

Jimena estaba agotada. Le dolía todo el cuerpo, sobre todo la ingle. Con la punta de los dedos tomó la sábana y se fue cubriendo poco a poco, como si temiera que las sábanas hicieron mucho ruido y llamaran la atención de aquellos monstruos.

Pablo, Rangel y Bruno… nunca olvidaría esos nombres. Cada uno se quitó el preservativo y todos lo guardaron, quizás como una especie de trofeos. No pensaban dejar pistas. Entraron a la ducha por turnos, se bañaron, tomaron más cervezas y se vistieron. Ni por un segundo se tomaron la molestia en mirarla.

Cuando se quedó sola en la habitación, Jimena pensó en levantarse, romper un trozo del espejo y cortarse las venas. No le iba a doler, su cuerpo estaba tan molido que no creyó hubiese mucha diferencia en pasarse un pedazo de vidrio por su muñeca.

Escuchó la puerta abrirse. Pasos… ya no le importaba si habían regresado por una segunda tanda. Ya no le importaba nada. Vio la sombra de un hombre, después escuchó su voz.

—Son unos hijos de puta estos cabrones. Les dije un rato y casi amanecen aquí —Gilberto apareció en su campo visual. Jimena no tenía fuerzas ni para levantar el cuello. El anciano abrió su cartera y sacó cuatro billetes, se los tiro sobre las sábanas. Jimena vio caer los billetes, $80 CUC, el mensaje le quedó claro, *eso es lo que valgo* —. Te voy a dar un consejo, tómalo o déjalo, depende de ti, realmente no va a hacerme ninguna diferencia. Dentro de unas horas levántate, date una ducha y desayuna algo en el buffet. Un auto te va a esperar para llevarte a tu casa. Tómate una semana de vacaciones, un mes, lo que quieras… si no quieres regresar me da lo mismo. Si te quieres cortar las venas, ahora mismo o dentro de un rato en la ducha, ya sabes, nos harías un favor, un problema menos. Cinco minutos nos va a tomar preparar la escena de un suicidio, algunas pastillas por el piso, y tú serás la actriz principal.

Gilberto salió de la habitación sin decirle una palabra más.

*No… no lo puedo hacer, él tiene razón, solo les haría un favor.*

Su mamá y su papá dependían de ella… su padre estaba condenado de por vida, su madre no podía mantener la casa, mucho menos la familia. Era hija única, cortarse las venas solo sería un triple suicidio. Jimena se acurrucó, apretó las rodillas contra su pecho poniéndose en posición fetal y se tapó la cabeza con la sábana. Así se quedó llorando por horas.

ADRIÁN HENRÍQUEZ

## CAPÍTULO 15
## SIETE VIDAS
(EN ALGÚN LUGAR DE LA SELVA SALVADOREÑA)

El impacto lo lanzó hacia el frente dejándolo suspendido en el aire como si un gigantesco imán lo estuviese atrayendo hacia la selva. Cayó al piso luchando por controlar sus instintos, aunque al final terminó abriendo la boca para pedir a gritos una bocanada de aire.

¿Con qué demonios me dieron?

Alex conocía perfectamente la respuesta. Los guardias portaban AK-47 y M-16, a juzgar por el impacto debió de ser una AK-47. Un proyectil de 7.62mm impactó contra la placa de cerámica balística de su Kevlar a más de 715 metros por segundo... con razón voló por los aires.

A su espalda escuchó los gritos, las ráfagas y los hombres que salían a través de la puerta. No se movió, comenzó a contar hasta llegar a cinco segundos y entonces la tierra vibró. El primero de los guardias debió salir tan conmocionado que tardó un instante en comprender que le había quitado la anilla a dos granadas. La explosión lanzó una lluvia de esquirlas hacia todos lados. Por los gritos que continuó escuchado mientras reanudó su avance, al menos la mitad de los hombres debían de estar muertos o gravemente heridos.

*** 

Una vez dentro de la selva, todos los elementos estaban a su favor. Tenía un moderno dispositivo de visión nocturna. Varias trampas preparadas para cubrir su ruta y un actualizado sistema militar de posicionamiento global, que le permitía seguir rutas dentro de la selva con un margen de error de apenas unos centímetros. Una vez que llegó a su campamento —lo primero fue pegarse un disparo de morfina, antes graduó la pistola para inyectarse una leve dosis, suficiente para controlar el dolor y mantenerlo alerta—, sacó una ligera MP7 con su silenciador incorporado y un puntero láser.

Detrás escuchó gritos y voces.

Alex se colocó la mochila de campaña y empezó a internarse en la jungla. A medida que avanzaba las voces se hicieron más tenues. El mensaje para los guardias quedó claro: su enemigo conocía mejor que ellos el terreno, llevaba puesto un equipo de visión nocturna y ninguno quería caminar sobre otra granada.

*** 

Alex Méndez tenía muchos nombres y apodos, pero todos solían referirse a él como *Siete Vidas;* al igual que un gato, en cientos de ocasiones lo habían rodeado, puesto contra la pared y de alguna manera siempre se las arreglaba para salir con vida. Nunca nadie le había visto la cara.

Alex no estaba muy de acuerdo que digamos con aquel apodo, pero no iba a hacer nada para evitar que la leyenda siguiera creciendo. El éxito de llevar tanto tiempo en el negocio se lo debía a la práctica adquirida como un Green Beret, una vez que cambió de profesión para convertirse en mercenario al servicio del mejor postor, puso en funcionamiento la frase esencial que durante años lo mantuvo con vida:

*Siempre tienes que tener un plan B, C y hasta el Z.*

Al pasar los años y adquirir más experiencia, y sobrevivir basándose en planes y rutas de escape, se convirtió para él en un modo de vida; *un estilo,* como le recordaba Troy Jackson.

Alex nunca entraba a un restaurante sin antes chequear los baños, preparar al menos tres rutas de escape y tener lista una gigantesca maniobra de diversión. No tenía esposa ni hijos, cada relación amorosa se reducía siempre a prostitutas de lujo y nunca en el mismo lugar ni con la misma chica. Pocas veces viajaba en aviones, le tenía terror a los aeropuertos o verse encerrado dentro de un elevador, por eso siempre tomaba las escaleras. Cuando los contratos lo obligaban a viajar —como solamente trabajaba en Latinoamérica—, prefería cruzar las fronteras.

De tener que entrar en una isla, pues lo hacía en avión para luego salir en yate. Cada vez que aceptaba un contrato, siempre necesitaba disponer de al menos siete rutas de escape (ese era su lema).

Después de avanzar más de seis millas por la selva, y asegurarse una docena de veces de que no lo seguían, efectuó su primer descanso. Sacó su moderno teléfono satelital, un Iridium de última generación, y llamó a su piloto.

Solo dos timbres y Raúl Silva, ex-piloto de las fuerzas armadas guatemaltecas, contestó de inmediato.

—¿Listo?

—Listo, te envío las coordenadas.

Alex presionó una tecla de su GPS, a unas doscientas millas de distancia Silva recibió las coordenadas. Como todos los planes de Alex, y sus siete vías de escape, Raúl Silva recibía mensualmente un pago solo por estar en su nómina. Alex era uno de los patrocinadores del club de vuelo de Silva, un negocio que enseñaba a jóvenes pilotos técnicas para trabajar en compañías de cultivo, usando diferentes métodos de fumigación.

El anciano, a sus sesenta y dos años, seguía en excelentes condiciones físicas. Tenía en su pequeño aeródromo dos hangares, uno con cuatro avionetas, y el otro con un moderno helicóptero listo para despegar en cualquier momento del día… o dicho de otra forma, listo para despegar desde el momento que recibiera una llamada de Alex.

El anciano comenzó a apretar teclas y mover los mandos

del helicóptero, las paletas se pusieron en movimiento, a la par que Alex finalizaba su breve descanso y abría una barra energética que comenzó a devorar con cada paso que iba dando hacia la zona de aterrizaje.

*Nada mal para cuatro días de trabajo... por suerte no tuve que usar ninguna de las otras vías de escape.*

# TRES MESES DESPUÉS

*ADRIÁN HENRÍQUEZ*

## CAPÍTULO 16
## LAS PECERAS
### (SANTA CLARA, CUBA)

*Somos una masa de grasa y acero.*
*Somos como vacas que se apuran hasta el matadero.*
*Somos las hormigas que van al agujero.*
*Somos una braza de fuego.*
MONEDA DURA

Jimena se sentía como una barra de mantequilla dentro de un horno a unos 325 °F. Le estaban sudando las manos, el rostro, el pelo, los pies. Podía sentir como las gotas recorrían su espalda para metérsele entre las nalgas. Le estaba sudando hasta el alma.

—¡Por ahí viene la Pecera! —gritó uno de los bailarines.

Cada tarde los bailarines de los Cayos abordaban frente al Mejunje (la discoteca gay más famosa de Cuba), el autobús que los llevaría hasta el Centro Turístico. Supuestamente, el autobús —rentado por el Centro de la Música—, debía salir de Santa Clara a las doce del mediodía con todos los bailarines, músicos, coreógrafos, magos, escenógrafos, payasos y el resto del personal artístico que montaban el show en los Cayos. Ahora… que el autobús saliera a su tiempo, o que simplemente saliera, era otra historia totalmente distinta.

Jimena había llegado desde las once y media, solo se dio el gusto de un almuerzo ligero, pues una vez que se montara en la Pecera (algún especialista en humor muy negro había bautizado los autobuses de los Cayos con el alias de: Las Peceras), el calor, el viaje de más de dos horas y la multitud que iba dentro, era imposible que no le atacara una ola de

93

mareos y náuseas.

Por suerte ella nunca se había vomitado, pero en cientos de ocasiones los pasajeros se vomitaban. Para los que iban de pie, no les quedaba más remedio que ver como los jugos gástricos iban de un lado a otro del pasillo pasando por entre sus zapatos.

*** 

Ya eran las dos de la tarde, la Pecera estaba retrasada, como de costumbre. Algunos de los bailarines comenzaron a llamar al Jefe de Animación (quien era el encargado por el Centro de la Música de rentar y coordinar el ómnibus). Jimena se acercó al grupo para escuchar la conversación; uno de ellos colgó y levantó el dedo del medio hacia el cielo.

—¿Qué dice esa pájara loca? —le preguntó Jimena.

—¡Yo lo cogiera así…! —el bailarín formó un círculo con sus manos y las removió de un lado a otro como si dentro estuviera el cuello del Jefe de Animación—. Dice que a nadie se le "ocurra" irse, que llamó a Transmetro y ya le confirmaron que la Pecera viene en camino.

Todos los presentes asintieron, reconociendo perfectamente la amenaza por parte del Jefe de Animación. A quien se atreviera a irse no solo le iban a descontar el día… también podía tener amplias posibilidades de que no regresara. Jimena se sentó al borde de la acera, resignada a esperar el tiempo que fuera necesario. Iba de regreso a los Cayos, con el rabo entre las piernas y lo menos que quería era tener un enfrentamiento con alguien, así que una vez más se tragó su orgullo y continuó esperando.

*** 

Por fin la Pecera llegó a las tres y media de la tarde. Los artistas comenzaron a abordar para lo que serían dos o tres largas horas de tormento.

Las Peceras, autobuses comprados en países capitalistas

como Holanda, eran literalmente un horno con ruedas, metal y cristales. En sus países de origen se usaban con sus respectivos aires acondicionados. Las paredes estaban diseñadas para temperaturas bajo cero, por lo que las ventanas permanecían selladas. Una vez que llegaron a las millas establecidas por las leyes de seguridad de tránsito en Holanda, fueron sacadas de las calles, luego les quitaron los aires acondicionados y pasaron a formar parte de una inmensa lista para desmantelarlas y venderlas como chatarra.

Cuba las compró a un precio prácticamente regalado, a sabiendas que les podían dar un uso ilimitado por las próximas décadas.

***

Desde que Jimena se sentó, una ola de vapor caliente y pegajoso, proveniente del fondo del autobús, le dio la bienvenida. El tormento comenzaba.

La ruta del chofer iniciaba desde Santa Clara hasta Caibarién, allí volvía a montar a otro grupo de trabajadores para atravesar el pedraplén que los conducía al Cayo Santa María (hasta Caibarién eran más de 70 kilómetros). El problema de la primera ruta radicaba en las constantes paradas. El trayecto que supuestamente debía de tardar solo una hora —hora y media máximo—, siempre terminaba convirtiéndose en dos o tres horas, eso solo hasta Caibarién, porque hasta los Cayos eran un total de 132 kilómetros.

*En sus marcas, listos… fuera.*

Desde Santa Clara a Caibarién el chofer comenzaba su negocio, montando a todo el que le extendiera una mano con un billete de cinco pesos. Los autobuses, con una capacidad que variaba entre cuarenta a cincuenta pasajeros, eran llenados con una multitud que superaba las cien personas dentro de aquellas peceras humanas. Tantos pasajeros encerrados en un espacio tan pequeño —espalda contra espalda—, convertían el trayecto en una especie de sauna con ruedas.

En condiciones extremas, el cuerpo humano puede superar los límites de la imaginación y los sentidos en cuanto a olores se refiere. A pesar de las cremas y perfumes extranjeros con que los artistas prácticamente se bañaban antes de montarse en la Pecera, el sudor, el aliento, algún vómito de un niño o algún bebé que se defecara encima, iban creando una nube nauseabunda que flotaba en el aire.

*Está parte no la ven los turistas… no, ellos solo ven el show, no lo que pasa tras bambalinas,* reflexionó Jimena.

Miró por la ventanilla y pasó un dedo por el vidrio, dejando una gruesa línea que culminó con una gota. El calor de tantos cuerpos apiñados unos encima de otros, sin una gota de ventilación, hacía que las ventanas sudaran por el vapor. Jimena cerró los ojos y pegó su frente al cristal. Por unos segundos la vibración la ayudó a opacar la cacofonía de voces a su alrededor.

***

Volvió a abrir los ojos y miró a su alrededor. Iban por la mitad del camino. Las risas de los bailarines, el llanto de los niños, las quejas de los ancianos y el resto de los pasajeros que iban de pie, la hicieron comprender (una vez más), que algo estaba muy mal con su generación.

—¡Chofer, quítale el bloque al acelerador! —gritó uno de los músicos; el resto de los artistas lo apoyó con risas y aplausos. El chofer, que posiblemente llevara dos turnos seguidos, sonrió por el espejo e ignoró la queja. El músico volvió a la carga, esa vez tocando un tambor para marcar un ritmo de conga—. ¡Acelera chofe, acelera!

Más risas y aplausos, otro músico sacó una trompeta y alguien marcó el ritmo con unas maracas. Un coro contestó:

—¡Al chofe no se le para…!

—¿El qué…? —gritó el músico que iba guiando la

96

comparsa, el coro le respondió:

—¡La Pecera en la carretera!

*Sí, definitivamente algo está mal con mi generación.*

Jimena hacia mucho que había llegado a la conclusión de que su "generación", esos nacidos después del noventa, estaban más perdidos que una manada de ovejas sin su perro ovejero de guía. Quizás fuese debido a tantas Tribunas Abiertas, Mesas Redondas, marchas por la liberación de los cinco héroes… o algunos actos de repudio con el tema que estuviese de moda por esos días. Eso, quizás, había convertido a millones de jóvenes en sumisos, pero lo que más saltaba a la vista, era la inconformidad silente, una enajenación por todo y por todos en una tierra de zombis, transformados en una masa humana incapaz de tomar decisiones propias. Una generación de masoquistas que se reían de sus propios problemas en vez de enfrentarlos. Nunca les enseñaron que protestar o reclamar sus derechos como ciudadanos… no era malo. Simplemente no lo sabían hacer, por eso, mirando al resto de sus compañeros, se aclaró la garganta y en cuanto la Pecera se detuvo para montar un último pasajero le gritó al conductor.

—¡Chofe, monte cinco más! —varios pasajeros giraron sus cuellos hacia ella como búhos que asechan a un ratón—. ¡Esto aquí atrás está vacío!

Uno de los bailarines se unió a ella.

—¡Pasajeros, vamos, apriétense un poquito que aquí atrás está vacío!

La comparsa volvió a marcar el ritmo.

—¡Aquí atrás caben diez más, caben veinte y caben treinta!

—¡Que rico! —respondió el coro.

Los pasajeros, como si fuesen una banda de indios Apalaches, miraron a los artistas con la clara intención de quererles arrancar sus cueros cabelludos. Mientras tanto, la conga continuó subiendo el volumen, los aplausos marcaban el retumbar de los tambores, y el chofer montó más y más pasajeros.

## CAPÍTULO 17
## UNA VISITA INESPERADA
### (MANSIÓN DE ALEX MÉNDEZ)

Mario Ferreira, doble campeón de la UFC en la división Middleweight, supo que los $1000 dólares la hora que se estaba ganando no eran de gratis. Esquivó la patada frontal, se cubrió el rostro para recibir un combo, hizo una finta que obligó a su oponente a retirarse, y entonces contraatacó.

Ferreira, a sus treinta y dos años, debía el éxito de su carrera a su oponente. Alex Méndez, diez años mayor, retrocedió hacia el otro extremo de la jaula para evitar el agarre, el espacio se le acabó y su espalda quedó contra la malla.

*Ya eres mío.*

Ferreira le lanzó un combo de puños y codo. La defensa de Méndez era increíble, imitaba perfectamente a su ídolo, el cubano Yoel Romero, otro campeón de la misma división. Sus movimientos "en apariencia" descoordinados, evitaron la paliza que se le vino encima. Sin poderlo conectar, Ferreira cambió de táctica y se lanzó a sus piernas. Alex le sujetó el cuello, cambió de posición, se impulsó con las piernas y salió de la esquina. Lo menos que quería era ir al piso con un brasileño cinturón negro en Jiu-Jitsu.

—¡No corras, ratón! —le retó Ferreira, Alex le sacó la lengua, pero no cayó en la trampa, se retiró hacia el centro del octágono—. ¡Oh, ya entiendo!, prefieres la pelea de pie, ok, ¡ven, acércate!

Volvieron al centro, pero en ese momento sonó la campana. Cada uno fue a su esquina, Ferreira miró a Alex y con el puño le indicó que lo iba a machacar en el próximo round... y Alex le creyó. A diferencia del campeón, Alex tenía un entrenador esperándolo en su esquina. Ferreira, por su parte, ni se molestó en sentarse. Estiró el cuello, las piernas y golpeó sus guantes.

***

Mario miró a su alrededor, estaban en el sótano de la mansión de Alex, una especie de gimnasio diseñado para entrenar toda clase de artes marciales. En cada esquina colgaban del techo enormes y variados sacos de boxeo. Todo el piso y las paredes eran como un gigantesco tatami con doble capa de espuma que les permitía practicar lucha, judo y Jiu-Jitsu sin tener que preocuparse por salirse de los bordes o chocar contra las esquinas.

Ferreira nunca le había preguntado a Méndez en qué trabajaba... había cosas que era mejor no saber, tampoco es que le interesara. A sus veintiún años (durante una pelea regional de la MMA en Brasil), después de recibir la paliza de su vida —pero aguantar los cinco rounds—, Méndez se le acercó en las taquillas y le dijo que quería pagarle los entrenamientos.

Jamás olvidaría ese día.

Mario creyó al principio que se trataba de alguna broma de mal gusto, huérfano de padres, vivía dentro del gimnasio cuando lo dejaban quedarse, otras noches tenía que pasarlas en la calle o en casa de algunos amigos. Que un extraño se le acercara y le hiciera semejante propuesta no era común, a menos que quisiera algo a cambio. Un mes después recibió un pasaje para los Estados Unidos, quinientos dólares y un recibo de pago por seis meses de un gimnasio especializado en peleas de la MMA.

Ferreira no se lo pensó dos veces.

Un año después ya era campeón del Bellator, y al cabo de unos meses estaba compitiendo —con un contrato de dos años—, junto a los grandes de la UFC.

La vida de Mario cambió de la noche a la mañana. Pero las cosas se pusieron incluso mejores. Alex fue un paso más allá y abrió su propio negocio (del cual Mario formaba parte como manager principal), gestionaba clases privadas impartidas por peleadores de la UFC a multimillonarios que no tenían tiempo para ir a un gimnasio, incluyéndose él mismo. Cada dos semanas, o al menos una vez al mes, Ferreira se reunía con Alex para efectuar una pelea de cinco rounds. Durante todo el mes, ambos se preparaban para ese enfrentamiento. Hasta el momento, Ferreira nunca le había ganado, pero en esta ocasión comenzó a notar que Alex estaba mucho más cansado que en las peleas anteriores. *Sí, te estás poniendo viejo, amigo, y porque te quiero, te voy a dar la paliza de tu vida.* Mario miró a su adversario y le indicó con gestos bien claros que en el próximo round limpiaría el suelo con su cara.

Una de las reglas antepuestas por Méndez, desde el primer día, fue que le pagaba para que le golpeara, no quería que fuera suave con él en lo absoluto, porque de eso dependía su vida.

Ferreira comprendió que no era broma, fuese cual fuera el trabajo al que se dedicaba su amigo, necesitaba estar en excelente forma física. Además, él no era estúpido, a juzgar por los equipos y muñecos instalados en el gimnasio, Ferreira podía deducir que Alex practicaba otra variedad de artes marciales más especializadas en matar... *asesinar, acabar con tu oponente en el menor tiempo posible, con la menor cantidad de movimientos...*

Otro detalle que nunca pasó desapercibido al campeón, era el físico de su amigo. Alex Méndez poseía una coraza de músculos creados a base de entrenamiento duro... pero no a causa de un simple levantamiento de pesas. Sus brazos, sus hombros y su abdomen estaban tan fibrosos que parecían ángulos capaces de cortar. Con 1.80 de estatura y 187 libras de peso, de haberse dedicado profesionalmente a la UFC, Méndez podría ser el actual campeón y haber conseguido muchas veces el título.

La campana sonó.

—¡Ven con papi! —Mario abrió los brazos para imitar los movimientos de Neo antes de enfrentarse a Morfeo y concluyó su coreografía indicándole con los dedos que se acercara—. Último round, trata de aguantar.

\*\*\*

Alex escuchó las payasadas de Mario, para él seguía siendo un chico. Se levantó para recibir un último masaje de David Gold, su entrenador personal.

—No te le acerques mucho y mantén la distancia —le advirtió David—, recuerda que es mucho más rápido y resistente, pero demasiado confiado.

David Gold, ex-miembro de las Fuerzas Especiales Israelitas, no solo era su amigo y entrenador personal, también era su maestro de Krav Maga (para muchos el arte marcial más letal del mundo). Gold era de un pensamiento pragmático, para él, concluir un combate era simple, un dedo en un ojo de su oponente, un golpe en la tráquea y un giro al cuello... *fin del combate.*

Si la pelea fuera de vida o muerte, Alex acabaría con Mario en menos de un minuto, pero la esencia de aquel entrenamiento constante era el de mantenerse en forma y crear reflejos, sobre todo al recrear una pelea lo más real posible.

\*\*\*

Ambos contrincantes chocaron guantes.

Alex estaba mucho más viejo y cansado; usó las piernas para mantener la distancia de Mario, pero este quería acabarlo antes de que volviera a sonar la campana. El combo lanzado por Mario hizo retroceder a Alex, este recibió el impacto de un codo en la cabeza y varias patadas en la entrepierna. Como todo experto en Muay Thai, Alex también sabía usar sus codos y rodillas, así que dejó que Mario terminara su combo y se lanzó al contraataque. Apenas hizo el primer giro, Ferreira, quien estaba esperándolo, a sabiendas de su rutina, se le lanzó a los pies y lo llevó al piso. Rápidamente se le montó sobre la guardia y cumplió su promesa. Alex, cubriéndose el rostro, recibió puñetazos y codazos de todos tipos y desde todos los ángulos.

Vio estrellas, cometas y galaxias... ¡Me va a matar! Necesito salir de aquí.

Mario tomó solo un segundo de respiro y ese fue su error, durante años había entrenado con Alex y este siempre le ganaba los combates a causa de la monstruosidad de combos que lanzaba. Lo pegaba a la malla del octágono y no lo dejaba escapar hasta dejarlo medio noqueado. Mario recordó que, en todos los combates, si lo había llevado más de quince veces al piso era mucho, y con los dedos de las manos podía contar las veces que pudo hacerle alguna montada. Era evidente que Alex estaba poniéndose más viejo y perdiendo los reflejos, aunque eso no significaba que al viejo zorro no le quedaran trucos bajo la manga.

Atrapándole una de las piernas con su propia pierna, le aplicó una llave de salida de la montada, luego usó la fuerza de sus caderas y logró agarrarle un brazo para hacerlo girar hacia un lado. Para cuando Mario comprendió lo que estaba pasando ya era demasiado tarde y Alex estaba encima de él.

¿Qué demonios ha pasado?

Ferreira siempre creyó ser el experto en Jiu-Jitsu brasileño, por eso retaba a Méndez a que terminara la pelea en el piso. Durante años este le hizo creer que, si iban al piso, él iba a tener las de perder; ahora la realidad lo dejó desorientado. En menos de tres segundos Alex le aplicó un triángulo de brazo, hizo girar sus caderas por encima de él y cerró la llave al completar el giro lateral. Menos de cinco segundos y Ferreira sabía que iba a perder la conciencia por la falta de oxígeno a su cerebro.

—¡Hijo de puta! —murmuró Ferreira, con la punta de los dedos le tocó el hombro indicándole que se rendía.

Alex le dio un beso en la frente y dos palmadas en la cara.

—Buen intento, pero todavía me quedan algunos trucos.

—¡Cabrón!

***

—Te estás poniendo viejo —le dijo Ferreira aún con su orgullo herido mientras se quitaba las vendas.

Alex negó con la cabeza pero prefirió no responderle. Se quitó los guantes y comenzó a cortarse las vendas de los nudillos. A su espalda estaba David, que ya le pasaba una manta al octágono mientras escuchaba las quejas de Mario.

—Bueno, yo no lo veo tan mal —David Gold terminó de limpiar y recogió los guantes que habían dejado ambos peleadores—, para ser un viejo y ganarle a un campeón de la UFC, nada, que lo veo en forma.

Alex comenzó a reírse y Mario le sacó el dedo del medio.

—Váyanse los dos a la mierda.

Con su orgullo herido y la cabeza bien alta para mantener su postura de campeón, Mario se fue hacia las duchas. En ese momento las luces del techo parpadearon. Alex se levantó, abrió un Gatorade y se lo tomó hasta la mitad de un solo trago. Fue hasta la pared para mirar el circuito de cámaras cerradas que tenía alrededor de su casa. Frente a la puerta principal, el software de reconocimiento había detectado un rostro familiar.

Troy Jackson, el veterano de la CIA, le sonrió a la cámara. Alex apretó un botón y la puerta de seguridad comenzó a abrirse.

—¿Todo bien? —le preguntó David.

—Eso espero, Jackson debería de haber tardado unos cuantos meses más en hacerme una visita, parece que ha aparecido algún imprevisto.

—Pues te dejo con tus negocios, ya sabes, nos vemos mañana, y ponte algo de hielo en las costillas; ese cabrón brasileño patea más que una jirafa en celo.

*Ni me lo digas.*

En cuanto David salió del gimnasio, Alex aprovechó y se puso el pomo de Gatorade en las costillas. Apenas si podía respirar. El maldito de Mario pateaba con más fuerza que un avestruz. *Te estás poniendo viejo... quizás ya es hora de retirarte.* La voz de su conciencia le dijo lo que ya sabía inminente, pero necesitaba un último reto antes de salirse del negocio. *Primero vamos a ver que nos trae esa cobra de Jackson.*

*ADRIÁN HENRÍQUEZ*

## CAPÍTULO 19
## UNA GATA ENTRE LEONES
(HOTEL PARAÍSO AZUL, CAYO SANTA MARÍA, CUBA)

*Pero tú… tú lucha tu yuca taíno, lucha tu yuca,*
*lucha tu yuca taíno,*
*lucha tu yuca, que el cacique delira,*
*que está que preocupa, tú, taíno tú, lucha tu yuca.*
RAY FERNÁNDEZ

Nada había cambiado en los dos meses que estuvo ausente.

Por la manera en que la trataban sus amistades más cercanas y algunos empleados del hotel, Gilberto se había asegurado de que lo ocurrido en la habitación 4016 se quedara allí. Como ese dicho —parafraseando a uno bien clásico de Nevada— que cada trabajador de los Cayos tenía tatuado en su cerebro: *lo que sucede en los Cayos se queda en los Cayos.*

Incluso Félix, el gerente del hotel, la saludó de lejos, aunque su expresión sí era diferente.

Él sí sabe.

\*\*\*

El resto de la tarde la pasó sin contratiempos. Entre ensayos y el montaje de una nueva coreografía, las horas pasaron sin tener un segundo de descanso. Pero en cuanto tuvieron el primer receso, Jimena salió del camerino a toda prisa, dos meses sin trabajo la pusieron con la soga al cuello, estaba contra la pared, económicamente hablando. Necesitaba volver a generar los mismos ingresos de antes, duplicarlos incluso.

107

Un bailarín en los Cayos cobraba $200 CUC (unos $229 dólares); comparados con los $60 u $80 CUC que ganaba un médico especializado, sus ingresos duplicaban los de cualquier profesional de la salud. Pero el salario no representaba nada comparado con lo que podía rapiñar en los centros turísticos, ahí era donde radicaba el verdadero negocio.

\*\*\*

Jimena sintió la vibración a un costado. Miró la pantalla de su celular, se trataba de su mamá. Carmen nunca la llamaba mientras ella estaba en el trabajo, aquello solo significaba que algo no iba bien. Esa mañana, cuando se fue hacia el Mejunje a esperar la Pecera, su mamá había llevado a su papá hacia el hospital para hacerle unos exámenes médicos.

—Mami, ¿qué pasa?

—Nada, mi niña... —su mamá hizo una pausa demasiado larga, una pausa que Jimena conocía perfectamente; quería decir de todo, menos que no pasaba nada—. Bueno, ya sabes...

—Mami, háblame claro, ¿qué le dijeron a papi en el hospital?

Una vez más otra larga pausa.

—Jime, lo volvieron a poner a dieta. Tiene muy baja la hemoglobina, y otro chorro de cosas.

La voz de su mamá sonó cansada. Jimena, por su parte, comenzó a masajearse las sienes mientras que su cerebro desde ya buscaba posibles soluciones.

—Mami, cálmate que todo se resuelve —mientras iba hablando, sus piernas la fueron llevando inconscientemente hacia la cocina del hotel. Necesitaba cash de inmediato, esa era su primera prioridad—. Mami, ya empecé a trabajar. Esto aquí adentro está más relajado de lo que yo pensaba.

Esta noche me debo quedar en el hotel, así que hierve mañana una caldera con agua, sal y vinagre. Ya sabes... un besito, te quiero.

Jimena no necesitó ver el rostro de su madre para imaginársela limpiándose las lágrimas y aclarándose la garganta para sonar fuerte para su hija. La impotencia de sus padres al no poder proveer lo más básico para mantener a la familia era una carga que pendía en sus hombros.

—Claro, mi niña... ten cuidado cuando regresen. Saquen un poquito de café del hotel y llévenselo al chofer para que no se quede dormido —Jimena negó con la cabeza, nunca debió haberle contado lo de los autobuses que constantemente se iban por el borde del pedraplén debido al cansancio de los choferes y a los baches del camino—. Te quiero, un beso.

En cuanto la llamada finalizó, Jimena se puso en plan *"raspar lo que aparezca"*.

***

Frente a una de las puertas que daba a la cocina, Jimena esperó hasta que uno de los camareros regresó en busca de una nueva orden.

—Dime, ¿a quién te busco? —le preguntó el camarero sin detenerse a la par que empujó la puerta con su espalda mientras que con las manos sostenía, como un malabarista del Circo del Sol, dos bandejas repletas de vasos y platos.

—A Freddy.

El malabarista-camarero desapareció entre una multitud de hormigas con delantales y gorros blancos que se movían en un caos completamente organizado. Freddy, el Jefe de Cocina, la miró desde un gigantesco fogón plateado que lanzaba lengüetazos de fuego.

Cuando Freddy llegó junto a ella, se le iluminó el rostro mientras la devoraba con la vista. La reparó detenidamente

(Jimena dio un giro de bailarina extendiendo los brazos y una pierna) y se saboreó como si estuviera frente a un pastel de crema. Su vista no podía apartarse del piercing que a Jimena le colgaba del ombligo.

—¡Pero mira que tú estás rica! —por supuesto que esas fueron las primeras palabras del Jefe de Cocina. Jimena le sacó la lengua, Freddy siempre le decía lo mismo cada vez que la veía. Ella se le acercó y fue a darle un beso, pero Freddy se apresuró y sacó un pañuelo grasiento de su bolsillo para limpiarse las gruesas gotas de sudor que le corrían por la cara, entonces sí que recibió el beso.

Freddy, con sus más de trescientas libras, era la imagen perfecta de lo que significaba ser Jefe de Cocina en los Cayos. Estaba tan gordo que sus mofletes grasientos le caían sobre los hombros... *porque el cuello se le desapareció.*

—Cosa rica, ¿dónde tú te metiste que más nunca te había visto por estos barrios donde trabaja la plebe? —le hablaba sin dejar de secarse el sudor que le corría abundante por el rostro y su gigantesco cogote.

—Tuve que pedir unas vacaciones para... —Freddy no la estaba escuchando, su mirada permanecía fija en el provocativo escote. Sin mucho disimulo, el enorme gordo le estaba vacilando las tetas sin preocuparse mucho en realidad de lo que ella iba a decirle—. ¡Sube los ojitos, papito, que tú estás casado!

—Ricura, si te vas conmigo, hoy mismo boto a mi mujer, te cocino, te friego y te lavo...

—¡Sí, claro! Hasta que aparezca otra bailarina.

Freddy lanzó una carcajada.

—Ok, cosa rica, a trabajar... ¿qué te hace falta?

*Así de fácil.*

***

La verdadera ganancia de trabajar en los Cayos no

radicaba en el salario, sino en el acceso prácticamente ilimitado a todo lo que la mega compañía turística generaba. Cosas imposibles de conseguir para un simple trabajador cubano.

—Un pomo de aceituna, de los grandes... ¿cuánto me sale?

—Ricura, por ser a ti hoy te lo dejo en tres.

Un pomo de aceituna de ese tamaño estaba valorado en las TRD (Tiendas Recaudadoras de Divisas del gobierno) en unos 14 CUC. Desde que Jimena llegaba a Santa Clara con uno de esos pomos, los dueños de los paladares se lo volaban de las manos; se lo compraban a 10 CUC —si se tiene en cuenta que el salario básico de cualquier trabajador equivale a 20 CUC—, y le ganaba 7 CUC de mano a mano, libres de impuestos, ¡era un negociazo! El truco estaba en sacar el pomo del hotel.

Jimena abría el pomo y sacaba las aceitunas, las echaba dentro de una bolsa y esperaba a que se escurrieran, luego escondía dentro del maletín, junto con su vestuario, las bolsas con las aceitunas. El pomo se lo llevaba en las manos y podía salir con el sin llamar la atención de ningún guardia de seguridad o los agentes del peaje. Una vez en su casa, su mamá, quien ya tenía preparado un caldero con agua hervida, sal y vinagre, volvía a rellenar el pomo con las aceitunas y el agua.

—Ponme en la lista tres latas de atún, un pomo de Kétchup y dos latas de salchicha, de las españolas, las grandes.

—Hecho, te mando dentro de un rato a uno de mis muchachos a tu camerino.

Jimena se le acercó, le dio otro beso y le guiñó un ojo.

—Esta noche no me lavo la cara.

Jimena le sacó la lengua y continuó hacia el Lobby-Bar.

***

Francisco era el capitán del Lobby-Bar, el lugar que más propinas generaba en el hotel. Desde que Jimena hizo su entrada por el pasillo principal, con su andar de modelo de pasarela, los cuellos de varios turistas se giraron para admirar su figura.

—Mamita, un día de estos vas a matar del corazón a uno de los turistas si te sigues poniendo esos shorts —le reclamó Francisco desde el otro lado de la barra.

—Mira que los hombres son descarados —Francisco, al igual que Freddy, no disimuló ni un ápice para admirarle las tetas. Por su parte, a sabiendas que la atención de todos los presentes estaba fija en sus caderas, se estiró por encima de la barra para agarrar una cereza, y de paso regalarles un mejor vistazo de sus nalgas—. Si tu novia te coge, esta noche duermes en la calle.

Francisco llevaba dos años de "relación" con Claudia, otra bailarina de ese mismo hotel. Aunque el término "relación" no quedaba muy claro de cómo aplicárselo a esos dos. Si cualquier turista se le insinuaba a Claudia, esta no dudaba en hacerle una visita a su habitación. Por su parte, Francisco hacía lo mismo… y en muchas ocasiones (uno de esos secretos guardados en mil bocas) ambos hacían un trío con el turista. Jimena podía imaginárselos al final del día comparando las ganancias.

—¡Dime que tienes algo para mí!

—Cariño, yo siempre tengo algo para ti.

Francisco señaló hacia la pared que tenía a su espalda. Una vitrina repleta de rones importados, licores y añejos titilaban con el reflejo de las lámparas.

—Me quedan dos Chivas Regal.

—¿A cuánto?

—Quince cada una…

—¡Cojones, Francisco! —Jimena montó su escena. Ella sabía perfectamente que cada una de aquellas botellas podía venderse en el mercado negro por 20 y hasta 25 CUC—. No quieres mejor metérmela por atrás sin vaselina... y de paso te la chupo.

Francisco se llevó las manos a la barbilla como quien medita una importante decisión.

—Es broma... —Francisco asintió mientras dejaba escapar una sonrisa cínica—. ¡Estás de pinga! Yo pensé que éramos amigos, es verdad que con la gloria se olvidan las memorias.

Jimena tocó las fibras sensibles de Francisco, después de todo, fue ella quien dio las carreras con Claudia en Santa Clara para que le aprobaran su contrato para los Cayos en las oficinas del Centro de la Música. *Una mano lava la otra, y las dos la cara...* esa frase era más que conocida por todos los trabajadores de los hoteles.

—Jimena, aquí todo el mundo tiene que vivir.

—Yo sé, pero unos viven más que otros, y de otros — Jimena abrió una pequeña cartera y miró adentro. Tenía 100 CUC y algunos dólares sueltos—. No, no llego a eso, es que no llego ni a la mitad.

Jimena negó con la cabeza, su rostro era todo un homenaje a la tragicomedia. Le dio la espalda a Francisco y no llegó a caminar dos pasos cuando escuchó su voz.

—¡Espérate mujer! Deja ese dramatismo... hablando las personas se entienden.

Un turista de ojos lagañosos y piel lechosa había estado siguiendo la conversación, se acercó a la barra y le pidió a Francisco un trago, este se apresuró a servírselo para regresar junto a Jimena. Ambos, la bailarina y el capitán del bar, se percataron de que el turista solo esperaba una oportunidad para lanzarse sobre ella.

Sin darle un segundo al turista, Francisco le preguntó:

—¿Cuánto tienes?

—Diez —Francisco le lanzó una mirada de incredulidad—. ¡Qué cosa! Empecé a trabajar hoy, ando corta, estoy sin un quilo arriba.

—Ok, te las dejo en cinco cada una… y no te rías, que al final fuiste quien me la metió sin vaselina.

Jimena le lanzó un beso, salió prácticamente corriendo de la barra, pues escuchó cómo el turista le preguntaba a Francisco con un español chapurreado quién era esa hermosa bailarina, y de paso si se la podía presentar. Francisco aprovechó y le dijo que le podía presentar una que estaba más buena. Jimena vio de reojo cómo le enseñaba al turista varias fotos en su celular; seguramente eran de Claudia, y desnuda, a juzgar por la cara de goce que puso el viejo.

—¡Te las llevo más tarde al camerino! —le gritó Francisco antes que ella desapareciera por el pasillo del lobby.

***

Jimena se dirigió hacia la oficina del hombre más poderoso dentro del hotel, en cuestión de economía. Durante el camino, reflexionó sobre una de las frases más usadas por casi todos los trabajadores:

*De los Cayos te puedes robar todo menos los hoteles… porque están fijos a sus bases.*

La frase no podía ser más cierta.

En los hoteles de los Cayos se robaba de todo. Cada departamento, desde gastronomía hasta recreación, era una mina de oro que representaba la supervivencia de miles de familias cubanas. En una sociedad comunista, donde robar significaba la única manera de vivir dignamente, los Cayos eran un faro para escapar de la realidad.

Se robaba de todo, desde platos, copas, tenedores

y cucharas, hasta manteles y servilletas. Toda clase de comidas y bebidas (esos robos eran entre los trabajadores de la clase baja), cuando la escala subía a los peces gordos del hotel, los que realmente movían la compleja maquinaria de corrupción, entonces se hablaba de miles y miles de dólares. Los tres principales peces de esta cadena eran: el gerente, el económico, y el A+B; este último era a quien Jimena estaba a punto de hacerle la visita.

## CAPÍTULO 20
## UNA OFERTA TENTADORA
### (MANSIÓN DE ALEX MÉNDEZ)

Jackson entró a la cocina y fue directo a la mesa bahía que cubría el centro, sacó un rollo de servilletas y unos platos desechables. Luego se sentó en el bar que quedaba frente a Alex, que lo miró atónito, mientras Troy sacaba las cosas de una bolsa.

*Un big breakfast del Mcdonald's, ¡tiene que ser una broma!*

Troy Jackson padecía de colesterol alto, de grasa en el hígado, de sobrepeso... de todo lo que una mala dieta era capaz de crearle al cuerpo y, aun así, el anciano desayunaba una montaña de grasas sobrecalentadas.

Alex negó con la cabeza, no podía continuar observando pasivamente mientras su amigo se preparaba aquella sobredosis de calorías. Dos huevos revueltos, una salchicha aplastada, una Hash Brown (frita en aceite sin recambio desde hacía un mes por lo menos), un biscuit, tres panqueques, una docena de paquetes de mantequilla y miel como para abastecer por un año a Winnie the Pooh.

—Se supone que iba a estar de vacaciones por unos meses.

A esa frase se redujo el saludo de Alex, que de inmediato sacó dos de sus sartenes de acero inoxidable y fondo de doble capa para evitar que las carnes se pegaran al metal, abrió una botella de aceite de oliva y los roció. Fue hasta el refrigerador y sacó una caja de huevos, ajos, cebollas, ajíes y otra serie de condimentos, todo orgánico.

—¿Alguna emergencia? —inquirió tras su larga pausa.

—Yo diría que sí —Jackson terminó de preparar su desayuno, lo puso todo sobre una bandeja plateada, e iba

117

a tomar ya su primer bocado cuando Alex se le arrimó al lado, le quitó la bandeja y fue con ella hasta el cesto de la basura, presionó el pedal y usó el cuchillo que tenía en la mano para limpiarlo todo; hasta raspó la bandeja con el filo, produciendo un chirrido que a Jackson le erizó cada bello de los brazos—. ¡Me cago…!

Como si nada hubiera pasado, Alex regresó al centro de la cocina, abrió su mesa bahía (la cual tenía una especie de nevera para mantener las carnes al tiempo), sacó un enorme filete mignon, lo picó en dos y echó ambos en uno de los sartenes. En el otro comenzó a preparar una salsa con huevos revueltos. Abrió una botella de vino tinto para rociar los filetes. Luego sirvió una copa para cada uno. Al ver el banquete que le estaban preparando, Troy decidió que era mejor mantenerse calladito, como todo niño bueno que espera paciente el turno para meter las manos en la bolsa de los caramelos.

Media hora después, ambos estaban sentados a la mesa bar, uno frente al otro, como dos ajedrecistas en un campeonato enfocados solamente en las piezas del tablero, en este caso, los suculentos bistecs. Alex comenzó a picar su filete en pequeñas porciones, mientras Troy, por su parte, tal parecía que además de la carne, también deseaba comerse el plato.

*** 

—¡Veinte millones…! ¿Quién demonios paga esa suma? —Alex se llevó la carne a la boca, la saboreó por unos segundos y luego le apuntó a Troy con el tenedor—. No pienso matar a Putin, no quiero pasarme el resto de mi vida mirando por encima de mi hombro o con un detector examinado todas mis comidas para que no me las cubran con un coctel de químicos nucleares.

En un contrato de esa cantidad era tan peligroso conocer el objetivo como al cliente que solicitaba el servicio. Alex comenzó a negar con la cabeza, pero Troy le puso sobre la mesa una carpeta.

—Primero, este es un contrato para retirarse... para retirarnos —*en eso tienes razón, pero prefiero un contrato donde pueda disfrutar del dinero*—, no se trata de un objetivo, sino de dos.

*Ok, eso es nuevo... continúa.*

—El primero es un ex-general iraquí, un criminal de guerra buscado en una veintena de países —Troy abrió la carpeta y le enseñó una foto del ex-general—. Era miembro de la familia real de Saddam Hussein, específicamente, el encargado de los trabajos sucios de Uday Hussein, el hijo del dictador.

—Muy bien, un hijo de puta por el que nadie va a llorar. ¿Y el otro objetivo?

Esta vez Troy tardó unos segundos en organizar sus papeles. Por fin abrió otra carpeta y le mostró la foto a Alex.

—Gilberto Herrera, coronel de la Contrainteligencia cubana, uno de los encargados de las redes de prostitución y lavado de dinero de importantes narcotraficantes y miembros de la FARC. Dicho coronel fue quien planificó la cirugía plástica del general iraquí junto con sus servicios de protección. Por un pago mensual, el ex-general vive en Cuba en una mansión y rodeado de lujos.

No había terminado cuando Alex se levantó y recogió su plato.

—¡Olvídalo! No lo voy a hacer.

Alex nunca admiró a Fidel Castro y mucho menos al resto de sus matones, pero no podía dejar de reconocer que el dictador (o más bien su actual hermano) contaba con uno de los anillos de seguridad mejor preparados de todos los tiempos. Tanto los rusos como los americanos tuvieron que bajar sus cabezas y admitir las magistrales operaciones llevadas a cabo por los servicios de inteligencia cubanos en cuanto a la protección de sus líderes. La muerte de Fidel no significaba que estos anillos de hombres entrenados durante miles de horas no continuaran operando alrededor de figuras tan importantes dentro de la política de la isla. Pensar lo contrario sería algo ingenuo y poco profesional.

—Hagamos esto, tómate esta noche una botella de vino y estudia los expedientes —Troy terminó su copa de un trago y puso las carpetas una junto a la otra—. Si crees que no vale la pena…, pues nada, lo dejamos y punto, ok. Pero al menos estúdialos.

En cuanto Jackson se retiró, Alex se quedó con la vista fija en las carpetas. Sentía el sabor del reto, el deseo de volver a la caza sobre un objetivo que lo convirtiera en una leyenda, una operación que fuera estudiada por años entre los servicios secretos. A la vez, sus instintos le advirtieron que tomar esa misión sería el error de su vida.

## CAPÍTULO 21
### EL A+B
(HOTEL PARAÍSO AZUL, CAYO SANTA MARÍA, CUBA)

*Y yo no como, no como si no me dan otra cosa,*
*ya no soporto el picadillo de tiñosa,*
*sobre todo cuando veo comiendo al que no es de aquí,*
*un jugoso filete de manatí...*
**RAY FERNÁNDEZ**

Los turistas que visitan Cuba (no los cubanos que viven en el extranjero, no, esos sí saben lo que hay detrás del telón), europeos, canadienses y algunos latinoamericanos... esos son los que quedan fascinados con la belleza de las playas cubanas. De la exquisita comida servida en los buffet, de los rones y sus tabacos, pero, sobre todo, de las despampanantes bailarinas o los cuerpos atléticos de sus parejas de baile. El glamur, la sensualidad y la pasión se respiran en los hoteles de la isla... La otra realidad que ninguno de ellos sabe, o de saberlo prefieren ignorarlo, es que detrás de todo ese show promocional que se les vende en los paquetes turísticos, existe un telón gris que oculta a toda una sociedad.

Esa sociedad estaba compuesta por miles de camareros, capitanes de bares, cocineros, músicos, magos, bailarinas y coreógrafos. Además de camareras de habitación, camareras de pisos... gerentes, económicos, jefes de cocinas, jefes de alimentos y bebidas... todo un ejército que a su vez movía un mercado negro de ramificaciones inimaginables, pero al final, todos dependían del turismo.

\*\*\*

Jimena tocó tres veces en la puerta de la oficina de William, el encargado principal de los alimentos y bebidas que entraban al hotel. Todos los hoteles del país tenían una especie de jefe de departamentos, que no eran los hombres más poderosos dentro de la jerarquía del hotel. Su poder no era comparable con el del gerente —este podía quitar y poner trabajadores a su antojo—, lo que convertía a este en una pieza clave, era las ganancias que generaba y a su vez compartía con el gerente y el económico.

—Adelante —dijo William.

Jimena entró en una oficina climatizada y esterilizada como su dueño —algo que tenían en común todos los "peces gordos" del hotel—, desde el gerente, el económico, o el A+B, todos tenían oficinas limpias como salones de operaciones.

—¡Pero si es Jimena! —exclamó William. De un salto se levantó de su enorme silla de cuero y rodeó su buró para quedar frente a ella. La abrazó y le dio un suave y delicado beso en el cuello, que demoró unos segundos más de lo establecido para olerle el cabello.

Jimena, a su vez, percibió la crema de marca que él tenía untada en su rostro y sus delicadas manos. William le sonrió de pura alegría, se movió por su oficina dejando toda una nube de fragancias de rosas y jazmines.

A sus cincuenta y tres años, aquel hombre impresionaba. Vestía de corbata roja, camisa azul almidonada. Su piel era tan blanca como esos turistas que venían de países donde cogían sol tan solo una vez al año. Llevaba un corte de cabello perfecto; sus modales eran impecables, detrás de un tono de voz entrenado para ser placentero. Traía consigo una delgada cadenita de oro, un reloj (de seguro bañado también en oro) y un anillo de agua marina. Era, en todo el hotel, la persona que más dinero movía y todos lo llamaban: el A+B.

\*\*\*

William Moncada, al igual que el resto de los A+B de otros hoteles, tenía una pirámide invertida que comenzaba por los camareros.

Cada camarero, cantinero, cocinero o camarera de habitación, trabajaba por departamentos. En el caso de los camareros, estos debían entregar su propina diaria al capitán del bar, este a su vez tenía que darle un porciento semanal, o mensual (algunas veces, incluso diario) al A+B, todo esto en dependencia de la temporada.

El encargado de Alimentos y Bebidas sabía perfectamente cuánta propina generaba cada bar. Por eso cada vez que un trabajador era promovido a capitán de bar, el A+B lo sentaba en su oficina y le dejaba claro cuál era la tarifa que debía entregar... de no hacerlo, bueno, Jimena nunca escuchó de alguien que no lo hiciera, no tenía sentido, ya que una llamada del A+B al gerente significaba el despido inmediato del trabajador.

Una vez que el A+B cobraba su tarifa —le daba su parte al gerente y al económico—, el resto de las ganancias se repartían entre los capitanes de bares y sus camareros. Como muchos dentro de los Cayos, Jimena conocía perfectamente la estructura de esa pirámide, ya que sus amigos (como Francisco), eran capitanes de bares o Jefes de Cocina. Las cantidades astronómicas que un A+B podía generar en un mes estaban basadas en la cantidad de bares que controlaban.

Un solo hotel podía tener:

-Piano Bar.

-Snack Bar.

-Jazz Bar.

-Aqua Bar.

-Bares móviles montados en carritos.

-Las cabañas bares de las playas.

Cuando todos los capitanes de los bares entregaban sus tarifas en temporada alta, el A+B tenía meses de recoger más de $8,000 CUC, el aproximado de unos $9,000 dólares. Teniendo en cuenta que un buen salario de algunos profesionales en Cuba rondaba los $40 CUC, un A+B era más o menos el equivalente a una especie de multimillonario de la era socialista.

Estas ganancias eran solo de propinas. Las botellas de rones añejos ediciones limitadas, cajas de cervezas, equipos electrodomésticos (a los que supuestamente les daban de baja), jamones y carnes importadas que podían sacar de los hoteles sin ningún problema para luego revenderlos o consumirlos tranquilos en casa, representaban el doble de las ganancias generadas por las propinas.

\*\*\*

Jimena se había acostado en tres ocasiones con William, y a juzgar por las miradas que le estaba lanzando a sus caderas, tendría que hacerlo una cuarta vez.

*Pero antes cariño, pongamos las cartas sobre la mesa.*

—Necesito un favor tuyo.

William se sentó al borde de su buró y con un gesto de la cabeza le indicó que se acercara. Jimena, con una sonrisa coqueta, dio dos pasos hasta quedar a centímetros de su rostro.

— ¿Qué te hace falta?

Antes de responder, Jimena le tomó las manos y se las puso en sus nalgas, después le dio un beso en el cuello, que se transformó en un recorrido de su lengua por la barbilla hasta terminar chupándole el pómulo de la oreja. El A+B gimió de placer y se arqueó hacia atrás, le apretó las nalgas, iba a subir sus manos para tocarle las tetas, pero Jimena se las sostuvo en la cadera, dio un paso hacia atrás y se le quedó mirando fijamente.

—Yo no vine para estar contigo... hoy no puedo, tengo un ensayo para un show nuevo.

William se confundió un poco, pero de inmediato comprendió de qué iba la cosa; las cartas fueron repartidas y las reglas eran bien claras, podía estar con ella en el momento y lugar que quisiera, pero antes debía de resolverle el problema.

—Tengo las llaves de una habitación que están remodelando, cuando quieras podemos ir y compartir una copa.

Jimena supo que era el momento de lanzar su anzuelo.

—Willy, ¡tú solo dime dónde y cuándo! —tras lanzar la carnada, cambió su tono de voz para pretender que estaba algo molesta—. Lo único que tienes que hacer es llamarme, si no tienes otro de tus "peros"... ¡Que si llegó la mercancía! ¡Que si tengo mucho trabajo! ¡Que mi mujer...!

William se rio con los gestos exagerados de la bailarina, sin embargo, para Jimena aquel montaje "dramático" de la clásica amante desesperada por la compañía de su fogoso caballero, no era más que una estrategia fundamental para aumentarle el ego. Eso era justo lo que necesitaba.

—Es verdad, ahora mismo estoy súper enredado. Pero te prometo que para la semana que viene voy a sacar un chance para ti —Jimena hizo un mohín con los labios como si no le creyera una palabra—. Bueno, ¿y qué es lo que te hace falta?

¡Al fin preguntas! Jimena se puso seria, como si estuviera apenada por lo que le iba a decir, lo miró a los ojos; ¿alguna vez en tu puta vida te has preguntado si me gusta que me toques las nalgas? ¿O por qué me dejo?

—Necesito llevarme unas libritas de carne —¡Al menos diez! —, es que a mi papá lo pusieron a dieta de nuevo. Tiene problemas con lo de la hemoglobina.

La simple mención a su papá puso en el rostro de William una sombra de genuina preocupación. En dos ocasiones él la había llevado hasta la puerta de su casa, así fue como conoció a sus padres. La primera vez fue un primero de enero; Jimena tuvo que quedarse esa noche en el hotel por una gala de celebración de año nuevo. En la mañana no tenía transporte para regresar y William, como buen samaritano se ofreció a llevarla en su auto particular.

La segunda ocasión fue después de pasar una noche juntos en la Granjita (unas cabañas de lujo creadas a la salida de Santa Clara para encuentros amorosos entre turistas, y ahora, usadas también por la nueva clase de "cubanos-ricos" que estaba surgiendo en la isla).

—¿Qué le pasa a tu viejo?

¡A mi viejo! ¿Qué edad tú te crees que tienes?

A Jimena no dejaba de causarle admiración como William siempre se refería a su papá (de manera cariñosa), como el "viejo". Lo que le molestaba era que ambos tenían la misma edad.

—Ya te dije, no sé ni por dónde empezar —Jimena cerró su puño y comenzó a enumerarle con los dedos—. Tiene anemia, la hemoglobina por el piso, falta de hierro… y una lista de enfermedades que si te cuento no tengo para cuando acabar.

Mientras hablaba, William adoptó la postura que Jimena quería ver en él. Su rostro, como si fuese el de un César magnánimo, se transformó en el de una persona que se sabía con los poderes de la vida o la muerte… o al menos eso fue lo que le pareció a juzgar por su respuesta:

—¡Es que no puedo creer que te hayas demorado tanto para venir a verme! —negando con la cabeza, aparentó estar molesto—. Tú tranquila, que a ese hombre tenemos que cuidarlo como gallo fino.

Jimena le sonrió, sobre toda al ver que William sacaba su

libretica (la que tenía en el bolsillo de la camisa y que solo usaba para apuntes importantes), anotó varias palabras y números.

—Hoy ve y habla..., no, hoy no, se me había olvidado. Hoy está de guardia de peaje un viejo loco medio comunista que lo tengo atravesado. —William asintió como si recordara cosas importantes que no podía descuidar—. Mañana ve y habla con el Jefe de Cocina, tú solo dile que te de lo tuyo. Hoy yo lo llamo y se lo recuerdo.

Jimena se encogió de hombros dejándole claro que no tenía idea de que iba la cosa.

—Tú déjamelo a mí —atrayéndola contra él, le guiñó un ojo como si ella también fuera cómplice del plan—. Le voy a preparar una buena bolsita con algunas chucherías.

Jimena no necesitó preguntarle nada más. Una "buena bolsa" preparada por el A+B significaba una pierna de jamón Serrano, varias latas de carnes, salchichas, dulces importados, latas de sardinas y a saber que más se le ocurriría. Pero lo más importante era que lo podía sacar todo de una vez sin preocuparse por los guardias de seguridad o los agentes de peaje de los Cayos. Una simple llamada de William les dejaría claro a todos los guardias que una "amiga" suya iba en la Pecera de Santa Clara (en pocas palabras), era intocable.

Jimena, con sus labios carnosos, se le arrimó y le dio un beso, solo un breve rose, pero cargado de tanto erotismo que al salir por la puerta vio como William se acomodaba el pene por la erección que ya comenzaba a pulular.

*ADRIÁN HENRÍQUEZ*

## CAPÍTULO 22
## EL ÚLTIMO CONTRATO
(MANSIÓN DE ALEX MÉNDEZ)

Descorchó la botella (un tinto, cosecha del 99, de $350 dólares), si realmente iba a considerar la propuesta, mejor hacerlo tomando el mejor vino que tuviera en la casa. Con la copa en la mano y la carpeta en la otra, entró en su despacho y comenzó a estudiar el expediente. Para mantener sus sentidos alertas prefirió no sentarse, ese contrato iba a requerir de toda su imaginación y habilidad, así que estaba dispuesto a considerar todas las ideas, por muy locas que fuesen o carentes de sentido. Lo primero era conocer a lo que se iba a enfrentar.

*Uday Hussein, llamado "abu sarhan" (El Lobo…)* Alex miró la foto y negó con la cabeza, no estaba de acuerdo, los lobos son animales feroces e inteligentes que cazan en manada y se protegen unos a otros. Si querían comparar a Uday con algún animal, el ideal habría sido una hiena. Leyó dos párrafos más abajo; en letras grandes quedaba claro que, a espaldas de *la hiena*, lo apodaban también; *El Diablo*.

Un trago más y llegó a la parte que le interesaba.

*Allá vamos… ¿Quién eres?*

Mustafá Barsini, general de las fuerzas iraquíes y encargado personal de la protección de Uday. ¡Qué ejemplar tenemos aquí! Sus lazos de amistad con el hijo del dictador iban mucho más allá de lo militar. Barsini era quien ejecutaba cada orden, deseo, o fantasía del psicópata. Fue él quien encarceló a los futbolistas de la selección iraquí y los torturó durante meses por órdenes de Uday. Las torturas fueron llevadas a cabo como un ejemplo para el resto de la comunidad deportiva iraquí, a causa de la derrota que obtuvo el equipo, derrota que les impidió clasificar para la

# ADRIÁN HENRÍQUEZ

Copa Mundial de Fútbol en 1994.

Mustafá y Uday fueron identificados juntos, ambos supervisaron personalmente las secciones de torturas... según ellos: *castigos ejemplares.*

Uno de estos castigos fue obligar a los futbolistas a que demostraran que realmente perdieron el partido por errores de otros. La prueba de lealtad era simple, patear con todas sus fuerzas un "balón de futbol" (pintado hasta con sus cuadros blancos y negros), una bola esférica perfecta, pero hecha de cemento. Cada uno de los futbolistas fue sacado de las cámaras de torturas con los pies destrozados... pero vivos, bueno, la mayoría.

*Sí que eran imaginativos... ¿a quién se le habrá ocurrido, a Uday o a Mustafá?*

Alex se sirvió una segunda copa y pasó a la siguiente parte del expediente, que decía más o menos lo mismo. Esto le fue creando una imagen perfecta de quién era el hombre por el cual estaban pagando una suma tan elevada, aunque, criminales de guerra los había en todas las dictaduras... entonces, ¿qué hacía que este fuese tan especial?

\*\*\*

Para enumerar los crímenes y torturas de Uday Hussein, harían falta una veintena de carpetas como la que tenía en sus manos. En sus días, Uday fue una especie de Dios, un ser incapaz de sentir remordimientos o miedo por las consecuencias de sus actos. Con semejante poder, no era difícil imaginarse la corte de fieles lacayos que arrastraba a sus espaldas. Hombres dispuestos a cumplir sus más oscuras fantasías, entre ellos, el más famoso y fiel fue Mustafá Barsini.

Barsini era apodado "El Recolector", un título dado por la CIA para definir solo uno de los tantos trabajos que cumplía bajo las órdenes de Uday. El Recolector se encargaba de esperar a las afueras de los colegios por la salida de los alumnos (específicamente de las alumnas), escogía con mucho cuidado a las jóvenes que encajaran en los gustos exquisitos de su jefe.

Barsini contaba con una unidad especial de soldados entrenados para este tipo de misiones, no pasaba un solo mes sin que secuestraran a varias jóvenes para llevarlas a los palacios de Uday… de donde muy pocas solían regresar. Entre una de esas miles de adolescentes que fueron secuestradas y violadas brutalmente, estaba Samira, la hija del multimillonario Alí Hassan, quien tras el secuestro y asesinato de su hija, escapó de Irak y pidió asilo político al gobierno británico.

Cuando las tropas estadounidenses invadieron Bagdad, encontraron en una de las mansiones del general Barsini, parte de la mundialmente famosa "Colección del Miedo". Se trataba de más de 400 videos (miles de horas de grabaciones), donde se mostraban las torturas llevadas a cabo por Uday. Muchos de esos videos fueron distribuidos en las agencias de inteligencia para que se hicieran al menos una imagen de cómo operaba el monstruoso hijo de Saddam y sus guardias.

*Ahora el rompecabezas comienza a tener sentido.*

Alex hojeó varias páginas más, volvió a servirse otro trago y al fin, tras muchas horas de estudiar el expediente, comenzó a tener más clara la imagen de la misión, en especial sus ramificaciones.

Entre los videos encontrados, aparecieron las últimas semanas de vida de la joven Samira. La chica fue violada sistemáticamente por Uday y sus guardias (en ocasiones hasta veinte veces al día). Cuando se aburrió de ella o creyó que el mensaje fue claro para el padre de la chica —*a partir de ahora vas a hacer las cosas como queremos o lo mismo le pasará al resto de tus hijos…*—, le puso una máscara de hierro (una de sus torturas preferidas de Uday), y así la tuvo otra semana más hasta que se la entregó a Barsini. Este simplemente la arrastró hasta el garaje de la mansión y se la tiró a los perros de Uday, quienes entrenados para este tipo de trabajos, la despedazaron viva.

Por un instante Alex no pudo darse otro trago. A su mente vino el final de Ramsay Bolton, el sádico personaje de la serie de televisión de Juego de Tronos. Se imaginó a George Martin escribiendo esas escenas y se preguntó si se habría inspirado en las famosas torturas de Uday.

Lo peor de todo (comprendió Alex), es que los videos llegaron al padre de Samira. Este, impotente, no pudo vengar la muerte de su hija como hubiera querido.

El 22 de julio del 2003, Uday Hussein y su hermano Qusay fueron acribillados en una mansión por un ataque en conjunto de las fuerzas estadounidenses y soldados del ejército iraquí. Ambos hermanos fueron delatados por Nawaf Zeidan (quien recibió una recompensa de $30 millones de dólares). Ahora, leyendo el expediente, Alex entendía lo que había pasado.

*O sea... si el padre fue capaz de ponerle una recompensa de treinta millones por la cabeza del hombre que torturó y dio la orden de asesinar a su hija... ¿de qué te asombras porque pague veinte millones por eliminar a quien efectuó esas órdenes?*

***

Alex terminó la botella de vino. Ya tenía una imagen perfecta de la situación, sobre todo, de cómo encajaba cada pieza en el tablero. El contrato por asesinar a Barsini dejaba bien claro quién estaba pagando la suma: Alí Hassan. Este quería que supiera que era él quien estaba poniendo el dinero. En el proceso, debía incluirse en la lista a Gilberto Herrera, quien ayudó personalmente al refugiado y criminal de guerra.

Si Mustafá continuaba con vida y protegido por los cubanos, eso solo significaba que el exgeneral les estaba pagando a largo plazo cuatro veces la suma de la recompensa, así se aseguraba que su cabeza no fuera servida en bandeja de plata.

*Bien, no es un mal contrato para retirarse.*

Habiendo tomado una decisión, fue hasta su escritorio y efectuó la llamada. Las campanas de sus instintos continuaban vibrando en su subconsciente. Era una alarma de peligro, una señal enviada por su cerebro para que no aceptara ese trabajo... pero una vez más, prefirió ignorarlas.

***

Desde la visita de Troy Jackson (con el depósito de la mitad del contrato) y la planificación exquisita de la misión, habían pasado solo seis semanas. Ahora, mientras avanzaba en un autobús repleto de turistas por el pedraplén que conducía a la cayería norte de Cuba (zona de uno de los polos turísticos más famosos de la isla), Alex Méndez puso en funcionamiento los engranajes de su plan.

Gracias al expediente elaborado por los espías de Hassan, Alex contaba con una detallada lista de los gustos y rutinas llevadas a cabo por el ex-general iraquí y el coronel cubano. A Herrera sí pudieron ubicarlo, a Mustafá, por mucho que se le aproximaron, no habían logrado definir donde residía su mansión.

*Muy bien, comencemos el juego... lo primero: el reclutamiento de la bailarina y prostituta amante de Gilberto.*

Frente a él, uno de los guías comenzó a recitar las bellezas del ecosistema que rodeaban los Cayos y sus hoteles.

*ADRIÁN HENRÍQUEZ*

## CAPÍTULO 23
## CUANDO SE TIENE POTENCIAL
### (HOTEL PARAÍSO AZUL, CAYO SANTA MARÍA, CUBA)

*La calle sabe que tú tienes potencial,*
*que Dios para tu vida tiene algo especial...*
LOS ALDEANOS

Jimena se despertó junto a Gilberto, y como siempre, lo primero que entró en su campo visual fue el pomito de Viagra del coronel. La noche anterior no hicieron el amor, mucho menos tuvieron sexo... no, gracias a su dosis de Viagra, Gilberto se la "singó" con todas las de la ley. El hombre parecía un potro salvaje poseído por el efecto mágico de la pastillita azul.

Ahora le dolía todo el cuerpo, peor aún, estaba contra reloj ya que necesitaba prepararse para recibir a una delegación de turistas canadienses. Lo primero que hizo fue ir directo hacia el baño para comenzar a rasparlo todo; recogió el pomo de Champú, acondicionador, jabón y un rollo de papel sanitario, con rapidez lo metió todo para su bolso.

Dos meses sin trabajo y una visita del Jefe de Sector (un teniente que atendía personalmente los casos de prostitutas y ladrones en su cuadra), fueron suficientes para que comenzaran los comentarios entre los vecinos. El hijo de puta del Jefe de Sector fue demasiado claro, tenía que regresar a trabajar a los Cayos, si hacía algún comentario indebido, la próxima vez vendría a buscarla en una patrulla y la montaría con esposas frente a todos los vecinos. Y claro, para crear una escena mucho más dramática, estaría presente Tamara, la presidenta del CDR (Comité para la

Defensa de la Revolución), a esta le explicaría que estaba siendo arrestada porque la cogieron robándole cosas a los turistas en los Cayos.

En la mentalidad cubana, robar en los Cayos equivale a robarle al Estado —robarle al Estado es robarle al gobierno—, en pocas palabras: robarles a los cabrones que están "chupando de la teta", a los dirigentes del país que viven como dioses. Por ello, en el barrio te miran como un triunfador, un héroe... pero robarle a un turista, a una persona como tal, te convierte a ojos del barrio en una basura humana. Una escoria, una persona que nadie quiere tener como amigo y mucho menos se atreverían a confiarle nada.

Jimena entendió perfectamente la amenaza.

De todas maneras, no iba a precisar de ninguna... dos meses sin trabajo y sin ninguna posibilidad de conseguir algún otro, fueron suficientes para tragarse su orgullo y llamar al gerente del Hotel para pedirle su puesto en la compañía de danza.

Jimena miró sobre la mesa de noche... habían $80 CUC.

## CAPÍTULO 24
## RECIBIMIENTO A LO CUBANO
### (HOTEL PARAÍSO AZUL, CAYO SANTA MARÍA, CUBA)

Alex detalló a cada uno de los pasajeros del autobús. Las risas y bromas, el ambiente de alegría, llenaba cada espacio entre los asientos. La mayoría de los turistas eran europeos y canadienses, muy pocos latinoamericanos, aunque a su lado tenía a una joven argentina que no se aguantaba más en su asiento. Otro grupo de aventureros (tres alemanes y dos franceses), estaban planificando la fiesta que iban a dar en alguna de sus habitaciones.

Un joven de aspecto inteligente, gafas de carey, peinado engominado y una docena de lapiceros y tarjetas en el bolsillo de su camisa, tomó el micrófono y comenzó a darles, por cuarta vez, la bienvenida.

—Por si aún no se lo han grabado, me llamo Frank, soy su guía turístico. Señores y señoras; niñas y niños —hizo una pausa para mirarlos a todos señalándolos con los dedos—, esto es Cuba, lo que necesiten, repito y dejo claro, lo que necesiten, solo déjenmelo saber y yo se los busco, y si no se los mando a hacer.

El autobús estalló con las risas y los aplausos. El joven Frank repitió el mensaje en inglés, francés, español, alemán e italiano.

¡Este tipo habla más idiomas que el Papa cuando lanza su mensaje de Navidad!

— Amigos, quiero que todos miren por sus ventanas —el joven guía volvió a tomar el micrófono, para ese entonces todos los presentes estaban pendientes a cada una de sus palabras. A los aventureros (los franceses y los alemanes), les quedó claro que Frank era el hombre que los ayudaría a preparar su fiesta y a conseguir a sus posibles invitados.

Los turistas vieron a través de cada ventanal un mar cristalino, playas cubiertas de una arena que parecía polvo o más bien talco… eso fue lo que le vino a la mente de Alex, *playas de talco*—. En estos momentos estamos recorriendo el famoso pedraplén de Caibarién, unos 48 kilómetros aproximadamente mar adentro que nos unen con el Cayo Santa María. Este pedraplén une la isla grande de Cuba con los Cayos Santa María, Las Brujas, Ensenachos, Cobos, Majá, Fragoso, Francés, Las Picúas y Español de Adentro, entre otros. —El público estalló una vez más en aplausos, el joven hizo una pausa para tomarse un trago de agua y volver a repetir el discurso en dos idiomas más—. Hacia el Este, otro pedraplén más corto llega hasta Cayo Coco, que está unido de forma natural a Cayo Guillermo. Ambos recorridos pueden evitarse si se vuela directamente a los cayos, pero eso sería perderse la experiencia de recorrer uno de estos caminos trazados sobre el mar.

Una vez más, Frank hizo otra pausa, era el momento que Lucy y Richard estaban esperando. Como salidos de la nada, la pareja de ancianos canadienses pidió permiso y tomaron el micrófono. Frank les siguió el juego y los dejó hablar.

—Mi esposo y yo, este bello semental que tengo aquí al lado, hemos venido catorce veces a Cuba —el resto de los turistas aplaudió, incluyendo a Alex, quien comenzó a sentir lástima por el pobre guía turístico, darles el micrófono a aquellos dos ancianos fue su gran error, en cuanto la anciana (chiquita y rechoncha como un pingüino), retomó la palabra, Frank supo que la había cagado—. Cuando se bajen del autobús no compren nada, recuerden: ¡bajo ninguna circunstancia cambien el dinero en la casa de cambio del hotel! Llamen a algún camarero y díganle que quieren cambiar los dólares. La casa de cambio les da por cada cien dólares, ochenta y siete CUC, la moneda de valor en este país. Pero si consiguen que uno de los trabajadores les cambie los dólares, por cada cien le van a dar hasta noventa y si se ponen duros y les regatean hasta noventa y cinco CUC.

*Frank los va a tirar por una ventana*, pensó Alex.

Se hizo un silencio en el autobús, Frank quería que el pedraplén se lo tragara. Aquellos ancianos sí sabían de lo que estaban hablando. En cuanto el dúo regresó a sus asientos, una lluvia de preguntas les cayó encima, todos quería saber datos, cuáles eran los mejores restaurantes, dónde se conseguían mejor y más baratos los habanos, los rones, hasta uno de los aventureros alemanes se les acercó para preguntarles cómo podían conseguir una cita con alguna cubana.

El pobre guía, con sus gafas de carey y su perfecto peinado, no precisó decir ni una palabra para dar a entender a todos que, de tener la oportunidad, habría lanzado a los dos malditos viejos en aceite hirviendo. Con cada explicación que Richard y Lucy le daban de gratis al resto de los pasajeros, era un posible cliente que él perdía

\*\*\*

Alex fue uno de los primeros en bajarse del autobús, y nada de lo que se había imaginado lo preparó para semejante comisión de embullo. El equipo de animación del hotel los estaba esperando con un show que superaba cualquier recibimiento que hubieran visto en hoteles de otros países. Un grupo, tocando música en vivo, animaba al ejército de camareros que los rodeó con tragos de todos tipos. Los primeros en hacer una celebración fueron los aventureros, quienes agarraron cada uno un mojito y prácticamente se lo tomaron de un trago.

¡Esto sí es un recibimiento a lo cubano!

Error… comprendió Alex al momento.

En cuanto el autobús quedó vacío, y los turistas entraron al lobby, el espectáculo comenzó.

\*\*\*

Definitivamente, Alex no estaba preparado para aquello... nadie podía estar preparado.

Los músicos, profesionales de talla mundial, entraron desde todos los rincones tocando trompetas, tambores, guitarras, y otros instrumentos que Alex no supo identificar. Tres jóvenes, dos hombres y una mujer, entraron al centro de la improvisada pista con micrófonos inalámbricos cantando La Gozadera, de Gente de Zona y Marc Anthony.

—¡Quiero escuchar esas palmas! —gritó uno de los cantantes.

La energía que transmitían los músicos se mezcló entre los turistas, al momento se escucharon las palmadas, las risas y los chiflidos.

—¡Y se formó la Gozadera...! —cantó la joven, dio tres palmadas, esa era la señal, comprendió Alex... los tambores retumbaron.

—¡Miami me lo confirmó! —respondió el coro.

Las trompetas sonaron a todo volumen y el show alcanzó un nuevo nivel.

Desde el pasillo principal salió una fila de bailarinas que al llegar al centro se dividieron en dos grupos formando una coreografía que hipnotizó a todos los presentes (sobre todo a los hombres), Alex se incluyó entre ellos, pues nunca había visto a mujeres tan hermosas, tan provocativas y sensuales. Las bailarinas, al comprender que habían captado la atención de todos los presentes, redoblaron sus esfuerzos, como si fueran aquellas sirenas que atraían a los marineros hacia las profundidades del mar (solo que, en vez de usar sus místicas voces, usaron sus famosos *meneos* de cadera a lo cubano) y poco a poco se fueron mezclando entre los turistas.

Entre aquella oleada de cuerpos estilizados, con

increíble ritmo de caderas, movimiento de nalgas con una cadencia que era imposible de evitar comerse con los ojos, las risas, los labios carnosos y esos movimientos sexys y provocativos... Alex reconoció a Jimena.

*Tiempo de trabajar.*

Sacó su cámara profesional y comenzó a tirarle fotos.

\*\*\*

Jimena llevaba puesta unas medias de maya transparente que le cubrían la fina tanga, un sujetador de lentejuelas que apenas le tapaba los pezones y unos tacones de cinco pulgadas. En cuanto tomó el control de la improvisada pista de baile, el movimiento de sus caderas captó la atención de un grupo de jóvenes que de inmediato empezaron a aplaudirle. Ella y cuatro bailarinas más fueron hacia el grupo y sacaron a bailar a los turistas. Una ola de aplausos los motivó a que intentaran seguirles el ritmo.

De repente, alguien captó su atención.

*Bueno, bueno... este sí es de los profesionales de verdad.*

De entre los turistas, un fotógrafo se abrió paso hasta el centro de la pista. Traía una fina camiseta pegada al cuerpo que mostraba unos musculosos brazos, un rostro de tipo alegre y duro, una mezcla a lo Chadwick Boseman, con una de esas sonrisas que cautivaban a todos los que lo miraban. Las bailarinas intercambiaron miradas entre sí antes de comenzar la rivalidad, al final de la noche una... o algunas de ellas, iban a estar en la cama de aquel modelo, era cuestión de luchar por ser la elegida y no terminar con el grupo de alemanes o los viejos canadienses.

\*\*\*

El retumbar de los tambores y las vibraciones de las trompetas se les colaron por los poros a toda la delegación de turistas. La mayoría comenzó a "zapatear", intentando seguirle el paso endemoniado que iban marcando los bailarines… algo imposible, que comprendieron tras unos pocos intentos.

La única manera de seguirle el ritmo a una bailarina cubana era haber nacido en la isla y pasar la mitad de la vida practicando entre comparsas. Era evidente que por mucho que el gobierno cubano intentara exportar sus famosos tabacos y rones, el verdadero producto nacional eran sus mujeres (no para exportar, sino con el fin de rentarlas), ahí estaba el verdadero negocio. Incluso él, por unos segundos, se vio marcando el ritmo con un pie sin poder hallarle una lógica a esa alegría que de a poco emanaba de su cuerpo. Miró hacia un lado y quedó sorprendido por la escena.

*Bueno, ¿de qué te sorprendes?*

Lucy y Richard, la pareja de ancianos canadienses, estaban dándoles una clase magistral de cómo bailar salsa al resto de los turistas. Por sus movimientos elegantes y bien coreografiados, era evidente que los ancianos debían de pagarles toda una fortuna a sus profesores de salsa.

*Todo genial y hermoso, pero es tiempo de ponerse a trabajar.*

\*\*\*

Jimena, al igual que el resto de las bailarinas, con su práctica continua (madre de la experiencia) sabía identificar a los fotógrafos profesionales —los que realmente le pagarían entre $50 y hasta $100 CUC por una sesión de fotos—, de los aficionados, con sus enormes cámaras que solo las usaban para impresionar, con el único fin de retratar algunas modelos desnudas, fotos con las que luego alardearían al mostrarlas a sus amigos en sus respectivos países.

Fuese quien fuera aquel modelo de ébano, no tenía la pinta de ser un fotógrafo común.

Si algo se respetaban las bailarinas eran los clientes. Muchas solían irse a las camas (juntas o separadas) del mismo turista, pero esa era una elección que siempre se les daba a ellos. Por eso, en cuanto sus compañeras vieron el interés exclusivo del fotógrafo en Jimena, con todo el disimulo de sus profesiones poco a poco se fueron apartando para dejarlos solos.

Toda la delegación de turistas, incluyendo a los trabajadores del hotel, observaron como el fotógrafo se tiraba al suelo, o subía el ángulo por sobre los bordes de las paredes, o prácticamente se arrastraba por el piso, buscando las mejores posiciones y en varias ocasiones, hasta tuvo que pedir disculpas a otros turistas para ocuparles su lugar y así no perder el enfoque que necesitaba. Todos lo vieron trabajar con rapidez y elegancia, nadie tuvo dudas que debía tratarse de un fotógrafo profesional de alguna revista o diario internacional.

A medida que la coreografía se fue alargando, Jimena se vio bailando exclusivamente para el fotógrafo, quien con su mejor sonrisa cautivadora, la motivaba a regalarle sus mejores poses. Lo que él no sabía, era que ella solo necesitaba de un dedo para cogerse la mano. Así que cuando él creyó haber capturado sus mejores ángulos, ella le dio la espalda y se le acercó, pegándole las nalgas al ritmo de la música. Todos vieron lo que estaba pasando y comenzaron a reírse y aplaudir al ritmo de la música, al fotógrafo no le quedó de otra que sacar un pañuelo para limpiarse el sudor, tragar en seco y pensar en mariposas azules y dinosaurios rosados.

¡Ya eres mío!, se dijo Jimena al sentir su erección. Él intentó disimular lo mejor que pudo.

*** 

Alex se sintió la garganta seca, apenas podía tragar. Desde un principio creyó que el reclutamiento de la bailarina iba a ser la parte fácil de su plan… terrible error y ahora lo comprendía.

Jimena se estaba divirtiendo al provocarlo, y él, impotente, no podía hacer nada más que mirarle las nalgas

143

y aquellos carnosos labios. Por fin llegó la señal que pasó desapercibida para todo el público, los bailarines volvieron al centro, hicieron unos últimos pasos magistralmente coreografiados, hasta llegar a un repentino cierre.

Una enorme ola de aplausos, chiflidos y gritos los detuvo en el centro por varios minutos. En un alarde de elasticidad corporal, cada uno se llevó la frente a las rodillas para despedirse del público. Al instante se separaron para mezclarse con los turistas, quienes prácticamente les cayeron en grupos para tomarse fotos con ellos. Los saludos, besos y abrazos se intercambiaron, al igual que los números de sus celulares para luego ponerse en contacto. Ese era el momento que Alex había estado esperando.

*** 

Desde que lo vio llegar, su sexto sentido femenino le advirtió que aquel hombre de sonrisa en apariencia "sincera y culta", iba a querer algo más que unas simples fotografías.

—¡Impresionante! —le dijo a modo de saludo, extendió su mano y Jimena le dio la suya… *allá vamos, que comience el juego*—. Una coreografía magistral, realmente me encantó.

—Gracias —fue lo único que pudo decirle. Aún estaba intentando controlar su respiración, empapada en sudor y con las manos en la cintura para ayudar a sus pulmones, talmente parecía que hubiera corrido un maratón a todo lo largo del pedraplén.

El fotógrafo le dio unos instantes para que pudiera reponerse.

—Me llamo Alex —volvió a extenderle la mano, en esta ocasión con una tarjeta dentro—, Alex Smith, fotógrafo de la National Geographic.

Jimena le sonrió y tomó la tarjeta. La miró durante unos segundos y levantó una ceja acompañada de un mohín; si se suponía que debía estar impresionada, no lo aparentó en lo absoluto.

—Jimena, bailarina y coreógrafa —hizo una pausa para mirar mejor la tarjeta—. Smith... ¿eres americano?

—No, bueno, sí, nacido en los Estados Unidos, pero de padres latinos.

—Oh, por eso es que hablas tan bien el español.

—Es un poco más complicado, ya sabes, en parte sí le debo el dominio del idioma a mis padres, pero lo práctico constantemente en mi entorno de trabajo, es que viajo mucho por Latinoamérica.

—¡Jimena! —gritó el Director Artístico—. Al camerino en cinco minutos.

El truco nunca fallaba. El Director Artístico llamaba a los bailarines cuando estos estaban en el momento clave de la transacción, ellos alegaban que tenían que marcharse cuanto antes (era el momento que desesperaba a los turistas), quienes se apresuraban para entregarles sus números de habitaciones o datos personales para verse dentro de un rato. Jimena sonrió satisfecha al comprobar que Alex no iba a ser la excepción.

—Lo siento, tengo que irme, es que tengo ensayo...

Hizo un teatral gesto antes de marcharse, pero Alex la sujetó de una mano.

—Espera, voy a estar en el Lobby-Bar —Alex le señaló la barra—, tengo una propuesta de trabajo que me encantaría presentarte.

*Sí, claro... está entre tus piernas y se muere por conocerme.*

—No sé, es que estoy...

—Venga mujer, ¡no te hagas de rogar! Te espero, serán solo unos minutos y si no te interesa, por lo menos te invito a un trago.

Jimena asintió y le dio la espalda conteniendo la risa. De

145

haberse volteado de repente, habría descubierto con cierto grado de satisfacción que el tal Alex no podía apartar los ojos de sus nalgas.

## CAPÍTULO 25
## ENCUENTROS
(HOTEL PARAÍSO AZUL, CAYO SANTA MARÍA, CUBA)

Sentado en el Lobby-Bar y con la espalda contra la pared, en una mesa que le permitía tener una visión panorámica de su entorno, Alex aparentaba estar disfrutando de un whisky a la roca. Sobre la mesa, con su gigantesco lente incorporado, descansaba su cámara; era la coartada perfecta: un fotógrafo en espera de su inspiración... y mientras esta llegaba, se permitía el lujo de disfrutar de un trago.

Apenas terminó de vaciar el pequeño vaso, cuando un servicial camarero le trajo otro whisky (también a la roca), con demasiados hielos; lo pidió así para alargar el momento y para crear la apariencia de que aún estaba bebiendo. Lo menos que quería era nublar sus sentidos. Estaba dentro del territorio enemigo, ahora más que nunca necesitaba de todos sus reflejos en estado de alerta. Alex dio un billete de diez dólares como propina, por segunda vez... y por segunda vez Tony (el camarero), en menos de cinco minutos le dijo el nombre del capitán del Bar, el tiempo permisible que las bailarinas podían conversar con los turistas sin meterse en problemas, y lo más importante, quiénes eran los agentes de la seguridad que, disfrazados de trabajadores, estaban pendientes de todo lo que pasaba en el hotel.

*Genial, de esos sabuesos me ocuparé luego.*

En cuanto Tony se retiró, Alex quedó frente a las miradas de desaprobación de Lucy y Richard; los ancianos negaban de manera simultánea con sus cabezas. Ante sus ojos, él lo estaba haciendo todo mal. Para eso ellos habían impartido en el autobús un curso avanzado de cómo sacarles más provecho a las vacaciones... y a los trabajadores del hotel.

Alex se limitó a sonreírles. No deseaba entrar en una charla geriátrica. Por suerte se disponían a retirarse, y para que las cosas se pusieran mucho más interesantes, desde la carpeta de recepción los ancianos le mostraron el número de su habitación...

*Frente a la mía... ¡Genial!*

\*\*\*

Más de diez rostros se voltearon cuando Jimena entró en el Lobby-Bar. Fue directo a la barra a encontrarse con Francisco.

—¿Visitando a los amigos? —sin que ella lo pidiera, él comenzó a prepararle un café espresso.

—No, hoy no. Vine a ver a un fotógrafo que me hará una propuesta de trabajo.

—¿Quién, el mulato de la cámara? —Francisco le sirvió el café y con la mirada le señaló hacia uno de los laterales. Jimena se giró hasta que se topó con Alex, quien la estaba mirando directamente a través de sus gafas. El fotógrafo le sonrió y levantó la mano para indicarle que estaba esperando por ella.

Antes de ir hasta su mesa, Francisco le sujetó una mano y le indicó que se acercara.

—El tipo tiene billete de verdad —Jimena levantó una ceja y Francisco siguió contándole entre susurros—, está dando propinas de diez dólares y no le tiembla la mano.

Jimena se terminó su café y le dio las gracias a Francisco. Generar ganancias del trato directo con los turistas, en parte siempre se debía a la red de información que los trabajadores creaban para definir quiénes pagaban mejor, o quién estaba buscando esto o aquello. Al final, una mano siempre lavaba la otra. Conocer esos datos con antelación siempre era fundamental a la hora de cerrar un negocio o ponerle precio "a algo". Otro detalle importante, ningún turista daba esa clase de propinas a menos que se trataran de profesionales de verdad, por lo general empresarios con salarios anuales que superaban un número de seis dígitos.

*Muy bien, lista y a trabajar.* Se giró y caminó directo hacia la mesa del fotógrafo, a su espalda pudo sentir el peso de las miradas tanto de hombres como de mujeres, a quienes se les corría la baba tan solo de contemplar su figura.

\*\*\*

Alex sintió un latigazo en la ingle. Hacía años que no se sentía tan excitado por una mujer y mucho menos de esa manera. Ver caminar a Jimena por entre las mesas era todo un espectáculo de sensualidad y erotismo. Con cierto orgullo percibió como la atención de los presentes pasó de la bailarina hasta él. ¡Sí, cabrones, viene a verme a mí!

La joven llegó junto a su mesa y él se apresuró a levantarse para correrle una de las sillas.

— ¡Que caballeroso!

Jimena le guiñó un ojo y se sentó cruzando las piernas como solo puede hacerlo una bailarina. Traía puesto un short bien ajustado, una blusa que mostraba sus firmes senos y unas sandalias griegas. El pelo suelto sobre sus hombros le llegaba hasta las finas caderas. Ahora, mirándola de cerca, se percató de que sin maquillaje era mucho más hermosa.

Alex disfrutó con la simple acción de verla abrir varios paquetes de sacarina, echárselos a su espresso y removerlo con una cucharita. Luego tomó la taza, olió por varios segundos el café —*debe de ser una de sus costumbres*—, pasó su lengua por sus carnosos labios y se dio un trago. Puso los codos en la mesa, sostuvo la taza contra sus labios y lo miró fijamente. Alex no intentó resistirse, sabía que estaba siendo arrastrado hacia las profundidades de aquellos ojos azules y solo esperó que pudiese encontrar el camino de regreso... de lo contrario estaría perdido.

Cada gesto o movimiento que Jimena hacía irradiaba

una sensualidad, un sex appeal al que era imposible de resistirse, ella lo sabía, él lo sabía y ambos continuaron aquel juego de la atracción. Alex meditó por unos segundos hasta encontrar la respuesta que andaba buscando. *Ya recuerdo, ¡Ana de Armas!*

Jimena, con su sensualidad caribeña, le recordó a la actriz cubana Ana de Armas, la nueva revelación latina que tanto revuelo estaba causando en Hollywood. Estuvo a punto de decírselo, y por suerte, sus instintos lo detuvieron a tiempo.

*Vas a compararla con otra mujer, ¡serás imbécil!*

***

Jimena se sintió satisfecha al saber que tenía al musculoso fotógrafo justo donde ella quería. Cada uno de sus gestos era seguido por él, era evidente que la estaba estudiando, o más bien, escogiendo las palabras para lanzarle su propuesta. Ella decidió no ponérselo fácil, así que, en vez de romper el silencio, prefirió seguir disfrutando de su café... pero de repente algo cambió.

¿Qué le ha pasado?

Jimena estaba adaptada a leer las expresiones corporales de los hombres (entre bailarines era algo que se debía desarrollar para comunicarse con sus compañeros de danza), por eso comprendió al instante que algo había cambiado en el ambiente. Alex aparentó estar relajado..., pero todo era una farsa. A pesar de no poder verle los ojos a través de las gafas, notó como apretaba sus mandíbulas, su cuerpo se tensó como el de un bailarín a punto de realizar un salto del tigre. Iba a preguntarle qué le pasaba cuando sintió una mano en su hombro y esa voz que detestaba:

—¡Pero si es la hermosa Jimena! —dijo Gilberto. El coronel dio un giro y quedó entre el fotógrafo y ella—. ¿Y con quién tengo el gusto?

Gilberto extendió la mano y Alex se la miró por unos

instantes. El coronel era toda zalamería y buenos modales, pero sostener la mano en el aire por unos segundos le molestó, iba a retirarla cuando Alex extendió la suya. Se dieron un fuerte apretón y se miraron a los ojos en un acto de *macho vs macho,* Jimena no tuvo ni idea de qué carajos pasaba con aquellos dos. Había una sobredosis de testosterona en el ambiente, cosa que le causó una gracia tremenda, pero prefirió disimular.

—Alex Smith, todo un placer.

Gilberto volvió a girar alrededor de la mesa hasta quedar tras Jimena. Ahora ella entendió mucho mejor qué estaba pasando. Gilberto estaba intimidado por aquel desconocido, Jimena solía acostarse con turistas gordos, de ojos azules y pansas que sobresalían por encima de sus cinturones. Ella no recordaba realmente la última vez en que disfrutó del sexo. Ahora, mirando detenidamente a Alex, comprendió el temor de Gilberto. Lo menos que quería era que ella se fuera del hotel casada con un turista... y mucho menos con uno como aquel.

—Y, señor Alex, ¿qué lo trae por nuestra hermosa isla? —Gilberto habló mientras colocaba sus manos en los hombros de ella, cual si la estuviese usando como escudo humano.

Jimena no precisó ver el rostro de Gilberto para saber que aquella vieja serpiente se estaba refiriendo a ella.

*ADRIÁN HENRÍQUEZ*

## CAPÍTULO 26
## ¿NEGOCIOS O PLACER?
### (HOTEL PARAÍSO AZUL, CAYO SANTA MARÍA, CUBA)

*Como tengo cosas que hacer si fecundo,*

*quien me ve con manos y pies en el mundo,*

*donde por lo menos pueda ser yo mismo.*

*Lejos de esta mierda llena de egoísmo.*

BUENA FE

Su sexto sentido femenino (por llamarlo de alguna manera), nunca la había defraudado. Que ella no quisiera escuchar la llamada... ese timbre que le iba indicando con señales luminosas: ¡cuidado, estás en una situación peligrosa!, o simplemente, ¡aléjate de este hombre cuanto antes! Bueno, de no escuchar, la culpa sería totalmente de ella, porque las advertencias más claras no podían ser.

Alex Smith (sí es que ese era realmente su nombre), miró fijamente a Gilberto, fue entonces cuando ella sintió esa extraña sensación. De alguna manera, Alex parecía estar tomando notas mentales de todo lo que le rodeaba.

*Es como una pantera esperando el momento para saltar... es que, de hecho, mirándolo bien, hasta se parece al actor que interpreta a Black Panther... Pero, ¿qué mierdas te pones a pensar Jimena?*

Sin embargo, era verdad, la única manera que tenía de poder describir al hombre que tenía delante era comparándolo con una pantera. Un enorme felino con un collar invisible de "aparente docilidad".

—Y entonces, ¿qué lo trae por nuestra hermosa isla? —volvió a insistir Gilberto, solo que esta vez su tono fue

153

mucho más autoritario, al igual que sus manos sobre los hombros de Jimena.

\*\*\*

*Ningún plan es efectivo hasta que lo pones en el terreno, y solo entonces te darás cuenta de que nada saldrá según lo planeado.*

Alex reprodujo mentalmente cientos de veces como se produciría paso a paso el acercamiento a la bailarina. Reclutarla era una parte fundamental de su plan, pero en ninguno de sus elaborados "escenarios", aparecía Gilberto. La posibilidad de topárselo en alguna de las áreas del hotel era viable, pero quedar frente a frente, en un debate de celos por la bailarina, ni en un millón de posibilidades lo hubiese podido predecir.

¡Esto sí que no era de esperar!

No, ni la más remota posibilidad, las horas y horas de entrenamiento, sumando y restando contingencias, plan A, B, C, D…, toda la planificación para prever los diferentes escenarios en los que se desarrollaría el acercamiento, fueron simplemente tirados a la basura en menos de cinco minutos (que fue lo que duró la conversación), ahora solo tenía unas pocas opciones:

Uno: Abortar. *Algo que sabes no va a pasar…*

Dos: Activar el plan B. *Tampoco hay que llegar a ese extremo… aún.*

Tres: Continuar con lo previsto, hacer algunas modificaciones y pasar al plan "Anzuelos con Tetas".

\*\*\*

¿Este viejo se pensará que soy de su propiedad…? Jimena se repitió la pregunta al observar como Alex miraba las manos arrugadas de Gilberto sobre su fino cuello, entonces tuvo la respuesta bien clara: *sí, es exactamente eso, soy de su propiedad.*

—Negocios —respondió Alex, este mantuvo su mirada

sobre Jimena, el mensaje era evidente, quien fuera Gilberto y su arrogante tono le importaban una mierda—. Soy fotógrafo submarinista, y me atraen mucho las barreras coralíferas de Cuba... me encantaría visitarlas.

¡Fotógrafo submarinista! Claro, ahora muchas cosas tenían sentido. Jimena miró los enormes bíceps y la montaña de trapecios que sobresalían desde sus hombros, levantándole el chaleco de fotógrafo. Era evidente desde su punto de vista... el de una bailarina profesional que conocía cada musculo del cuerpo (sobre todo como entrenarlo hasta el extremo), que para mantener aquel cuerpo Alex debía correr varias millas, nadar diariamente unos seis kilómetros... y por lo menos alimentar a los tiburones ballenas con sus propias manos.

¿Qué cosas piensas Jimena? ¿Estás nerviosa? ¿Ya se te olvidó que los tiburones ballenas lo que comen es una basura de plancton...? Con ese tamaño y ese cuerpo y se alimentan de... ¿Qué cosas te pones a pensar? ¡Yo te digo!

—Sin dudas Cuba tiene muchas cosas hermosas, no solo sus playas, también sus mujeres —Gilberto le acarició el rostro a Jimena, *no sigas haciendo el ridículo, pareces... no, eres un viejo celoso haciendo todo un maldito show.*

Podría parecer un viejo celoso y todo lo demás, pero el mensaje se lo dejó muy claro al fotógrafo, y Jimena no tuvo más remedio que asimilarlo:

*La podrás usar por unas noches... pero al final es mía.*

—No solo las mujeres, también tiene hombres muy hermosos.

¡Toma! ¡Bueno, bueno... bang! La vida está llena de sorpresas.

Jimena no pudo aguantar la risita que se le escapó. Por su parte, Gilberto se quedó sin palabras al comprender que debió de haberlo interpretado todo mal desde el principio. Por parte de Alex no hubo ni la más mínima reacción, el hombre parecía haberse puesto una máscara de porcelana, no regalaba ninguna expresión que no fuera la de puro cinismo.

—Claro, por supuesto… hombres también.

Sin tener muy claro qué más decir o hacer, Gilberto, sorprendido por las nuevas revelaciones, decidió que era momento de irse.

—Pues todo un placer, espero que disfrute de sus vacaciones… o negocios.

—El placer es todo mío, y, por cierto, si antes tuve mis dudas, ahora estoy seguro de que este negocio será muy placentero.

En cuanto Gilberto les dio la espalda, Alex siguió cada movimiento del coronel sin perderse un detalle. Por su parte, Jimena tuvo otra sensación, en vez de estar ante un felino, comprendió que estaba mirando de frente a un megalodón.

*Y lo de hacerte el gay… mmm, no lo creo, esa mentira se la meterás a otra.*

Alex le sonrió con discreción, era evidente que le había leído los pensamientos.

***

Alex hizo un rápido recuento. Lo reconoció desde que cruzó el pasillo para dirigirse directo hacia ellos. Gilberto iba acompañado por un guardaespaldas que se quedó a varios metros… no tan lejos como para acudir en ayuda de su jefe si notaba que algo iba mal.

Cambió su mirada y aparentó perderse en los ojos de Jimena —tarea que no le era muy difícil—; por su parte, el gigantón no se perdía ningún movimiento de Gilberto. En su línea de trabajo, Alex tenía que dominar su vista periférica como si fuera otra de sus habilidades (era tan importante como nunca fallar un disparo, ya que podía significar la diferencia entre la vida o la muerte), fue así como, gracias a una pulida cafetera, localizó al segundo guardaespaldas, y este a su vez, con un rápido movimiento de los ojos, le delató la ubicación del tercero.

*Perfecto, cuenta con una escolta de tres.*

Los tres eran enormes, y por su apariencia parecían gritar a los cuatro vientos: *somos guardaespaldas* (no menos de seis pies de altura y unas doscientas libras cada uno). De seguro miembros élites de las Avispas Negras —las Tropas Especiales cubanas—. En cuanto Gilberto se marchó, ellos lo siguieron con discreción a la vez que establecían un perímetro de seguridad sin que nadie lo notara.

*Sí que son buenos.*

Fue la voz de Jimena lo que detuvo sus apuntes mentales.

—Y bien, ¿cuál es la propuesta de trabajo?

*ADRIÁN HENRÍQUEZ*

## CAPÍTULO 27
## UNA PROPUESTA DIFERENTE
(HOTEL PARAÍSO AZUL, CAYO SANTA MARÍA, CUBA)

*Yo era un virus tropical, latinlover comunista,*
*traficando con la revolución y con sus puntos de vista.*
FRANK DELGADO

¡Eso sí que no lo vio venir! Por su mente pasaron miles de propuestas (las que siempre le hacían), donde pasar una noche con ella encabezaba la lista; invitar a unas amigas… o amigos, era otra de las opciones habituales. Si eran un poco tímidos, se conformaban con pedirle algunas fotos íntimas, no tenía que ser específicamente desnuda, ahora, si se las dejaba tirar siempre le pagarían… *pagar no es la palabra adecuada, más bien me harían un regalito.*

Jimena dejó que esos pensamientos se escurrieran de su mente, lo de hacer un trío no lo descartó (a fin de cuentas, esa siempre era la fantasía predilecta de todos los hombres… ¡y algunas mujeres también!), bastante experiencia tenía en ello. Pero al escuchar la propuesta de Alex no supo qué responder. Para ganar tiempo, dejó que le diera más detalles mientras aparentaba saborear su café.

—¿Has escuchado de los Jardines de la Reina? —¡toma! Este hombre sí que no deja de sorprenderme. Jimena no respondió, se limitó a afirmar con la cabeza—. Ok, genial entonces. Sabes que es una de las barreras coralíferas más hermosas del Caribe. Por eso me enviaron. Tengo rentado en la bahía de Cienfuegos un catamarán con todo el equipo de buceo incluido. Necesito tomar una serie de fotografías y videos para un documental que está produciendo la National Geographic.

Jimena se apresuró a levantar la mano en cuanto Francisco pasó por su lado, le pidió otro café y su amigo le guiñó un ojo. El mensaje era claro: ¡atrapaste bueno!

—Eso está genial, mis felicitaciones, pero, ¿para qué me necesitas a mí?

—La idea es crear una especie de documental, que por supuesto irá acompañado de imágenes y videos, pero necesito una modelo local. —*O sea… yo en biquini*—. Tendrás que irte conmigo en el catamarán, estimo que grabar todo lo que necesito tome unos tres días con sus noches en alta mar.

—¿Contigo y la tripulación de buzos?

—No, solo conmigo. Soy capitán certificado para operar ese tipo de embarcaciones, además, ya cuento con el permiso.

¡Toma! ¡Esto sí que es nuevo!

Jimena ni se percató de cómo sus ojos se abrían ante la emoción. Tuvo que tragar varias veces para no pegar un grito, los nervios se le pusieron de punta. ¡Madre mía, esta es una oportunidad de las que vienen calvas y sin un puto pelo para poder aguantarte!

—Me interesa la idea, pero creo que hay algunas cosas que no sabes de mi hermoso país.

—Estoy seguro que ignoro muchas, por eso es que quiero solicitar tus servicios.

Su risa, y la manera en que se llevó el trago a los labios, volvió a estremecerle sus sentidos, la alerta volvía a estar presente. ¿Mis servicios? ¿Este pensará que soy un buffet con todo incluido?

—Me refiero a la salida en el catamarán. No sé si lo sabías, pero eso está prohibido para el turismo nacional, e internacional si eres cubano —Alex levantó una ceja por encima de las gafas, su sonrisa desapareció para darle paso a la duda. Jimena comprendió que él no tenía ni la más remota idea de lo que ella estaba hablando—. ¿Podrías quitarte las gafas para mirarte a los ojos? —Él le volvió a sonreír y obedeció al instante—. Es ilegal, un ciudadano cubano no puede rentar una embarcación turística... y mucho menos montarse en ella.

—No entiendo.

Jimena lanzó un resoplido para quitarse un mechón de cabello que la tenía un poco molesta.

—¡Niño, por Dios! Que a los cubanos se les prohíbe montarse en un barco, catamarán, yate, lancha, una palangana... ¡lo que sea! Y mucho menos el salir a pasear en ella durante días en alta mar.

¡Más claro ni el agua!

—Oh, no, pero por eso no te preocupes. ¡Ya entiendo! —Alex fue a decir algo, pero a última hora desistió de la explicación—. Sé a lo que te refieres, y no tienes por qué preocuparte. El encargado del presupuesto para este proyecto tuvo que pagar una suma... ¡mmm...! Digamos que es mejor no discutir cuánto se pagó, pero el punto es que mis jefes consiguieron un permiso otorgado por tu gobierno para llevar a cabo el documental, eso incluye cinco noches con un ciudadano cubano que formará parte del proyecto.

Para darle veracidad a sus palabras, Alex sacó de su mochila un documento oficial con el sello y el escudo nacional y se lo entregó. Jimena hojeó las tres páginas hasta quedarse sin argumentos. Aclarado ese punto, decidió hacer la pregunta más importante:

—Suponiendo que dijera que sí, ¿cuánto me pagarías "por noche"?

Jimena escogió cuidadosamente las últimas dos palabras. Si Alex ya tenía establecido un número, tendría que dividirlo, lo cual le daba un margen mucho mejor para poder negociar. Desde ya comenzó a hacerse planes de cómo podría sonsacarle más dinero, pero la respuesta del fotógrafo fue inmediata.

—Te pagaré $300 CUC la noche.

¡Toma! Esto se está poniendo interesante.

***

Los "sabuesos" que envió varios meses atrás el multimillonario que le propuso el contrato, hicieron un excelente trabajo de espionaje. Los expedientes que le entregaron fueron elaborados con cientos de detalles que le permitieron arreglar la misión en tiempo record. Sin esa información, habría tardado más de un año en preparar un golpe como aquel.

Ahora, disfrutando de cómo Jimena aparentaba querer renegociar el trato, pero a la vez asustada de perderlo, supo que tenía en sus manos todas las cartas. Era una triste realidad, pero el mundo del espionaje funcionaba basándose en las debilidades y oportunidades de los contrincantes. La situación familiar de la bailarina (una madre desempleada y un padre paralítico), la dejaban sin muchas opciones. Incluso, si en un futuro inmediato ella quisiera renegociar el precio, él tendría que aceptar. La relación que la bailarina mantenía con Gilberto era fundamental para llevar a cabo sus planes.

—Me interesa mucho la oferta… —Jimena dejó la frase abierta, obligando a Alex a que abriera las manos en espera del final, ella en cambio, comenzó a preparase su segundo café. ¡Vaya con la cubana! Sí que sabe negociar fuerte.

—¿Pero?

—Pero eso es lo que gano en un mes, eso sin contar lo que me regalan las amistades que vienen de visita.

*Mentirosa… pero sí que eres buena. Sé que solo ganas $200 CUC al mes.*

—Bien, entonces... ¿qué sería para ti una buena oferta? —*tampoco te lo voy a poner tan fácil.*

—Por $400 CUC la noche, pues... realmente me lo podría pensar mucho más en serio.

*Bien que podría trabajar en la bolsa de valores o vendiendo seguros.*

Alex comprendía perfectamente el juego de Jimena, si aceptaba, ella ganaría en tres noches el salario de seis meses. Por suerte para él, Jimena ignoraba que de haberle pedido $500 la noche igual se los habría pagado.

—Ok, creo que es justo. Entonces, ¿cuándo estarás disponible?

—Dame dos días para dejarlo todo preparado. Necesito pedirle permiso al Director Artístico para que busque a alguien que me cubra esos días. Ya sabes, el show tiene que continuar.

Alex le sonrió y levantó su vaso a modo de brindis, ella por su parte, levantó su taza de café acompañada de un elegante arqueo de cejas. Por mucho que lo intentara, Alex comprendió una verdad innegable: Jimena trataba de leer entre líneas sus verdaderas intenciones.

***

En cuanto Jimena salió del Lobby-Bar, Alex tomó su celular y llamó a Troy. Al segundo timbre el veterano respondió, la frase fue breve:

—¿Activaste el anzuelo?

—Desde hace tres días... ya todo comenzó y marcha bien.

—Perfecto, tenlo todo preparado, dentro de dos días recojo el otro paquete.

*ADRIÁN HENRÍQUEZ*

## CAPÍTULO 28
## UN ANZUELO CON TETAS

(HOTEL PARAÍSO AZUL, CAYO SANTA MARÍA, CUBA)

Para tratarse de una ex-miss Colombia, las redes sociales estaban apagadas alrededor de Cecilia Hernández, lo que significaba un suicidio en su carrera profesional. Necesitaba que hablaran de ella cuanto antes. Todo comenzó a irle de mal en peor desde hacía varios meses y aún no acababa de encontrarle una respuesta a su mala racha. Dos agencias de modelaje le cancelaron sus contratos... y no precisamente cualquier agencia, sino dos de las más importantes. En cuanto se supo, el efecto dómino comenzó de forma imparable.

Lo próximo fue que uno de sus principales representantes, la marca L'Oréal, comenzó a darle de largo, pretextos tras pretextos. Del comercial que iban a filmar con ella (que hasta uno de sus principales productores le aseguró que sería suyo), nunca le llegó el contrato.

Cecilia comprendió lo que estaba pasando. Ella, al igual que las miles y miles de modelos profesionales latinoamericanas, estaba siendo reemplazada en el mundo de la moda por los "ángeles" de la Victoria's Secret. Si no pertenecías al grupo élite, sin dudas los contratos no te iban a llegar.

Para colmo de males, llamó a dos de sus amantes y ambos ignoraron sus llamadas. Estaba tocando fondo sin saber cómo demonios volvería a subir a la superficie. Siempre le quedaba la última carta bajo la manga, grabarse un video manteniendo relaciones sexuales y colgarlo en internet, después alegar que le robaron el celular, y lo de siempre... aunque esa jugada era extremadamente peligrosa. Podía catapultarla a la fama, como a la Kim Kardashian, o arruinarle la carrera como a la cantante Noelia —que todos la recordaban ahora más por su video porno que por sus canciones—, de tener que hacerlo, pues lo haría. Pero solo si se le agotaban todas las opciones.

Cuando comenzó a plantearse la idea más seriamente, uno de sus agentes de Miami fue quien la llamó esa misma mañana, para tenderle la mano y cambiar su fortuna.

\*\*\*

Johnny Lawrence era el manager principal de una de las agencias de modelaje más famosa de Miami. Era de esos hombres que creía haberlo visto todo dentro del mundo de la moda... o eso pensaba hasta esa mañana. Una extraña visitante entró a su oficina bajo la recomendación de uno de los directores de cine más importantes del momento en Hollywood. Más extraña fue la propuesta. Sobre su mesa pusieron $10 mil dólares solo por hacerle una llamada y una recomendación a una de sus modelos.

La llamada debía hacérsela a Cecilia Hernández; la recomendación: que se grabara un video, bailando medio desnuda, o más bien, aceptando el reto de "Dura Challenge", lanzado por Daddy Yankee. Solo debía postearlo en sus redes sociales.

Al principio Johnny pensó que debía tratarse de alguna campaña para una multimillonaria compañía que primero quería lanzar a la fama a Cecilia, ponerla en boca de todos para después ofrecer a través de ella sus productos. Aunque lo extraño de la situación y los requisitos de que todo se mantuviera en el anonimato, le hizo creer que debía de tratarse de algo más.

\*\*\*

Cecilia grabó el video, lo subió a las redes dejando un mensaje al final: *yo acepté el reto, ahora espero que me llames...*

\*\*\*

Tres hackers, bajo las órdenes de Troy, estaban esperando el video. En cuanto estuvo en las plataformas lo volvieron viral. Lo publicaron en YouTube, Facebook, Twitter, Instagram y en cientos de blogs y páginas webs creadas para promocionar artistas y noticias de la farándula. Desde cuentas fantasmas cuadruplicaron las visitas por segundos, generando un tráfico que tumbó a muchos servidores internacionales. Se alcanzaron millones de "vistas" en menos de veinticuatro horas en todas las plataformas de mostraban videos.

\*\*\*

El video de la ex miss Universo colombiana se hizo viral en todas las plataformas sociales alrededor del mundo. Su espectacular cuerpo semidesnudo, y la provocativa coreografía, generaron millones de comentarios en todas las redes. Univisión y Telemundo no paraban de mostrar el video, causando elogios entre los presentadores y críticas por parte de los religiosos y los defensores de los derechos de la mujer.

Cecilia no podía estar más contenta con la frase: "el fin justifica los medios". Al final había logrado su propósito, volver a estar en boca de todos, y eso era lo que le generaba ganancias.

\*\*\*

No solo millones de personas alrededor del mundo contemplaron las maravillosas curvas de la modelo, también otros se excitaron al recordar los buenos ratos que pasaron junto a ella. De eso hacía más de seis meses. Quizás era tiempo de volverla a ver.

Mustafá Barzani tomó su celular y le marcó.

\*\*\*

Cecilia miró la pantalla del celular y sonrió satisfecha. Al fin uno de sus amantes le devolvía la llamada.

*ADRIÁN HENRÍQUEZ*

## CAPÍTULO 29
## UNA FÁCIL DECISIÓN
### (SANTA CLARA, VILLA CLARA, CUBA)

*Que la jugada está apretá, todo el caney lo sabe,*
*que no abunda el taparrabo y no alcanza el casabe,*
*que está cara la magia y más la medicina...*
*¡Ay! que se nos prostituyen las taínas.*
RAY FERNÁNDEZ

—Mami, ¿qué pasa?

La voz de Jimena hizo que Carmen se abstrajera de todos sus problemas, regresando a la realidad que la rodeaba. Carmen no podía seguir ocultándole las cosas a su hija... a fin de cuentas, era ella quien terminaba pagándolo todo.

¡Pero es tanto y tanto sobre sus hombros!

—Jime, a tu papá...

—¿Qué le pasa a papi?

*Sin más rodeos...*

—Hay que operarlo de nuevo... dentro de dos meses.

Jimena simplemente asintió, pero Carmen pudo escuchar los engranajes dentro del cerebro de su hija, sumando y restando. Esa era la triste realidad del día a día, una operación en un hospital cubano —para cubanos—, significaban miles de riesgos. Si querías que el familiar se recuperara, necesitabas movilizar todo un ejército.

El chiflido, seguido por un grito lanzado por el repartidor de los mandados, hizo que Jimena sonriera al escuchar la voz de Ángel.

—¡Carmen! —gritó Ángel con su potente voz de

169

barítono—. Llegaron los mandados. Envía a la buenísima de tu hija para que recoja las bolsas.

Jimena salió al portal de su casa, bajó una escalera que conducía a la calle, y con sus movimientos más sensuales fue hasta el carretón tirado por un caballo de aspecto esquelético. Ángel y ella estudiaron juntos en la escuela de arte, ella se graduó de bailarina profesional y él era artista de la plástica, un excelente pintor. Pero como todo en Cuba, su profesión y años de estudio no le sirvieron de mucho, al final terminó repartiendo las bolsas de comida que una vez al mes le daba el gobierno a sus ciudadanos, aquello le generaba más ingresos.

Desde que Ángel la vio, comenzó a chiflarle como si ella estuviese caminando por una pasarela.

—¡Mira, Kiko! —exclamó Ángel dándole una palmada en la espalda al cochero—. ¿Desde cuándo tú no te comes un pastel así?

Kiko (para muchos uno de los hombres más viejos de Santa Clara), no hizo nada más que reírse y continuar masticando su tabaco. Tanto Jimena como Ángel se le quedaron mirando en espera de algún comentario, así que el anciano agregó:

—Muchacho… si ese pastel me coge me saca el último respiro. Además, para comerse un filete de esa calidad hay que tener buenos dientes.

Jimena estalló en una carcajada, con Kiko todo podía ser tergiversado.

—Kiko, dime la verdad —Jimena se puso frente al anciano para que este la mirara bien—, ¿cuándo fue la última vez que se te paró?

Ángel no pudo aguantar la carcajada y Kiko, por otra parte, se puso muy serio. Se llevó una mano a la mandíbula como si realmente estuviera intentando recordar algo. Tras varios segundos de espera, les respondió a los dos jóvenes sin soltar su tabaco:

—Pues Jimenita, ahora que me acuerdo... sí, como no, la última vez que se me paró fue cuando le regalaron las primeras zapatillas de ballet a Alicia Alonso.

Ángel y Jimena tuvieron que sostenerse uno al otro para no caer del soberano ataque de risa que los invadió.

*** 

Jimena miró como Ángel iba separándole las pequeñas bolsas de nailon con los "mandados" dentro. Si llevara al menos unos cuantos días en su casa, la escena no le habría llamado tanto la atención, pero hacia menos de seis horas que había regresado de los Cayos después de una estancia prolongada. El choque con la realidad la hizo sentirse como de otra galaxia.

En su compañía de danza solían bromear con que los Cayos eran otro país dentro de la misma Cuba. El famoso pedraplén del Cayo Santa María (con sus sesenta y tantos kilómetros), representaba la separación de esos dos mundos.

En uno existía la tecnología, la comida, los lujos... El otro estaba colmado de ignorancia y necesidades. La población cubana, la de "a pie", sabía de la existencia de este otro mundo, a veces hasta con detalles, solo que ellos nunca iban a poder vivirlo como Dios manda.

Mirando como Ángel le ayudaba a cargar las bolsas, Jimena pensó en lo que esto significaba. El famoso sistema socialista cubano alimentaba a su pueblo mediante una "libreta de abastecimiento", que se resumía mayormente en algunas libras de arroz, frijoles, unos trozos de carne y algunos huevos. Con esto cada ciudadano debía alimentarse durante un mes... El problema estaba que lo que recibían apenas alcanzaba para unos días.

La única manera de sobrevivir era a través del mercado negro, traficando productos de lo que fuera, robándole cualquier cosa al gobierno o criando un cerdo con la esperanza de engordarlo, venderlo (siempre dejar al menos una pierna para la casa), con el dinero restante repetir el mismo proceso. Era muy común ver a doctores, profesores y a científicos con títulos de todas las ramas universitarias llevando todas las tardes un cubo de sancocho hacia los "corrales" para alimentar a sus cerdos.

\*\*\*

El caballo que tiraba del carretón lanzó varios latigazos con su cola para espantar al ejército de moscas que le sobrevolaban por encima y que se trasladaron, sin inmutarse, hasta las bolsas de comida. El olor excesivamente fuerte de la carne que había dentro de las bolsas, hizo que Jimena las agarrara con la punta de los dedos.

Ángel le lanzó una tercera bolsa que tenía escrito: *picadillo.*

—¿Picadillo de qué? —preguntó Jimena.

—De ave… —le respondió Ángel.

—¡Ave, esa sí está buena! Ave-rigua… si puedes, de qué está hecho —sentenció Kiko.

Jimena llegó a la simple conclusión de que era mejor no seguir indagando.

\*\*\*

Dentro de la cocina, Carmen empezó a organizar las bolsas en pequeñísimas porciones. Jimena ayudó a su mamá mientras iba separando metódicamente cada bolsa; la carne siempre era lo primero que había que preparar. Lavarla, sazonarla y cocinarla de ser posible ese mismo día o al siguiente. Lo mejor era no esperar demasiado, no fuera a ser que como en otras ocasiones, cogiera gusanos.

Mientras Carmen iba organizando, prefirió no sacarle conversación a su hija, por su mirada supo que estaba analizando la operación de su padre y todo lo que significaría para ella. Jimena sumaba, restaba y volvía a multiplicar. La lista de gastos aumentaba cada vez que repetía la ecuación.

*Sí, operarse en Cuba es gratis… ahora, llegar al salón, sobrevivir a este y después a la recuperación es muy caro.*

La lista comenzaba desde el funcionario encargado de reservar el salón de operaciones. A menos que se tratara de una verdadera emergencia, podías estar en la lista de espera por unos cuantos meses.

$20 CUC, un regalito para que su papá estuviera en la lista de operaciones de ese día.

$40 CUC para todo el equipo que gestionaba la esterilización del salón de operaciones. No quería que le pasara lo mismo que le sucedió al viejo Aurelio, quien estando anestesiado y en espera para entrar al salón, le suspendieron la operación porque se había acabado el oxígeno.

$10 CUC para el camillero (que un hospital provincial tuviera una sola silla de ruedas para toda una sala era algo normal), las situaciones que se podían presentar una vez que comenzabas a vivirlas hasta podían parecer surrealistas. Que los pacientes tuvieran que esperar a que el de la camilla de al lado fuera al baño a hacer sus necesidades, manchando la silla de sangre o a saber qué otras cosas, era algo común y corriente. Ese tipo de situaciones enfurecían a Jimena, le daban ganas de gritar y protestar… pero su mamá siempre la calmaba con una simple oración:

—Jime, no cojas lucha por gusto. ¿A quién vas a protestarle?

Su mamá siempre tenía razón, ¿protestarle a quién? ¿Al gobierno? ¿Al director del hospital? ¿Para qué? ¿Qué iban a resolver?

La respuesta de los directores de hospitales estaba ensayada:

—¿Tú tienes idea de cuánto costaría esta operación en un país capitalista?

*El discurso de siempre…*

La lista continuó aumentando.

$40 CUC al anestesista.

$60 CUC al doctor.

$40 CUC a cada enfermera.

Un buen desayuno, merienda y almuerzo (con su respectivo regalito), para cada miembro del equipo del salón. A estos banquetes siempre se sumaban doctores, enfermeros y miembros del salón de operaciones, e incluso de salas vecinas. La comida del hospital era un sancocho y no era la primera vez que un doctor se desmayaba en medio de una operación por tener un simple buche de café en el estómago durante ocho horas.

Que tantos miembros del departamento de cirugías se reunieran era bueno en muchos aspectos (Jimena lo veía como una oportunidad para entablar lazos de negocios y amistades). Entre desayunos, meriendas, almuerzo y regalos se le iban unos $200 CUC.

Otro detalle a sumar. Su papá no podía quedarse en la sala de recuperaciones. La esterilización del hospital era terrible. Uno entraba con una pequeña herida y salía con un estafilococo. Las ratas y cucarachas se veían caminar por el piso y los baños, aquello daba asco. Las propias letrinas, siempre estaban tupidas, con el orine y la mierda desbordándose por los inodoros hasta llegar a los pasillos.

*No, papi no se puede quedar en el hospital.*

Por tanto, otros $60 CUC para el chofer del auto que rentara para llevar a su papá al hospital y luego traerlo, pues iba a necesitarlo disponible todo el día. Y, por último, $20 CUC mensuales para Maura, la enfermera del barrio que iba a ir a su casa a limpiarle la herida. Maura, una vecina de toda la vida, se negaría a cobrar un kilo, incluso se enojaría cuando ella le diera el dinero. Pero al final, siempre terminaba aceptándolo... Maura también necesitaba vivir, y tener una enfermera en la casa que visitara a su papá hasta cuatro veces al día, era una inversión más que necesaria.

Realmente no le resultó muy difícil aceptar la oferta de Alex.

***

—Mami, voy a irme unos días para Cienfuegos. ¡No me lo vas a creer! —Carmen la miró sin atreverse a preguntar. Lo que su hija le fuese a decir, ella se lo iba a creer de todos modos—. Un fotógrafo americano, profesional de los de verdad, trabaja para la revista National Geographic. Bueno, el tipo quiere tirarme unas fotos y me contrató como modelo.

Su madre solo asintió sin atreverse a mirarle a la cara. Continuó organizando la "comida del mes" y se enfrascó en llenar un pozuelo con arroz para escogerlo y luego lavarlo.

*ADRIÁN HENRÍQUEZ*

## CAPÍTULO 30
## LA REALIDAD QUE TODOS SE IMAGINAN
### (BAHÍA DE CIENFUEGOS, CUBA)

*Gallego, la historia es espiral*
*que nunca acaba: uno la lleva alante, otro la caga.*
*Si Maceo resucita y va a entrar al Sol Meliá,*
*yo creo que se arma otro Baraguá.*
FRANK DELGADO

Toda una maraña de pelos le cubrió el rostro cuando la ligera brisa cargada de salitre le acarició el cuello. Se apresuró a recogerse el cabello, se hizo una cola de caballo con una de las ligas de colores que llevaba de pulsera y volvió a acomodarse en la silla lo mejor que pudo; el peso de tantas miradas ya la tenían incómoda.

Dentro del "restaurante-marina", las mesas y sus clientes pertenecían a otra clase social, una clase que Jimena pudo notar de inmediato por su proyección corporal, tanto en la manera con que se llevaban las copas de vino a la boca, los diálogos casi en susurros, o simplemente por la elegancia de los hombres y las mujeres. Ella estaba acostumbrada a compartir con turistas, conocía sus maneras, pero aquellos no eran los "típicos" extranjeros que venían a visitar la isla para pasarse solo unos días en sus hoteles.

Comprendiendo que estaba fuera de lugar, y sin mucho que hacer (Alex había ido a recoger unos papeles con los permisos y seguros, según le dijo tardaría media hora), por tanto, para evitar las miradas, se levantó de la mesa con su taza de porcelana y su café espresso y se fue hasta la terraza a observar la maravillosa vista.

¡Esto es impresionante!

177

Para ser su primera vez en Cienfuegos, no podía negar la belleza de la ciudad y sus entornos. El malecón que recorría la bahía, sus colores, su aroma, verlo todo desde aquella terraza le hacía comprender el por qué los turistas amaban visitar esos lugares. Era como un viaje en el tiempo, claro, no era lo mismo venir de visita y como turista, que vivir dentro de esa máquina del tiempo.

Sin palabras… con razón en este restaurante te cobran hasta por mirar desde la terraza.

En 1829, por órdenes del rey Fernando VII, la ciudad fue bautizada con el nombre de Cienfuegos, en honor a José Cienfuegos Jovellanos, capitán general de la isla. Aunque en la actualidad los cubanos también se referían a ella como: *La Perla del Sur*. Era una ciudad hermosísima, con sus casas coloniales y sus calles declaradas patrimonio de la humanidad.

El restaurante contaba con una vista panorámica de la majestuosa bahía, pero en especial, de su marina y su muelle, que conducía a enormes yates y catamaranes de lujo. No tanto por sus velas y sus colores como por el tamaño que tenían; a Jimena no le quedaron dudas que para acceder a una de aquellas mansiones flotantes había que ser multimillonario… *no hay de otra…*

Apartada del resto de los turistas, con la brisa constante, su café y la hermosa vista, Jimena comenzó a canalizar todo cuanto le estaba sucediendo.

\*\*\*

Desde que Alex la recogió a la salida de Santa Clara para dirigirse a Cienfuegos —en nada menos que un Audi A6—, Jimena comenzó a intuir que quizás los $400 CUC la noche por sus servicios se habían quedado por debajo de las posibilidades reales de aquel "peje gordo"… *pues que metiste la pata y en grande, porque de autos no sabes nada, pero rentar ese Audi cuesta por día lo que te ganas en un mes.*

—¿En qué piensas? —le preguntó Alex sin apartar los ojos de la carretera.

—En las vueltas que te pude dar la vida.

¿Eso es lo mejor que se te ocurre decir?

Pero las sorpresas apenas comenzaban. En cuanto entraron a la bahía de Cienfuegos, fueron directo a la marina. El recibimiento por parte de los camareros fue tal como si esperasen a una especie de sultán. Jimena conocía perfectamente aquellas zalamerías, pero había algo mucho más profesional en el servicio de aquellos hombres, era como si estuvieran acostumbrados a tratar con clientes "ricos de los de verdad".

¡Toma eso!

Lo que acabó de sacarle el corcho a la botella fue cuando Alex le señaló el catamarán que tenía reservado. Ella no pudo hacer nada más que asentir e intentar ajustarle un precio a aquella montaña de velas, camarotes y demás lujos que escapaban a su imaginación. Al final terminó desistiendo.

Algunas risas a su espalda la sacaron de sus reflexiones. Se giró para quedar frente a dos de las mujeres más hermosas que hubiera visto en su vida.

***

Jimena estudió a las dos mujeres como mismo estas lo hicieron con ella. Solo necesitó un vistazo para saber que estaba frente a dos bailarinas profesionales.

¡Vaya, vaya! ¡Qué par de ejemplares tenemos aquí! ¿Me verán como la competencia, vinieron a marcar el territorio?

Las recién llegadas tenían una delicada piel color cacao que irradiaba vitalidad y deseos reprimidos. Sus cuerpos tenían tales curvas que no precisaban de la ayuda de ningún cirujano plástico. Tetas grandes y bien firmes, con unas nalgas que debían de ser el tormento de muchos gallegos.

Sus pieles depiladas, y el tratamiento de queratina que llevaban en el cabello, eran la primera prueba evidente de los ingresos que generaban. Aunque sus cuerpos en extremo cuidados (fuente principal de sus ganancias), también llevaban implícito lo que costaría llevarse a una de esas beldades a la cama. Entre anillos, aretes, pulseras y cadenas, ambas debían de tener unas diez libras de oro repartidas por todo su cuerpo.

—¿Tú también eres bailarina? —esa fue la presentación de la más alta.

—Sí, de danza contemporánea…, me llamo Jimena —las tres jóvenes se besaron en la cara compartiendo al instante risas genuinas. Jimena se relajó, estaba entre colegas—. ¿Y ustedes?

—Rosabel, pero todos me dicen Rosy, y lo mío es más de cabaret, ya sabes, mucho meneo de cintura que es lo que les gusta a los españoles, y esta es Laura.

Por unos instantes Jimena se quedó mirándola, había visto su rostro en algún lugar y ahora no la podía ubicar. ¿Sé que te he visto, pero dónde? Por suerte, Laura comprendió que Jimena estaba batallando por recordarla, así que prefirió ahorrarle el tiempo y el esfuerzo.

—En el ballet de la televisión cubana.

¡Toma! ¡Verdad que sí, la mulata con la que mi papá le da celos a mami!"

Jimena prefirió no contarle ese detalle.

—Pero no creas, esta no es para nada modesta —Laura señaló a su compañera—, Rosy es una de las bailarinas principales del Tropicana.

Ambas le sonrieron esperando que ella dijera donde bailaba.

—Pues yo bailo en los Cayos de Santa María, pero para que contarles, nada que ver con algo como el Tropicana.

180

Las dos jóvenes se rieron de la humildad de Jimena, porque ellas mejor que nadie sabían lo que significaba bailar en el sector turístico…, para poderte mantener con un contrato tenías que sudar las nalgas y hacer de todo un poco para mantener contento a los turistas y al Director Artístico.

—¿Y tú con quién viniste?

—Niña, ¡tú no habías llegado todavía! —le respondió Rosy a su amiga, Jimena no tuvo ni la oportunidad de hablar—. ¡Esta perra vino con un mulato de revista que está buenísimo!

A Jimena no le quedó más remedio que reírse, aunque en el fondo experimentó cierto orgullo.

—¿Y dónde está ese semental? —le preguntó Laura mientras abría una caja de Hollywood mentolados, le ofreció y Jimena cogió uno junto con Rosy, quien sacó de su cartera un encendedor Zippo rosado y con un Hello Kitty incrustado en los bordes.

—Está firmando los papeles para que le aprueben el permiso de salida a alta mar…

—Ese permiso está aprobado desde que rentó la embarcación, créeme, lo que está negociando es tu permiso de salida.

Jimena recordó el sello oficial que Alex le había mostrado, aquellas dos sabían de lo que estaban hablando, como todo en Cuba, con buenos pagos se conseguían permisos, firmas, cuños…, hasta el permiso de salida en una embarcación turística a la cual los cubanos no podían ni acercarse a menos de 300 metros.

Un gesto de Laura la conminó a seguir el humo de su cigarro, la bailarina señaló hacia una de las mesas, donde dos hombres acababan de levantarse y se dirigían hacia ellas.

—¿Y esos de allí vienen con ustedes?

—¡Esos de allí...! —exclamó Rosy, siendo ella en esa ocasión a quien se le notó cierto orgullo en la voz—. Tú no sabes quiénes son esos dos, ¿verdad?

Jimena se encogió de hombros restándole importancia, aunque decidió hacerles un rápido examen a los dos "personajes", por llamarlos de alguna manera, porque de algo sí estaba segura; *tienen muy buena pinta de ser importantes.*

El primero de ellos, medio calvo, gordo y de una sonrisa constante, era la imagen perfecta del hombre que siempre lo ha tenido todo al alcance de la mano. Por su manera de moverse y de hablar (o más bien gritar), ese era cubano. El otro, mucho más reservado, era un anciano que debía rondar los setenta y tantos años, aunque estaba bien delgado y se veía en buena forma —*este tampoco ha trabajado nunca*—, tenía una mirada que la asqueó al instante. *Sí, son los ojos*, pupilas que querían drenarles la juventud.

Por la forma en que las miró con todo el descaro del mundo (en especial a Jimena, que era la nueva del grupo), supo dos cosas de él:

*Con esas piernas blancas y esa cara de pedófilo, a este hijo de puta le encantan las menores... ¡y si son mulatas, pues mucho mejor!*

De querer intentar crearles un perfil psicológico a los dos personajes, no podría haberse acercado más.

—El gordo cabezón —Laura señaló hacia él, le lanzó una sonrisa y este le guiñó un ojo—, ese es el mío.

Jimena no era estúpida, estaba consciente de que ambas bailarinas eran prostitutas...

*Dos jineteras élites.*

Reconocer que vendían sus cuerpos al mejor postor no la sorprendió tanto como que lo reconocieran ante una extraña, aunque ¡yo no soy una extraña! Por primera vez cayó en cuenta de que Rosy y Laura la veían como a otra colega, otra jinetera como ellas. Un trago amargo le subió hasta la garganta y tuvo que tragarse sus orgullos y aires de superioridad, si es que llegó a tenerlos en algún momento. Las dos bailarinas simplemente le estaban dando una especie de recibimiento a otra miembro del club que promovía el oficio más antiguo del mundo...

—Se llama Luis, es el nieto mayor del general Humberto Rodríguez —a Jimena le sonó el nombre de alguna marcha o tribuna abierta—, y está al frente de varios centros turísticos de Trinidad.

*O sea, no es el hijo de... es el nieto de fulanito. Y por esa simple razón orina miel y caga fresas.*

—Y el otro es el mío —Rosy habló con un desprecio en su voz que no disimuló en ocultar, por lo visto no tenía muchas opciones, ¿pero quién las tiene?—. Se llama Simón, es dueño de varios viñedos en Chile y París. Podrás imaginarte, el viejo es quien provee de vino a más de la mitad de los hoteles de Varadero.

Jimena observó cómo los dos hombres pasaban de largo riéndose de algún chiste de colegas, el tal Luis la saludó con la mano y luego se dirigió a Laura.

—Ya el yate está listo, no se demoren.

Laura le tiró un beso y le pidió un ratico más, en unos minutos estarían con ellos.

—Bueno, ¿y qué rentó tu semental? —le preguntó Rosy. Jimena señaló hacia la enorme embarcación que estaba al final del muelle.

—¡Ese catamarán!

Las dos bailarinas se miraron entre si y lanzaron una carcajada que ella no supo identificar.

—Niña, ¡cuando se queden solos en el camarote tírate del

escaparate! —Laura miró a su amiga con ojos de profesional, ambas asintieron a la vez—. Tienes que volverlo loco.

—¡Chúpasela en parada de mano! ¡Tienes que hacerle maravillas! Se tiene que quedar loco para que quiera volver a repetir el viaje.

Por un segundo estuvo a punto de decirles que no iba en esa clase de "viaje"... Alex solo estaba pagándole por... ¿No piensas acostarte con él? La realidad era que hasta el momento Alex no le había propuesto o insinuado nada, siempre muy cortés y profesional. Quizás, después de todo, a lo mejor si era...

—Ese catamarán pertenece a la clase de lujos —Rosy habló como toda una experta que conocía de memoria los modelos y precios de las embarcaciones—. Nosotras dos y cuatro amigas más casi usamos uno de esos, de eso hace... ¿cuánto Laura, como dos meses?

—¿A dónde? ¿A la fiesta del italiano o la del alemán?

—Niña, la del italiano.

—¡Ya ni me acuerdo! No sé, eso fue en marzo, después nos fuimos con los rusos para Trinidad... sí, de eso hace como dos meses.

—Verdad que sí, bueno, como te decía —lo que fuera que le iban a decir, ya a Jimena la conversación empezaba a causarle mareos. Los $80 CUC que ella recibía cada vez que se acostaba con un turista (y lo que luego podía "raspar"), comparado con lo que a aquellas dos mujeres debían de pagarles... lo de ella era prácticamente la propina del bar—. El italiano fue a rentar un catamarán igualito a ese, me acuerdo como si fuera hoy; siete días le salía como en €14,500 pero al final buscó uno más grande, de dieciséis pasajeros, porque ese es de catorce personas y él quería que todos tuviéramos una habitación.

—¡Para lo que sirvió, si al final terminamos durmiendo unas encima de otras!

Las tres bailarinas soltaron una carcajada de complicidad. Jimena sabía perfectamente lo que era entrar en una habitación de los Cayos (supuestamente con dos camas), y terminar en ellas catorce piernas.

Por fin se despidieron, pero antes se intercambiaron los números de celulares y ambas bailarinas le dejaron claro que tenía mucho más futuro que una simple bailarina de los Cayos. Si le interesaba irse en alguna de aquellas fiestas con ellas y sus "amigos", que no dudara en llamarlas. Jimena las vio marcharse con sus felinos movimientos y el sensual bamboleo de sus caderas, obligando a la mayoría de los hombres a mirarle sin ningún recato sus nalgas.

Jimena se giró para mirar hacia el final del muelle, donde descansaba el catamarán. Aquella breve conversación le puso los pelos de punta, por miedo, por respeto o por lo que fuera, se sintió demasiado pequeña... una sardinita nadando en un tanque lleno de tiburones. Comprendió que la famosa marina de Cienfuegos rentaba embarcaciones por sumas que ni ella (que trabajaba en los Cayos y creía haber visto bastante), podía asimilar. Era una sociedad dentro de otra sociedad, un universo paralelo al cual solo se podía entrar siendo un extranjero rico, o el nieto de un general de la isla.

*Una semana €14,500... eso es más de € 2,000 la noche. ¡Madre mía!*

***

—¿Lista?

Alex llegó a su lado como una sombra, ya lo había visto comportarse así en dos ocasiones. Se movía por entre los camareros y turistas como si fuera invisible, no llamaba la atención y nunca caminaba en línea recta, le gustaba caminar pegado a las paredes de los pasillos. Era como si tuviera algún tipo de fobia, *le da miedo llamar la atención... no, miedo no es la palabra, lo que le gusta es pasar desapercibido, sí, eso es.*

185

—Lista.

*Nerviosa, asustada, esperando que llegue un agente de la policía y me diga que no puedo montarme en ese barco. ¡Muerta de miedo por pasar tres noches con un extraño en el mar! ¿Qué más puedo decir…?*

—Perfecto, nos vamos —Alex le tendió la mano. Así se fueron caminando como viejos amigos hasta el muelle que conducía al catamarán.

Jimena escuchó chiflidos y gritos y miró hacia una de las embarcaciones más grandes de la marina. Reconoció al instante a sus dos nuevas amigas, ambas ya se habían puesto unos microscópicos bikinis que apenas les tapaban los pezones, por no decir del resto de su anatomía. Jimena las saludó sin poder evitar las comparaciones entre las dos embarcaciones.

Si el catamarán rentado por Alex era una mansión flotante, en el que se encontraban Laura y Rosy era una especie de rascacielos.

¡Bienvenida a las grandes ligas!

## CAPÍTULO 31
## Y CUANDO CAE LA NOCHE
### (JARDINES DE LA REINA)

*A veces cuando estoy muy viejo me da por levantar el ancla*
*y sé por un tonto reflejo que sigo donde estaba...*
FRANK DELGADO

Los Jardines de la Reina (llamados así por el propio Cristóbal Colón en honor a la reina de España), es un archipiélago del <u>mar Caribe</u>, ubicado en la parte sureste de <u>Cuba</u>, entre las provincias de <u>Camagüey</u> y <u>Ciego de Ávila</u>. En la actualidad es una de las áreas protegidas más grandes de Cuba, con una extensión que abarcaba unos 2170 <u>km²</u>.

Los Jardines están formados por una cadena de más de 600 cayos, aunque la belleza de su flora y fauna es superada por las barreras coralíferas que descansan imperturbables bajo sus transparentes aguas.

Para muchos, los Jardines son llamados también los "Galápagos del Caribe", y con toda razón. La red que forman las islas de manglares y su gigantesca barrera de coral de 150 millas de longitud, convierten a los Jardines de la Reina en la tercera barrera coralina más larga del mundo.

Pero si la magia de su hábitat no es suficiente, entre algunas áreas de buceo se pueden encontrar naufragios de galeones españoles del siglo XVI. La variedad de peces es tan exquisita como asombrosa, pudiéndose encontrar toda clase de tortugas, un millar de especies únicas por el entorno, y una comunidad gigantesca de tiburones.

Es un lugar de ensueño, un paraíso submarino para turistas amantes del buceo, donde la cantidad de visitantes al año está más que controlada.

Por desgracia no se les permitía a los cubanos visitar sus propios corales, así que Jimena comprendió que estaba teniendo una oportunidad única, y pensaba aprovecharla.

*** 

Durante todo el trayecto Jimena no se movió de su asiento en el segundo piso, de hecho, hablaron muy poco, ella solo le respondía con frases cortas o simples gestos. Alex tampoco le buscó conversación, cada uno prefirió perderse en sus propios pensamientos, el fotógrafo habló en varias ocasiones por la radio para dar coordenadas o recibirlas, estabilizó las enormes velas y mantuvo una velocidad constante, usaba la enorme pantalla GPS y una de sus laptops, la cual lo estaba dirigiendo hacia un punto exacto… un punto que a ella no le interesaba encontrar, solo quería que el viaje continuara, algo le estaba pasando y no sabía cómo expresarlo.

—Ya llegamos.

Jimena miró hacia todos lados sin saber que decir.

¡Dios mío! Esto es lo más hermoso que he visto en mi vida.

Alex detuvo el catamarán contra una especie de semicírculo formado por dos cayos. Lanzó cuatro anclas con forma de arañas patas arriba y se aseguró de que el oleaje apenas moviera la embarcación. Jimena se acercó a la borda y miró hacia el agua.

¡Qué show!

Un espectacular mundo de vida marina se podía ver desde la superficie, la trasparencia era tal que vio perfectamente el fondo marino y un mundo de peces y colores… incluidos algunos tiburones y tortugas. Un ataque de risa y felicidad entró por sus poros sin saber a qué se debía. Estaba dentro de una especie de sueño, un viaje que solo vería en las novelas, aquello le parecía mentira… pero no, sí que era real y lo estaba viviendo.

—Ven, déjame enseñarte el interior.

*Ya era hora… por lo menos me va a llevar a una cama.*

La realidad de aquellas palabras la regresó a su mundo de blanco y negro, donde los colores importantes eran el de los billetes. Estaba allí para una sección de fotos, de videos o de lo que quisiera Alex… él pagaba y ella era el menú.

—Este es un catamarán Lagoon 52F —Alex la tomó de la mano y la ayudó a bajar por una de las escaleras hasta la cubierta—, aquí tenemos la cocina y esta es la nevera (una de ellas, la principal), todas las gavetas de la pared vienen equipadas con comida y bebidas.

Alex abrió la nevera para mostrarle diferentes pomos de condimentos, cajas de huevos, pomos de jugos, algunas cervezas y diferentes comidas enlatadas. Luego abrió otro de los compartimientos convertido en una cava de vino con más de treinta botellas.

—Las cervezas son para ti, hay varias marcas, no sé cuál prefieras, yo solo tomo vino.

—Está bien, yo tomaré lo mismo que tú.

Alex le sonrió.

—Bueno, yo tomo mucho vino, ¿no temes a emborracharte?

—No, tú me vas a cuidar.

—Ok, trato hecho, solo para estar claros, ¿vas a tomar lo que te dé?

*Claro cariño, tu di rana que yo salto… pero dos pueden jugar este juego.*

—Me tomo lo que me eches… en la copa.

Alex tragó en seco y apuró una de sus sonrisas. Le indicó que lo siguiera para mostrarle dos habitaciones más, ambas a cada lado, apenas dieron varios pasos por la popa para llegar a los compartimientos de los lados. Atravesando la cocina llegaron hasta una escalera que conducía a los siguientes camarotes, estos eran más grandes y lujosos. La puerta de cada camarote quedaba a solo dos metros de distancia, separados por un estrecho pasillo.

Jimena entró a la lujosa habitación, una enorme cama con una pantalla LCD instalada al frente, era apenas una parte del decorado. Contaba con su propio inodoro y una ducha. Sobre uno de los asientos estaba su maletín. Aquello sí que fue una sorpresa para ella. Desde un principio dio por hecho que iba a dormir con Alex.

¿Qué está esperando? Oh, ya sé, este quiere pasarse de habitación por la noche.

—Este es tu camarote, el mío está al frente. Puedes cambiarte de ropa y cuando quieras sube a cubierta. — Alex le enseñó el resto de los camarotes, uno de ellos fue modificado, estaba repleto de equipo de submarinismo: tanques, caretas, patas de rana y pistolas con arpones colgaban de las paredes. El fotógrafo tomó unas patas de rana y una careta con su snorkel—. Voy a buscar la cena de esta noche.

Sin más palabras, ni frases con doble sentido, Alex se retiró hacia su camarote dejándola sola y confundida.

¡Qué cojones está pasando aquí! ¿Este quiere o no quiere?

\*\*\*

Cuando Jimena subió a cubierta, Alex supo que estaba perdido. Su erección fue inminente, tuvo que voltearse a toda prisa para acomodarse el pene contra su short. La bailarina se puso un microbikini, en cuanto se viró de espaldas para ir a la cocina, Alex pudo ver como el fino triángulo de tela desaparecía entre sus firmes nalgas. Jimena tomó una de las copas que él sirvió con vino y fue hasta su lado dándose tragos con cada paso.

—Aquí está la proa, estos son los trampolines y por esta parte está la ducha de cubierta.

\*\*\*

Caminaron por encima de los "trampolines", dos mallas flexibles que hacían la función de cubierta, fueron hasta la proa, pasando por uno de los pontones, del cual también le mostró el interior. Estaban llenos de instrumentos de supervivencia, chalecos salvavidas y pistolas con bengalas, aparte de varios botiquines.

Al virarse para ir hacia la cocina, fue el momento que Jimena estuvo esperando.

¡Toma! Este animal ha de dormir en el gimnasio

Alex caminó frente a ella, iba descalzo, solo tenía puesto una especie de licra short, no tan apretado, pero lo suficiente para mostrar cada músculo de sus poderosas piernas, aunque nada comparado con el resto.

Jimena nunca había visto algo semejante, era un cuerpo sin una gota de grasa, cubierto por músculos deformados por el exceso de ejercicios, pero que a la vez lo hacían moverse con la elegancia de un enorme felino. Los trapecios y hombros parecían dos montañas a cada lado de su cuello. Pero lo que más le llamó la atención fue su fibroso abdomen. No era una barriga plana como la de los bailarines o cubierta por los desproporcionados *abs* (como llamaban los adictos de las pesas que visitaban los Cayos a sus músculos abdominales), no, eran músculos entrenados y también un poco deformes, como si hubiera recibido golpes o impactos…

—Voy a pescar algo, te quedas de capitana.

Alex le guiñó un ojo, se puso la careta, las patas de rana y el snorkel, se lanzó al agua con una escopeta de arpón. En cuanto Jimena lo vio sumergirse, decidió que era momento de darse un baño. Así que sin pensárselo mucho, se lanzó también al agua.

191

\*\*\*

El resto de la tarde la pasaron tomando una sesión de fotos, pero al caer la noche, Alex le pidió que se diera una ducha, y que se demorara sin reservas para él preparar la cena. Jimena le tomó literal la palabra. Dos horas después subió a cubierta, nada, absolutamente nada la preparó para el espectáculo.

¿Qué se supone que estás haciendo, imbécil? ¿Por qué me estás tratando así?

Sobre la mesa de la cocina estaba preparada toda una cena, un enorme pargo rojo cubierto con salsas que ella no supo identificar, dos enormes copas de vino blanco y algunas colas de langosta hervidas en cervezas y bañadas en mantequilla eran parte del menú. También había una caja de chocolates.

—El chocolate es opcional, hay helado de postre.

—Esto se ve riquísimo.

—Pues a comer.

No solo se veía, ¡por dios! Era la mejor cena que ella hubiera tenido en su vida. Al finalizar ya iban por la segunda botella de vino y Jimena comenzó a sentir y a exagerar los efectos. No dejaba de reírse y de mirarlo provocativamente. Sabía que al final de la noche terminarían en su cama.

\*\*\*

Por segunda vez la vio subir a cubierta, y por segunda vez no pudo organizar sus pensamientos. Iba ataviada con un fino vestido de hilo blanco. No llevaba sujetador, por lo que la aureola de sus pezones se le marcaba, erguidos y excitados. Alex supo en ese momento que se estaba enamorando... ¿enamorando?, no, no creo. Esa era una palabra muy fuerte, quizás lo que estaba experimentando era un ataque de deseos y posesión. *Sí, ha de tratarse de eso.* Sabía perfectamente lo que necesitaba, y eso era despertarse y ver en el piso de su camarote aquel vestido... ¿Cuántos placeres ocultaría debajo?

—¿Más vino?

Jimena extendió el brazo con la copa y esta se tambaleó entre sus dedos.

—Ya estoy media borracha, así que me vas a tener que llevar al camarote para que no me caiga.

Alex le sonrió y volvió a llenarle la copa.

\*\*\*

Jimena estaba todo menos borracha. Ella conocía perfectamente hasta donde podía tomar y cómo controlarse. Pero aparentar cierto grado de embriaguez era una especie de catapulta, incitaba a los hombres para hacerse ellos también los borrachos y dar el primer paso. Desde que salió del camarote se dio cuenta que algo había cambiado en él..., Alex apenas podía apartar sus ojos de sus labios, así que se preparó para recibir un beso de un momento a otro... pero el beso nunca llegó.

¿Qué está esperando? Si piensa que se lo voy a poner tan fácil, pues lo veo muy mal. Por lo menos que se lance.

La velada pasó entre risas y chistes, contándose anécdotas de sus respectivas vidas, más de la de ella, Alex siempre le hacía preguntas, pero cuando le tocaba responder hablaba poco y hacía un giro en la conversación hasta volver a caer en ella.

—Bueno, ya es tarde, deberíamos irnos a la cama, mañana vamos a estar bien ocupados —Alex le extendió la mano y la ayudó a bajar por la escalera, la condujo hasta la puerta de su camarote y se despidió con una sonrisa—. Hasta mañana.

Le dio la espalda y se fue para su camarote. En cuanto la puerta se cerró, Jimena se miró al espejo.

¿Qué acaba de pasar? ¿No me llevó a su cama?

Al principio no supo qué demonios le estaba pasando. Se volvió a mirar en el espejo y rompió en llanto. ¿Pero qué coño te está pasando, mujer? No quería aceptarlo; a la vez que deseaba acostarse con él, no quería salir de esa habitación. Le gustaba como Alex la miraba, los detalles que mantenía con ella, parecía como si la estuviera enamorando y algo así nunca lo había vivido.

¡Esa peli de Pretty Woman ha hecho mucho daño a las mujeres!

Desde que entró a los Cayos aprendió las reglas del juego: tenía que acostarse con los turistas, era la única manera de sobrevivir, de mantenerse trabajando. Cada uno de los clientes la trataba como una puta, y ella tenía que comportase como tal.

*Pero él es diferente.*

Se limpió el rostro y lo mandó todo al demonio, abrió la puerta de su camarote y fue hasta su habitación, iba a entrar, tocó la puerta con la punta de los dedos y entonces se detuvo, Alex estaba manteniendo una conversación.

*** 

Abrió su laptop y aceptó la llamada, en la pantalla apareció el rostro de Troy Jackson.

—La colombiana salió para Venezuela esta mañana.

—¡Perfecto! ¿Ya le pusieron la cola? —Alex se estaba refiriendo al GPS que le instalaron a la mujer en su bolso preferido.

—Sí, cada dos horas nos da su posición.

Alex comprendió que Jackson debió de pedirles algunos juguetes a sus colegas de la CIA. El dispositivo al que se refería era un microchip que cada dos horas se despertaba (lanzaba una señal de posicionamiento global detectada por uno de los satélites de espionaje que servían como antenas para la CIA), y al instante volvía a dormirse por otras dos horas. De esta manera no generaba ningún tipo de descarga que permitiera ser detectado.

—Muy bien, ¿algo más qué deba saber?

—Sí, nuestro hombre en Venezuela me lo acaba de confirmar, dentro de dos días vuela para Cuba.

Todo estaba marchando según lo previsto, el propio Jackson regresaría a Cuba en la mañana, era él quien iba a darle el seguimiento a la modelo, hasta confirmar la ubicación de Mustafá. Si este se reunía con la joven en un hotel, aquello alteraría las cosas, habría que pasar al plan D, pero si la llevaba a su mansión, entonces todo continuaría según lo previsto.

—De acuerdo, envíame el paquete mañana. Ahora mismo te mando las coordenadas.

Confirmaron algunos detalles más y finalizaron la llamada.

En cuanto cerró la laptop, Alex miró hacia la puerta. A solo varios metros estaba una mujer que le gustaba demasiado, a la que pondría en peligro de muerte, con amplias posibilidades de que la asesinaran. Se llevó las manos al rostro para luchar contra su conciencia.

¿Qué demonios te está pasando?

Sin poderlo evitar se levantó, abrió la puerta y vio al final del pasillo la luz que se colaba por debajo de la puerta del camarote de Jimena. Caminó dos pasos y la luz se apagó… al igual que su impulso.

*Ya bastante daño le vas a hacer.*

No se reconoció en el espejo cuando regresó a su camarote.

***

Jimena regresó por el pasillo hacia su camarote. Escuchó parte de la conversación y se sintió molesta por haberse

195

hecho algún tipo de ilusión. ¿Pero qué estaba esperando encontrar?

¡Está trabajando! Realmente vino a trabajar, es un profesional.

Entró a su camarote sin entender qué demonios le estaba pasando, apagó la luz, se quitó el vestido y lo lanzó contra el espejo. Luego se tiró a la cama y volvió a llorar de rabia… ¡qué imbécil eres, mujer!

## CAPÍTULO 32
## ¿QUÉ PASA CUÁNDO TE ENAMORAS?
### (JARDINES DE LA REINA)

*Yo vengativo te alerto tengo el deber,*
*porque te estoy amando y fue sin querer.*
*Yo amenazante te indico cuidado en mi amor,*
*porque me muero de miedo ante ti...*
BUENA FE

Alex la vio salir por la escalera que conducía a los camarotes, tan hermosa como el día anterior, se había cambiado de bikini, *solo un cambio de color, para ser exacto,* se dijo a sí mismo al comprobar que se trataba del mismo diseño. Pero algo sí que cambió... *son sus ojos, están que echan chispas. Parece una medusa griega que me quiere convertir en piedra.*

—Buenos días —Jimena lo saludó con una sonrisa, nada más. Se sentó en la mesa de la cocina y se sirvió un vaso de jugo—. Hice huevos, algunas lascas de jamón, también hay un coctel de frutas que está delicioso.

—No tengo hambre.

*Sí, algo le pasa.*

—¿Qué me quieres hacer?

—¿Cómo?

—Hablas muy bien el español, ¿verdad? ¿Qué quieres hacer conmigo?

—¡Ah!, no entiendo...

—Me vas a tirar fotos, vas a firmar videos... o quieres que me ponga a tomar el sol.

197

*Bueno, pero esta sí que se ha levantado con el hacha de la guerra en la mano.*

—La verdad es que necesito hacer una toma submarina, luego puedo tirarte algunas fotos.

—Lo que tú quieras.

Jimena se levantó y le dio la espalda, se fue hacia los trampolines con el vaso de jugo en la mano y un caminar que lo obligó a girar el cuello para tener una mejor vista. Entonces ella se giró sorprendiéndolo en el acto, Alex ni intentó apartar la vista, *para qué.*

—¿Tú eres gay?

—Yo… no, no soy gay.

Jimena asintió y volvió a darle la espalda.

¿Pero qué fue lo que le hice? La pregunta llegó junto con la respuesta… *no, que no le he hecho.*

***

Jimena lo sintió saltar al agua.

¡Este se cree que…! ¿Qué es lo que se cree, mujer? Por una puta vez en la vida un hombre te trata bien…

Eso era precisamente lo que le molestaba, que la tratara tan bien, con tanto respeto. Comprendió que, aunque se fueran a la cama, ¿qué es lo que iba a pasar? ¿Te estás enamorando? ¿Puede una enamorarse en solo una noche?

La respuesta no la sabía, ¡tampoco es que existiera un manual!, pero algo sí tenía bien claro, ella no lo iba a buscar. Miró hacia el agua y lo vio sumergirse con la escopeta de arpón, si él estaba disfrutando, ella también lo haría… y de qué manera.

*Jimenita, cariño, lo que tú necesitas es un buen bronceado.*

Se quitó el sujetador y abrió el pomo de crema solar. Se dio un masaje en todo el cuerpo y luego se acostó sobre una de las plataformas… y esperó. Esperó durante media hora a que él saliera del agua. Lo escuchó venir por los costados.

—¡Ya tenemos la comida para esta noche!

Alex apareció por una de las esquinas llevando en cada mano dos enormes langostas. Jimena se levantó y lo miró sin preocuparse en cubrirse los senos. Él no lo pudo evitar, sus ojos la devoraron con la vista y no supo que más decir.

—¡Genial! Me encanta la langosta.

Se levantó para que él tuviera un perfil completo y fue hasta la popa para subir las escaleras hasta el segundo piso. Pasó por su lado conteniendo la risa, sabía que Alex estaba luchando por no mirarle los senos... *bueno cariño, tú te lo pierdes. Si tienes miedo cómprate un perro.*

Fue hasta la consola y puso música. El reggaetón recorrió cada rincón de la embarcación. Volvió a bajar la escalera marcando el ritmo de la música con sus caderas, fue hasta el borde y se tiró al agua sin preocuparse si Alex la estaba mirando o no. Este se fue hacia la cocina para preparar las langostas sin perderla de vista.

Jimena nadó durante un rato alrededor del catamarán. Cada vez que se sumergía al volver a salir podía sentir el peso de su mirada desde la popa, ella estaba prácticamente desnuda en el agua, explotando su sexualidad al máximo y plenamente consciente del juego que se traía entre manos... o, mejor dicho, entre las tetas. Al volver a subir Alex la estaba esperando, le tendió la mano y le entregó una toalla.

—El almuerzo está listo, a la tarde podemos tirar las fotos.

—Por mí perfecto, voy a darme una ducha.

***

Alex la vio bajar al camarote y no supo qué más decir o hacer. Podían acostarse... era lo que ella quería, lo que él quería... ¿entonces, dónde estaba el problema?

*En que no quieres usarla aún más... En el peligro que la vas* a poner... En que te gusta... ¡Esto no puede estar pasándome!

***

La noche lo cubrió todo con un manto de oscuridad absoluta. El suave oleaje del mar, y los reflejos de las luces de la proa sobre las olas crearon un efecto fantasmagórico. Como si criaturas mitológicas los estuvieran mirando desde las profundidades. Ambos estaban disfrutando de una botella de vino tinto, perdidos en sus pensamientos y hablando solo de cosas en apariencia sin sentido, pero solo para ganar tiempo. Aunque la realidad de lo que estaba sucediendo no se le escapó a ninguno de los dos, puede que no quisieran reconocerlo (pero les estaba pasando... se estaban enamorando y ninguno podía evitarlo).

Durante tres horas hablaron de libros, películas, música; los temas no se agotaban y ella quería saber más. Él le contó de sus viajes, de otros países que había visitado, de comidas y vinos; más que eso, hubiera querido mostrárselo. Ella le habló de su escuela, de sus coreografías, de sus maestros de danza, de la cultura que se vivía tras las bambalinas... y él quería escuchar más, saberlo todo, sus dudas, sus miedos, sus planes para el futuro. Alex tenía cuarenta y dos años, ella veintidós, veinte años que no hacían ninguna diferencia, pues la madurez de las conversaciones que ella mantenía lo hizo verla tal como era. Una mujer adaptada a los riesgos, que mantenía una casa y a sus padres. Que soñaba con abrirle un restaurante a su madre...

—Creo que mejor me voy a la cama.

—Claro, yo voy a terminar la botella —volvió a llenarse la copa y observó cómo se alejaba.

¿Qué estás haciendo?

Toda una operación se estaba llevando a cabo bajo sus órdenes, millones de dólares fluyeron en sobornos, planificación y logística. Y él... ¿Qué mierdas estaba haciendo él? Pues enamorándose de uno de los objetivos principales, un eslabón fundamental de la cadena, capaz de desequilibrar toda la misión.

*A la mierda la misión.*

Vació la copa de un trago y bajó las escaleras, llevaba otra botella de vino en sus manos. Frente a la puerta del camarote de Jimena se detuvo, hacía años que el corazón no le latía de aquella manera. Estaba adaptado a pagar por prostitutas de tres mil dólares la noche. Mujeres que llegaban, se desnudaban, tenían sexo, cobraban su cheque y hasta la próxima. Pero de pie ante aquella puerta, por primera vez en su vida, no sabía qué hacer o decir... porque le gustaba la mujer que estaba dentro, le gustaba tanto que tomó la decisión de correr el riesgo de enamorarse.

Tocó dos veces en la puerta.

—Entra.

***

Los ocho motores Suzuki (cada uno con 300 HP), fueron apagados, las instrucciones se repartieron en la enorme lancha y cada uno se puso en posición. El capitán, al igual que los otros dos tripulantes, llevaba puestas gafas de visión nocturna, eran piratas profesionales que sabían el peligro que podría generar una simple luz en tanta oscuridad. Por tanto, nadie hablaba, o encendía un simple cigarro. La entrega se haría en unas dos horas. Las coordenadas marítimas fueron enviadas solo minutos antes, ahora lo único que tenían que hacer era acercarse al catamarán sin llamar la atención.

Cada uno chequeó sus propias pistolas, pusieron en los lugares estratégicos las ametralladoras y les rezaron a sus santos.

*ADRIÁN HENRÍQUEZ*

## CAPÍTULO 33
## LA ENTREGA
### (JARDINES DE LA REINA)

*Siempre me quedará…*
*Tu sonrisa.*
*La voz suave del mar…*
*El sabor de cada beso.*
*Vuelve a respirar…*
*El olor de tu piel.*
*La lluvia que caerá sobre este cuerpo y mojará…*
*El deseo de que vuelvas.*
*La flor que crece en mí…*
*Cada segundo que viví junto a ti.*
*Y volveré a reír…*
*El calor de tu cuerpo.*
*Y cada día un instante volveré a pensar en ti…*
LOS ALDEANOS Y BEBÉ

Abrió la puerta y quedó frente a él. Alex traía una botella de vino en la mano, no traía copas. *Ya no hay vuelta atrás. Las palabras sobran.* Jimena le dio la espalda sintiendo como el vestido le estaba quemando la piel, un simple toque de sus dedos sobre los tirantes hizo que la tela corriera por su piel hasta caer a sus pies… no llevaba ropa interior. Esperó un segundo, dos, tres… sintió su aliento alrededor de su cuello y entonces se dejó llevar.

No tuvieron sexo, aquello no podía llamarse sexo… por primera vez en su vida a Jimena le hicieron el amor. Alex se tomó el tiempo de recorrer cada centímetro de su cuerpo con su lengua. Cada ondulación, cada orificio; cuando tanto placer creyó que podría hacerla estallar, él tomó la botella de vino y comenzó a echárselo entre sus senos, en su espalda, en su abdomen... por último sobre su pelvis y después bebió de ella. Jimena abrió las piernas para recibir su lengua, arqueó la espalda, levantó aún más sus caderas y miró hacia la ventana. Dejó que la absorbiera, la llenara, la cubriera de placer hasta hacerla retorcerse sobre la cama. Sus dedos apretaron las almohadas y en su boca se ahogó un gemido.

—Te quiero... te quiero dentro de mí.

—Quiero estar dentro de ti...

Y entró en su cuerpo y en su mente.

Al principio las acometidas fueron suaves, románticas, pero a medida que el sudor les fue cubriendo la espalda, sus bocas se buscaron como si necesitaran decirse con besos todo el tiempo que habían perdido. Ella quiso que la poseyera fuerte, duro, con más pasión. Los papeles comenzaron a invertirse en un juego posesivo de quien controlaba al otro por más tiempo en una misma posición. Un juego que ambos querían ganar... y perder.

Jimena se vio boca abajo, sintiendo su aliento sobre sus hombros mientras la penetraba suavemente, recorriendo su espalda con besos y mordidas. Con cada acometida levantaba más las caderas para sentirlo bien adentro, y entonces se invirtieron las posiciones. Él perdió la batalla, una derrota que lo culminó de placeres. Alex sintió la humedad de sus labios, el calor de su garganta... y supo en ese momento que iba a estallar en su boca, pero Jimena se detuvo, se sentó sobre él, regalándole la mejor vista de su vida.

Alex le apretó los senos y la atrajo hacia sus labios, ella le introdujo los pezones en su boca... y no se detuvo, con la maestría de una bailarina, contrajo las piernas y movió las caderas de una manera que él no pudo contenerse, ambos explotaron a la vez, él dentro de ella... ella dentro de sí misma. La ola de placer fue tan fuerte y repentina que la obligó a gritar, estaban en el medio del mar, rodeados por millas de agua, así que gritó tan fuerte como quiso hasta sentirse explotar por segunda vez.

Después cayó a su lado, agotada, aun sintiéndolo dentro de ella... Su mente se alejó de todos los problemas, de la realidad que la esperaba dentro de unos días. Alex le besó el cuello y ella comenzó a llorar de felicidad.

***

Alex sintió los sonidos sobre cubierta. Se quedó dormido por unos minutos... ya no importaba, pero era un descuido que no podía volver a ocurrir. Miró a Jimena, estaba completamente desnuda, su cabello le cubría la espalda y descansaba sobre su brazo, Alex se levantó suavemente para evitar despertarla, pero de repente le atrapó el brazo, lo atrajo hacia ella y le dio un beso en la palma de la mano, luego le cerró el puño.

—Guarda ese beso, para luego.

Y así, volvió a quedarse dormida.

Alex abrió la mano y se miró los dedos, se acercó a su rostro y le besó la cara. Después pasó sus labios por la palma de su mano, atrapando el beso. ¿En qué demonios te está trasformando esta mujer?

***

Subió a cubierta. Junto al catamarán había una enorme lancha negra que se mimetizaba con la oscuridad que los rodeaba. Dos de los tripulantes lo vieron salir por la escalera, lo saludaron con un gesto y pusieron sobre la popa dos enormes maletas junto con cuatros tanques de buceo y el resto del equipo de submarinismo. No hubo una sola palabra, la lancha volvió a desaparecer tan sigilosa como llegó. Alex tomó el cargamento y lo llevó a su camarote. Le puso el seguro a la puerta y abrió cada maleta.

La primera traía varios compartimientos, una bolsa con $100,000 dólares (diez ladrillos de billetes de diez mil cada uno), el resto de la maleta estaba cubierto por equipos de espionaje de última tecnología. Microcámaras, micrófonos inalámbricos, y una docena de microchips con diferentes formatos de GPS. Tres laptops con cubiertas metálicas repletas de softwares con millones de aplicaciones, que solo un hacker profesional sabría qué hacer con ellas... no era el caso de Alex, para eso contaba con su propio equipo. Lo que realmente le interesaba era la segunda maleta.

En cuanto la abrió puso sobre la cama un chaleco Kevlar y le colocó encima un moderno equipo de gafas de visión nocturna. Alex pidió un modelo exclusivo, gafas GPNVG (un Sistema Panorámico de Visión Nocturna montado en un casco), el sistema estaba compuesto por cuatro enormes lentes que le daban una visión más amplificada del terreno.

Venían también varios cuchillos tácticos, dos trajes especiales con coderas, rodilleras y hombreras. El plato fuerte lo constituían sus dos pistolas Beretta 92FS con silenciadores y una docena de cargadores. Con suerte no tendría que usar más de uno. Jackson le incluyó una navaja multiuso, de las que usaban los comandos. La navaja se abría como una tijera formando una pinza especial para cortar alambres de distintos grosores.

Alex abrió su propia laptop, se comunicó con uno de los satélites y escribió a toda prisa un mensaje que sería redirigido a uno de los servidores que Jackson tenía que chequear cada doce horas.

*Recibido el paquete... pasar al plan M.*

M... de Muerte.

Alex abrió otro de los bolsillos y sostuvo en sus manos un pomito repleto de pastillas. Volvió a colocarlo en su sitio y regresó a la habitación de Jimena.

## CAPÍTULO 34
## ¿QUIÉN ERES?
### (JARDINES DE LA REINA)

*Una palabra no dice nada y al mismo tiempo lo esconde todo.*
*Igual que el viento que esconde el agua,*
*como las flores que esconde el lodo.*
CARLOS VARELA

Los rayos de luz entraron por la venta iluminando todo el camarote, estaba tan cansada por el combate sexual de la noche anterior que se giró hacia un lado y trató de dormirse ignorando la claridad… entonces una maldita gaviota decidió impartir el concierto de su vida. Los graznidos del pájaro sí que la despertaron.

¡Te juro que te voy atravesar con un arpón, y luego te voy a freír, pajarraco del demonio!

Se levantó sabiendo que Alex debía estar en la cubierta preparando el desayuno. Fue hasta el baño y se dio una ducha matutina. Se puso un vestido y decidió no ponerse sujetador.

*Le estoy cogiendo el gusto.*

Jimena subió la escalera con una sonrisa de adolecente enamorada. Cuando entró en la cocina se encontró con todo un buffet listo. Alex estaba terminado de preparar un jugo de naranjas, se miraron y ninguno supo qué decir. Jimena caminó hasta él, pasó por el borde de la mesa de la cocina y le dio la espalda para tomar una naranja, apenas se la llevó a los labios sintió las manos de él sostenerla por la cadera. El vestido se elevó por encima de su cabeza… esta vez no hicieron el amor, no, esta vez fue sexo salvaje y posesivo, aunque a ninguno de los dos le quedó claro quien estaba

207

sometiendo al otro.

Parada y de espaldas contra la mesa de la cocina, Alex la penetró sencillamente moviéndole la tanga hacia un lado. Ella giró sobre su cadera para besarlo mientras las acometidas continuaron. Luego rodaron por el piso, hasta parar en la popa... de allí terminaron sentados en uno de los bancos. Ella se lo metió en su boca haciéndolo gemir de placer. Luego se levantó, se quitó la tanga y completamente desnuda caminó por la cubierta, él la vio marcharse sintiéndose más excitado que nunca. Jimena se tiró al agua, a sabiendas que pocos segundos después él la seguiría. No se equivocó. Al final terminaron por alcanzar los clímax recostados a la escalerilla de popa.

***

La ex-miss Colombia Cecilia Hernández se levantó en la mañana, se dio una larga ducha para lavarse toda la baba y semen del asqueroso de Armando Rodrigo. Ella nunca se creyó el cuento de que ese era su nombre (por su acento debía de ser de algún país del Medio Oriente), además, por muy mal que le cayera, Armando siempre la obsequiaba con exquisitos regalos. Solo sus excentricidades era lo que lo hacían insoportable. Con esa costumbre de echarle semen en sus senos y nalgas como si fuera una regadera, si al menos la dejara bañarse... pero no, el muy cerdo le gustaba que durmiera así.

Después de la ducha se vistió y se fue sin despedirse, eso sí, antes cogió de la mesita de noche el estuche envuelto en papel de regalo. Dos escoltas la esperaron afuera para llevarla directo al aeropuerto, donde ya la estaba esperando un Jet privado. Una vez que estuvo sentada en los finos asientos de cuero, abrió el estuche. Dentro había una pulsera de diamantes y oro blanco. De querer venderla (para salir rápido de ella), podía fácilmente pedir unos diez mil dólares.

¡Vaya, nada mal! Por otro regalo así vale la pena una

ducha de semen.

\*\*\*

Troy Jackson detuvo su auto al borde del puente, puso una goma en el piso y montó una escena muy convincente. Para los ojos curiosos que acertaran a pasar por allí, era un simple turista cambiando una goma pinchada. Desde allí (usando unos enormes binoculares), a casi un kilómetro, podía ver perfectamente la enorme mansión de Mustafá Barsini. La noche anterior la modelo colombiana había entrado en la casa y salió en la mañana. Durante el resto del día Jackson no se despegó de su lugar, redactó todo un primer informe basado en la seguridad del lugar… aquello no era una mansión, era una fortaleza custodiada por soldados de las tropas especiales cubanas, nada de jóvenes reclutas del servicio militar.

Al caer la tarde dos autos salieron de la mansión. Uno de ellos conducido por el propio Mustafá.

¡Te tengo!

Jackson envió su mensaje encriptado, el primer objetivo había sido confirmado.

\*\*\*

La cena fue deliciosa, langostas en mantequilla con vino blanco y pan de ajo. Después subieron al segundo piso, donde abrieron una segunda botella. Y al igual que la noche anterior, hablaron de sus vidas, de sus planes para un futuro; esta vez fue Jimena quien le habló de sus fantasías. La idea de montar una paladar (una especie de restaurante según le explicó), se había convertido en su sueño. Sabía que, con su madre como chef, el lugar sería todo un éxito.

—¿Y tú, que planes tienes para el futuro?

Alex le hubiera querido responder: *incluirte a ti en ellos, despertarme en la mañana y hacerte el amor… pero basta de mentiras.*

\*\*\*

Por tercera vez en el día hicieron el amor hasta quedar agotados. Ella se durmió con una pierna sobre su abdomen, despreocupada, con una expresión de pura felicidad en su rostro. Alex continuó mirándola, atormentándose por lo que estaba a punto de hacer, no podía dormirse, así que continuó acariciándole el cabello hasta sentir que su celular vibró, había entrado un mensaje en su laptop... el mensaje que estaba esperando.

¡Comienza el maldito show!

Se levantó y fue hasta su habitación, abrió la laptop y leyó el mensaje encriptado con coordenadas y todo un plano detallado de la mansión de Mustafá Barsini. Al final del documento había una nota:

*Objetivo confirmado.*

Sabía lo que eso significaba, abrió una de las maletas y comenzó a organizar sus armas, el dinero, y el pomo de pastillas. Fue hasta la puerta y le quitó el seguro.

\*\*\*

Jimena miró a su alrededor y se sintió desorientada; hacía apenas un rato Alex había estado junto a ella. La puerta del camarote estaba abierta, se levantó y miró por el pasillo, el camarote de Alex también estaba abierto y tenía la luz encendida.

¿Qué estará haciendo?

Miró a la cama y por un instante pensó en cubrirse con una sábana, pero al final desistió. Caminó descalza y desnuda hasta el otro camarote. Empujó la puerta y entró. Alex estaba sentado al borde de la cama, sobre esta había una serie de artículos que ella al principio no supo discernir. Lo que sí no tardó ni un segundo en identificar fue lo que Alex sostenía entre las manos... estaba limpiando una pistola con un enorme silenciador.

La habitación le dio vueltas, sintió que algo se había roto en su pecho... *todo ha sido una mentira. ¡Este hijo de puta es todo menos un fotógrafo!*

Los ojos comenzaron a nublársele y las lágrimas corrieron por sus mejillas. Miró directamente a los ojos de Alex, pero este estaba calmado, no le haría daño, pero era evidente que tampoco iba a tratar de desmentir sus sospechas. Jimena miró hacia la cama y comenzó a identificar los objetos. Había una montaña de dólares, un chaleco antibalas y, junto a este, unas gafas de visión nocturna (de esas que usan los comandos en las películas). Había balas regadas por toda la cama, y varios cargadores. Dos cuchillos que serían de todo menos de cocina.

—¿Quién eres? —Alex fue a decir algo, pero Jimena se le adelantó—: ¡no vuelvas a mentirme! ¡Dime quién cojones tú eres, porque serás de todo menos un fotógrafo!

—Soy un asesino a sueldo... y vine a Cuba por un contrato —*era demasiado lindo para ser real*—. Vine a matar a alguien, y tú me vas a ayudar.

*¡Toma! ¿A que esta sí que no te la esperabas? ¿Es que... quién cojones se espera algo así?*

Jimena retrocedió dos pasos y se fue corriendo hasta su habitación. Cerró la puerta con seguro, se vistió sin saber qué otra cosa podía hacer. El pánico la atenazó y la obligó a ver la realidad en la que se encontraba. Se fue sentando suavemente en la cama, como si quisiera evitar hacer cualquier ruido. *Él no me hará nada...* No sabía cómo explicarlo, Alex le había mentido en todo, pero por alguna razón, no en la manera que le hizo el amor. *En ese momento sí me quería. Sí me quiere. ¡Hijo de puta! Y yo también le quiero.*

Comenzó a llorar al comprender que no tenía hacia donde huir, al final iba a tener que volver a salir de aquella habitación para enfrentarse a él. Ahora lo tenía bien claro: desde un principio lo tuvo todo planeado para cuando llegara este momento, y ella sufriera su ataque de histeria, no tuviera otra alternativa que ir hasta su habitación. Podría llorar todo lo que le diera la gana, pero al final tendría que regresar junto a él.

*Pero no te la voy a poner tan fácil.*

## CAPÍTULO 35
## UN PLAN PARA NO ENAMORASE
### (JARDINES DE LA REINA)

No tuvo muy claro por cuánto tiempo estuvo dentro del camarote…, de algo si estaba segura, fue más de una hora. Una hora para llenarse de valor, calmar sus sentimientos y enfrentar la realidad. Ella no era de quedarse en una esquina llorando en espera de que algún príncipe llegara en su rescate, *eso nunca pasa en la vida real. No, a los problemas se les da la cara con dos ovarios.*

Al final, el tiempo que estuviera dentro del camarote no importaba, ya fueran días o semanas, tarde o temprano lo tendría que enfrentar. Y eso es lo que le daba miedo; ¿qué quiso decir con: "tú me vas a ayudar"?

Necesitaba saber la respuesta, así que tomó aire y abrió suavemente la puerta. Recorrió el pasillo paso a paso, descalza, sintiendo la madera en la planta de sus pies y con el corazón en la boca, temiendo que él la escuchara siquiera respirar. Cuando llegó al borde de la puerta, se topó con la mirada de Alex, *no se ha movido de la cama.* Jimena observó que sobre un paño rectangular había esparcidas piezas de otra pistola, él las estaba ensamblando como si se tratara de un Lego para niños.

Prefirió no entrar al camarote, se quedó recostada al borde de la puerta como si de alguna manera así estuviese más protegida, o en el peor de los casos, al menos tener un mejor chance si tuviese que salir corriendo… ¿qué coño estás pensando? ¿Salir corriendo hacia dónde?

—Por favor Jimena, no seas ridícula, siéntate —Alex le indicó con la mirada que se sentara, no era una orden, más bien una súplica que a ella le supo a disculpas—. Sabes que no te voy a hacer daño.

—¡Ya me lo hiciste!

Alex le iba a responder, pero prefirió callarse; por lo visto supo leer entre líneas que ella aún no había terminado.

—¿Quién eres? —por segunda vez le repitió la misma pregunta, y por segunda vez escuchó la terrible respuesta.

—Soy un asesino... un profesional que mata a personas por encargo.

Jimena dio dos pasos hasta llegar al borde de la cama.

—¿Asesinas a mujeres y niños?

Alex no pudo contener la risa, pero al mirarla directamente a los ojos supo que a ella no le hacía ni pizca de gracia. Dejó escapar un suspiro y se puso serio. De vuelta a los negocios.

—Jimena, soy uno de los mejores asesinos de Latinoamérica (para muchos el mejor), no es un alarde, simplemente se me da muy bien lo que hago.

—Felicidades, pero no respondiste mi pregunta.

—No, nunca he matado a mujeres ni a niños. Hay demasiados tipos poderosos con un contrato en sus cabezas —Alex le señaló todo el equipo que había sobre la cama—; puede que te lo estés preguntando, e incluso no estás obligada a creerme, pero te juro que es la verdad: tengo una ética profesional. Mi equipo y yo escogemos cuidadosamente los contratos, nunca puede haber daños colaterales, esa regla es inquebrantable.

—¿Y eso significa?

—No daños colaterales, ni mujeres ni niños.

—¿Y entonces qué cojones soy yo? —no pudo contenerse y volvió a estallar en llanto, solo que eran lágrimas de rabia e impotencia—. ¿Acaso no soy un daño colateral?

Alex no le respondió, tomó un pomo de agua y se lo alcanzó... ella lo rechazó con un manotazo.

—No, Jimena, no eres un daño colateral. Tú eres una socia en este contrato.

—¿Y si te dijera que no?

—Primero escucha mi propuesta.

¡Como si tuviera muchas opciones!

Así que se sentó en la cama y escuchó.

\*\*\*

Alex comprendió que este era el momento crucial. Fue tomando ladrillos de billetes y comenzó a ponerlos uno encima de otro.

—Diez mil dólares..., veinte mil, treinta mil, cuarenta mil —sobre la pequeña montaña puso el pomo con las pastillas—, cuarenta mil dólares por echarle una de estas pastillas en el trago a un hombre.

Jimena miró durante una eternidad los billetes y el pomo. Era evidente que su cerebro estaba sacando cuentas, llevando a CUC los dólares. Con ese dinero podría montarle todo un restaurant de lujo a su mamá, con ese dinero podría hacer muchas cosas, simplemente tenía que matar a un hombre. El miedo se le reflejó en el rostro y comenzó a negar con la cabeza inconscientemente.

*Esto no pinta bien,* pensó Alex. *Quizás es demasiado para ella.*

—Esa pastilla... ¿qué le pasará a ese "hombre"?

—La pastilla es una variante del bromuro de pancuronio, modificada para no dejar rastros en el cuerpo, una vez consumida tardará unos diez minutos en hacer efecto, después la muerte será inevitable. Cuando le hagan la autopsia van a declarar que se debió a un paro cardiaco.

Jimena miró horrorizada el pomo de pastillas, palideció tanto que Alex llegó a pensar que se desmayaría. Entonces le lanzó la pregunta que aún no se esperaba:

—¿Quién es ese "hombre"?

*No hay punto en demorar esto negándole la respuesta, aunque si Jackson estuviera aquí no estaría de acuerdo,* Alex se imaginó al gordo veterano de la CIA y llegó a la conclusión de que este no estaría de acuerdo en muchas cosas; *como haberme acostado con ella.*

—El contrato es para asesinar a Gilberto Herrera.

Fue en ese momento, al ver como las lágrimas volvieron a recorrerle las mejillas (por su culpa), que comprendió que se había enamorado. Jimena lo miró a los ojos... y esos bellos ojos que tanto le gustaban lo miraron con una tristeza genuina.

—¡Eres un hijo de puta! —le gritó.

¿Cómo llegué a este punto?, se preguntó a sí mismo, pero bien que sabía la respuesta: *muy fácil, acostándote con ella.*

—Toda esta mierda del catamarán, hacerme el amor, ¿qué fue eso, un bono extra por el contrato?

—Jimena, eso sucedió sin proponérmelo —Alex se levantó de la cama y se le acercó, pero ella dio un paso hacia atrás—, pasó y ya no hay vuelta atrás. Fuiste escogida porque sabemos todo de ti, todo lo que...

—¿Qué cojones sabes tú de mí? —los gritos se le mezclaron con una ola incontrolable de sollozos—. ¡Tú no sabes nada, me oíste, nada de mí!

Alex sintió que el corazón se le podría romper. Le estaba haciendo daño y no podía evitarlo. *Esto nunca debió pasar de esta manera, pero el hecho de repetirlo no va a cambiar la realidad.*

—Llevamos meses siguiéndote, te creamos un perfil —Jimena fue a decir algo, pero los sollozos se lo impidieron, las palabras se le trabaron en la garganta y cerró los puños como si quisiera golpearlo con una fuerza que no tenía—. Conocemos a tus padres, la situación familiar que tienes, tus estudios, tus negocios, tu red de mercado negro. Sabemos que el primer martes de cada mes te acuestas con Gilberto en una habitación del hotel.

Jimena le esquivó la vista, él supo en ese momento que se sentía asqueada con ella misma; era algo que nunca quiso que Alex supiera, acababa de destruir parte de la magia, esa inocencia que ella creyó tener y que por esa misma razón le había gustado tanto a él.

—Sé lo que sus hombres te hicieron. Leímos el informe médico cuando fuiste al día siguiente a tu ginecólogo.

Esta vez su voz era un susurro, pero iba cargada de odio y desprecio.

—¡Tú no sabes nada de mí! —cerró el puño y le golpeó el pecho, ella retrocedió más por el impacto que él mismo; frustrada volvió a golpearlo—. Sí, sabes qué... quieres oírlo, pues soy una puta, me oíste bien, una puta, no ¡una prostituta! Me oíste hijo de puta. ¡Soy la reina de las jinetas de los Cayos! Los turistas hacen fila para acostarse conmigo.

—Jimena, ¡para! —pero no se detuvo, siguió golpeándolo y sollozando. Alex comprendió que estaba teniendo un ataque, estaba liberando toda la pesadilla que era su vida, y la decepción de creer que al fin había encontrado algo bueno para ella—. Yo no te estoy juzgando.

—¡Claro que sí! Te acuestas con la puta y le pagas cuatrocientos chavos, pero te digo una cosa, ¡esa mierda de dinero es lo que tú vales! Te hice lo mismo que le hago a los demás —se estaba quedando ronca de tanto gritar. Alex supo que era mentira lo que decía, ella necesitaba usar esas palabras para herirlo de alguna manera, al fin iba comprendiendo lo que realmente pasaba por su cabeza... Jimena también se había enamorado—. ¡No me gustas! ¡No me gustas, hijo de puta!

Alex la abrazó, ella intentó volver a golpearlo, pero él fue más rápido. La levantó por las piernas y la cargó como si fuera un bebé. Apretándola fuertemente contra su pecho la llevó de vuelta a su camarote. Ella no podía parar de llorar y de maldecirlo. La acostó en la cama y la abrazó. Así estuvieron durante horas, hasta que poco a poco ella se fue quedando dormida.

—¿Por qué no podías simplemente ser un fotógrafo de verdad?

Alex no le pudo responder.

¿En qué me he metido?

Ni en mil planes hubiese previsto aquello. Se suponía que iba a tratarse de un simple reclutamiento. La muchacha aceptaría el trato sin chistar, todo era perfecto, su situación familiar, el trauma que el sádico de Gilberto debió de causarle al dejar que sus hombres la violaran, cuarenta mil dólares iban a ser la solución a todos sus problemas… ¡Maldita sea!, ¿qué salió mal?

¿Nos enamoramos? Fue eso… Pero, ¿quién puede preparar un plan para no enamorarse?

## CAPÍTULO 36
## NEGOCIACIONES
### (JARDINES DE LA REINA)

*La calle sabe que tú tienes potencial,*
*que Dios para tu vida tiene algo especial,*
*pero la calle viene y te brinda vanidad*
*haciéndote creer que no te puedes escapar…*
*pero no es verdad.*
LOS ALDEANOS

Se despertó dentro de la pesadilla. Una hermosa pesadilla con forma de catamarán, rodeada por vinos y comidas de lujos, con secciones continuas del mejor sexo de su vida, y, sobre todo, con los besos del hombre del que se había enamorado… hasta esa parte todo iba bien, la pesadilla comenzó cuando el sexo se convirtió en un simple contrato para asesinar a Gilberto Herrera.

*Pues allá vamos, ¡hay que coger al toro por los cuernos!*

Jimena miró a su alrededor, la cama aún olía a Alex. ¿En qué momento comienzas a sentir el aroma de otra persona…? —no tenía una respuesta—, por eso pasó su mano por la sábana como si esa fuera su piel y comprendió que por alguna razón quería odiarlo, pero no podía.

Salió del camarote y fue directo a la cocina, donde se encontró con uno de esos desayunos buffet que Alex preparaba todas las mañanas. Escogió un vaso de jugo de naranjas y unas tostadas, luego se fue hasta la proa. Allí se lo encontró practicando algún tipo de Tai Chi. Alex la miró y le regaló una sonrisa, luego continuó su coreografía mortal.

¡Y una mierda el Tai Chi! ¡Este lo que está practicando es como arrancarle la cabeza al que se le ponga delante!

Jimena no se movió de su posición, recostada a la baranda y tomando su jugo, se dio un banquete "vacilándolo". Sí, esa era la palabra correcta, Alex solía comérsela con la vista cada vez que Jimena se paseaba desnuda por el catamarán, pero ella tampoco se quedaba atrás... ¡es que está bien bueno el hijo de puta!

Por primera vez desde que le dijo que era un asesino, Jimena comprendió que se estaba excitando de verlo moverse por el trampolín. Aquel hombre se ganaba la vida matando personas... solo que no era un matón cualquiera, y esto le generaba su morbo. Era demasiado refinado, su nivel cultural hacía la diferencia, como él mismo dijo: era un asesino profesional, y aunque le sonara feo, tuvo que admitir que tenía su erotismo.

*Jimena, estás de tratamiento psiquiátrico.*

Alex cambió el ritmo de sus movimientos, comenzó a mover los brazos suavemente, marcando un tiempo que solo él podía controlar, la coreografía se fue ampliando a medida que los esquives y agarres aumentaban, estaba luchando contra un oponente invisible, o varios, para Jimena (una experta en danza contemporánea), aquella complejidad de movimientos sincronizados era algo hermoso con lo cual quedó fascinada. De repente, los movimientos aumentaron de velocidad, los esquives y agarres pasaron a ser ataques con rodillas, cabeza y codos. Cada parte de su cuerpo parecía ser una extensión con la cual podía infringir mucho daño a sus adversarios.

A Jimena no le costó ningún trabajo poder visualizar los golpes dirigidos con precisión quirúrgica a la garganta, los ojos, la nariz. Aquella serie de movimientos simples y fluidos —pero mortales—, le demostró a Jimena lo fácil que sería para Alex matar a un hombre.

*Pues sí, el cabrón parece ser bien bueno en lo que hace.*

\*\*\*

Jimena se tiró al agua y nadó hasta la escalera del catamarán. En esa ocasión no se quitó el sujetador, ni mucho menos trató de excitarlo, aunque podía sentir su presencia. Alex estaba buceando entre los arrecifes, posiblemente en el intento de atrapar alguna langosta.

Ella decidió ignorarlo, así que tras tomar su baño se giró y comenzó a subir por la escalera… de repente sintió sus manos en sus caderas. Él emergió como un Tritón a su lado, la sujetó fuertemente por la cintura y se pegó a su espalda. Ella sintió su erección e instintivamente empinó sus nalgas hacia atrás, para acomodarse contra su abdomen. Alex subió sus manos y liberó sus senos del sujetador, lo lanzó por encima de su cabeza hacia el piso de la popa. Ella se giró y le metió una bofetada.

—Te odio —le susurró al oído, pero sus palabras no le parecieron muy convincentes, porque él le sonrió, la volvió a girar y le besó el cuello. De su boca no salió ni una palabra más, solo el sonido de sus gemidos cuando él le mordió el cuello. Jimena se arqueó hacia atrás y volvió a gemir cuando lo sintió dentro de ella.

*Para qué resistir ante una pelea a sabiendas que está perdida desde el principio.*

\*\*\*

—¿Cuánto tiempo llevas… dedicándote a esta profesión? —estaban sentados en la proa, con los pies apoyados en el trampolín y bebiendo de una de las botellas de vino tinto que Alex había reservado para los últimos días.

Él le rellenó a la copa, y de paso, llenó la suya también.

—Desde los dieciocho… como soldado profesional. Como mercenario, ya sabes, con un sueldo basado en un contrato, pues unos catorce años.

—¡Tanto tiempo! ¿Qué edad tienes?

—¿Qué edad crees que tengo? —Alex puso su mejor cara de galán.

—No lo sé… me imagino que unos treinta y tantos.

—Cuarenta y dos.

—No se te nota —le respondió Jimena con una de sus sonrisas pícaras.

Alex disfrutó verla sonreír. Al fin las cosas se calmaron entre ambos. Ella comprendió finalmente que el llevarla a la cama y vivir todo lo que les estaba pasando, era algo más bien fortuito, en lo que ella tuvo mucho de culpa. Él había planeado muchas cosas, pero nunca estuvo en sus propósitos que se involucraran de aquella manera.

—He pensado en tu oferta.

*De vuelta al negocio,* pensó Alex.

***

*Este es el momento en el que te cambia la vida.*

Jimena estaba experimentando ese momento único. Siempre escuchó decir que en la vida tenías que tomar una decisión, de hecho, no era una, sino "la decisión"; muchos lo hacían sin darse cuenta que en ese instante en que dijeron: *sí…* o saltaron, o dieron un paso atrás, o simplemente echaron a correr… ese instante, esa decisión, les cambió la vida para siempre.

Ella lo estaba viviendo, consciente de que no habría una vuelta atrás.

—No lo quiero hacer.

La respuesta de Alex fue inmediata.

—Entonces no lo hagas.

Jimena se quedó pensativa, mirando el vino tinto de su copa. Sabía perfectamente que Alex no iba a intentar convencerla.

—Pero tengo que hacerlo —Alex prefirió no responderle, miró hacia el cielo estrellado y asintió. Jimena lo miró fijamente, comprendió que él quería que fuera ella la que tomara la decisión, sobre todo que comprendiera cuál sería su futuro de no hacerlo—. Tengo que matarlo, porque de lo contrario será él quien acabe conmigo.

Alex le hizo la pregunta que ella estaba esperando.

—¿Por qué Gilberto Herrera querría acabar contigo?

—Porque no soy una de sus putas, soy "su puta" — Jimena lo miró directamente a los ojos, él quería saber más, pero no se lo iba a preguntar—. Sé demasiado. En una ocasión intenté chantajearlo (necesitaba salirme de ese mundo, yo no quería seguir prostituyéndome), y me dejó más que claro las reglas de lo que significaba negociar con él. Me tendió una trampa en una de sus habitaciones, tres de sus guardaespaldas me torturaron hasta convencerme de que no opusiera resistencia... después me violaron durante toda la noche.

La voz de Jimena se escuchaba fría y distante (como si estuviera hablando de otra persona), no había dolor o desprecio en sus palabras. Simplemente le estaba exponiendo acciones que llegado un punto tendrían sus consecuencias.

—Una vez al mes me tengo que acostar con él —Jimena esperó alguna reacción, o al menos alguna expresión en su rostro; Alex apenas parpadeaba—, pero últimamente se queda mirándome diferente. Y eso me da miedo, porque no sé lo que está pensando. Siento que de un momento a otro puede dar la orden de que me desaparezcan, y créeme, sé muy bien que tiene las herramientas necesarias.

Jimena dejó escapar un suspiro de resignación.

—Lo tengo que hacer... cada vez que entro en esa habitación me pregunto si esa será mi última noche.

—Siempre puedes buscar opciones.

—Ya las busqué. No tengo salida, si tratara de irme de los Cayos nadie me dará trabajo. Gilberto ya se aseguró de eso. Así que me tengo que acostar... no, me tengo que prostituir con quien a él le dé la gana.

Se hizo un largo silencio entre los dos, durante esos minutos pudo organizar sus pensamientos y ver las cosas desde el punto de vista de Alex. Fue así como comprendió porque él la estaba reclutando. Todo lo que acababa de decirle ya Alex lo sabía; ella era la candidata ideal.

—Sabes, de todo lo que me has propuesto hay solo una cosa... No, en realidad varias cosas que no tienen sentido.

—¡Tú dirás!

—¿Sí eres tan bueno como dices, por qué no lo haces tú mismo y así no le tienes que pagar a nadie más?

Alex se limitó a sonreír a medias, en esa ocasión sí pudo leer sus expresiones. Comprendió que acababa de hacer una de las preguntas importantes.

—Ya te dije que no puede haber daños colaterales —*sí, eso ya me quedó bien claro*—, Gilberto viaja hacia todos lados con un convoy de tres autos. En Cuba no tengo los recursos para atacar a tantas personas a la vez... sin causar una carnicería. Así que descarta la posibilidad de un auto bomba.

—¿Su casa?

—Su mansión... es una fortaleza custodiada por más de diez hombres y tampoco tengo los recursos para entrar. De poder hacerlo, no podría controlar todas las salidas, ¿me entiendes? —Jimena supo que debía de estar ya de ingreso psiquiátrico para sentirse fascinada con la explicación que un asesino profesional le estaba dando; este le exponía las diferentes vías para asesinar y ella lo estaba encontrando interesantísimo—. En pocas palabras, para asaltar la casa necesitaría un equipo, y yo trabajo solo.

—En las películas matan a los malos con una escopeta de esas... —formó con sus dedos una pistola y disparó usando el pulgar como gatillo—, ya sabes, de las que le ponen una cruz en la cabeza y ¡pum!

—Eso es solo en las películas. Un rifle de francotirador con una mira óptica sería ideal... si supieras los recorridos y las paradas del objetivo.

¡Lo tiene todo pensado!

—¿Y en el hotel?

—Daños colaterales. Podría ser una opción, pero sería la última. Demasiados testigos, demasiadas cámaras, él nunca está solo y si entra a una habitación deja varios guardias afuera.

Jimena decidió cambiar las preguntas.

—Entonces, ¿has asesinado alguna vez con un "rifle de francotirador con una mira óptica"? —Jimena repitió textualmente cada una de sus palabras, Alex la miró y tuvo que contener la risa. Decidió seguirle el juego.

—Sí.

—¿A cuántos?

—¿Por qué quieres saberlo, te provoca repulsión o algún tipo de morbo?

*Pues la verdad es que sí,* Jimena se sorprendió al reconocer que sí, aquello sí le provocaba un morbo indescriptible. Iba a preguntarle algo más, pero Alex se le adelantó.

—Me especializo en acabar con mis contratos a corta distancia.

—O sea, les suenas un tiro en la cabeza con una de tus pistolas y punto, ¿a cobrar el cheque?

—Algo así.

—Y luego, ¿no tienes pesadillas?

—No, para nada, duermo como un oso perezoso. Sé que te podría sonar cliché, pero cada vez que cobro un cheque, el mundo es un lugar mejor para que crezcan tus hijos.

Jimena dejó escapar la respiración que hasta el momento había aguantado. Aquella conversación (tuvo que admitir), era pura adrenalina. Habían llegado al punto en que ella tendría que poner todas sus cartas sobre la mesa. Así que volvió a tomar aire y se preparó para negociar.

*** 

Alex no tenía ni la más remota idea de lo que estaría pasando por la mente de Jimena, pero podía sentir su miedo y determinación. Sus pupilas estaban dilatadas, y aunque no podía escucharle el corazón en ese instante (para un experto como él en lenguaje corporal eso le diría mucho sobre sus pensamientos), no le fue difícil imaginase que le estaría retumbando en la garganta, a punto de salírsele por la boca.

Jimena, con voz temblorosa, comenzó a ponerle las cartas sobre la mesa.

—Si montaste una operación de este tamaño, con todos los recursos que has invertido, yo debo de ser tu plan A — Alex saboreó el trago de vino, que ahora le sabía a néctar de los dioses, *o algo mejor*; le encantaba ver a Jimena negociando y no supo explicárselo, pero aquello le excitaba—, si no le puedes tocar ni un pelo a Gilberto, yo soy tu primera opción, no significa que sea la última.

*Jimena, pues qué bien, creo que te subestimé desde el principio. Y ahora me tienes aquí, pendiente a tus negociaciones, cuando debería de ser yo quien pusiera las reglas,* Alex pensó en el veterano de Troy, el gordo Troy, el gruñón Troy… ¡Troy estallaría si se imaginara esta escena! El asesino renegociando el contrato.

—Quieres que te diga una cosa… debes…, no, tienes un plan B, y C, has invertido mucho dinero para poner todos los huevos en una canasta.

Alex le sonrió, dejó que siguiera con sus conclusiones. Jimena estaba desprendiendo adrenalina por todos sus poros. En sus ojos se podía ver la mezcla de miedo, determinación y algo de locura.

—Sí, lo voy hacer. Dentro de dos noches me tengo que reunir con Gilberto en una de las habitaciones del hotel, él nunca usa la misma —Jimena hizo una larga pausa para darse varios tragos de vino, llenarse una vez más de valor y tomar la decisión que le cambiaría la vida—. Le voy a preparar un trago y, por supuesto, le voy a echar esa pastilla...

Enmudeció de repente, como si estuviera visualizando la escena.

—¿Pero...?

—Pero tu plan A te va a costar cien mil dólares... no es negociable.

Alex asintió mientras veía y calculaba las cosas desde el punto de vista de Jimena. Esa cantidad de dinero, una vez lo cambiara a la moneda de valor dentro de la isla, los CUC, bien invertidos le daría para comprarse una pequeña mansión en el campo, un auto (de esos modelos de los años 50 y hasta más modernos), y su añorado paladar. De un solo golpe de suerte resolvería todos sus problemas.

¡Sí que jugaste bien tus cartas!

Alex levantó su copa en señal de brindis, ella extendió su mano y los cristales tintinearon.

—Trato hecho.

—Otra cosa... quiero el dinero por adelantado.

—Buen intento, pero no, este negocio no funciona así. Se paga después que se confirma el contrato.

—Ok, entonces guardamos el dinero con una persona

neutra. Alguien que te lo devuelva si yo no cumplo mi parte, pero si lo hago, me lo tiene que entregar a mí.

Las reglas cambiaron sin saber cómo o cuándo, *quizás sí el cuándo…* Esa fue una de las reglas que nunca debió romper, pero de la cual no se arrepentía para nada.

—Está bien, ¿y quién sería esa persona?

—¿Has escuchado de Don Fajardo?

—He escuchado del clan Fajardo —*claro que he escuchado de Don Fajardo, el Vito Corleone cubano*—, pero sí, su nombre me suena.

—Perfecto, mañana lo vas a conocer.

¡Perfecto! Voy a conocer a un mafioso cubano para que me guarde el dinero por un contrato, nada menos que para matar a un coronel de su país. Esto, cuando se lo cuente a Troy, nunca me lo va a creer.

Antes de que Alex pudiera poner alguna objeción, Jimena se levantó y se fue hacia su camarote. Cuando estaba llegando a la escalera, se detuvo, lo miró y lanzándole una de sus pícaras sonrisas le preguntó:

—Vienes, ¿o prefieres quedarte viendo las estrellas?

Jimena no esperó la respuesta, de inmediato le dio la espalda y comenzó a zafarse los tirantes de su vestido. Alex terminó el resto de la copa de un solo trago y se apresuró a seguirla, no quería que en la última noche cambiara de idea… y eso fue lo que más le sorprendió. No le preocupaba tanto que rechazara el contrato como que no lo dejara meterse en su cama.

## CAPÍTULO 37
## LOS FAJARDO

El apellido Fajardo era uno de los más antiguos, temidos y respetados de Cuba. Al igual que los Agramonte, Céspedes, Gómez o los García, los Fajardo remontaban sus orígenes hasta la famosa guerra de independencia contra los españoles.

Cada nueva generación se lanzaba a la tarea de aumentar el patrimonio del clan, quienes se mantenían unidos al igual que las familias reales saudíes. Todos velaban por mantener fusionada y próspera a la familia, y sobre todo, en hacer crecer la fortuna. Fue así como en 1930 los Fajardo fueron reconocidos como una de las diez familias más ricas de Latinoamérica.

Solamente en Cuba, contaban con seis centrales azucareros, toda una inmensa compañía de ferrocarriles que gestionaba exclusivamente el envío, producción y exportación de toda la azúcar producida. Ya para finales de los años cuarenta, eran dueños de dos puertos, una flota de buques mercantes y varios hoteles alrededor de la isla.

La fortuna continuaba creciendo a pesar de todo lo que se estaba viviendo en la isla, los Fajardo (miembros de un club élite formado por las más poderosas familias del país), querían un país libre y próspero, alejado de toda la corrupción que día a día iba ganando terreno en la isla. El presidente prácticamente había vendido la capital a la mafia italiana, y estos convirtieron a Cuba en una enorme y anciana prostituta.

Fue entonces cuando el clan tomó la decisión que les destruiría todo su legado histórico, pero que en ese entonces les pareció lo más correcto.

\*\*\*

A mediados de los años cincuenta, los Fajardo, los Bacardí, y otro grupo de importantes familias, decidieron financiar a los jóvenes barbudos que estaban preparando una revuelta en las montañas de la Sierra Maestra. Reuniones secretas se pactaron, se acordó la financiación de toda la campaña, se estrecharon manos y los acuerdos quedaron claros para los negocios del futuro. Con el apoyo financiero de las grandes familias, los hermanos Castro y sus jóvenes generales lograron dar un golpe de estado en menos de dos años, tomando así el control del país y sus inmensas riquezas.

Entonces comenzó la pesadilla.

Traicionados por los nuevos "comunistas", las familias comenzaron a exiliarse de la isla al ver como sus derechos eran aplastados, se comenzó la campaña de nacionalización de empresas y expropiación. A los Fajardo no les quedó otra opción que entregar sus propiedades y huir de la isla como hicieron los Bacardí, dejando atrás toda una colosal fortuna en propiedades y obras de arte, pero sobre todo, en legado histórico. No solo perdieron sus terrenos, casas, centrales, puertos y prestigio…, el nuevo gobierno les negó sacar de la isla sus colecciones de arte.

Uno de los robos más grandes de la historia y menos documentados fue el que se llevó a cabo por el nuevo gobierno cubano. Pinturas, porcelanas milenarias, esculturas y joyas de incalculable valor debieron quedarse en Cuba, los nuevos "revolucionarios" simplemente alegaron que toda esa fortuna pertenecía al patrimonio nacional. La otra realidad, fue que la mayoría de esas obras de arte pasaron a formar parte de las colecciones privadas de generales y comandantes.

*** 

De los nueve hermanos, solo el menor, José Fajardo, decidió quedarse.

Durante años observó impotente como los hijos y nietos

de los generales, amantes o simples amigos de estos, se iban mudando poco a poco para las enormes mansiones que una vez pertenecieron a su familia.

En las calurosas noches de julio, sentado en la terraza de su casa, fumando un habano y tomando un buen ron, José Fajardo miraba a su alrededor, experimentando lo que debieron sentir los judíos que fueron expulsados de sus casas cuando la época de los nazis (por lo visto algunas cosas nunca cambiaban a pesar de los años). Siempre tuvo una serie de preguntas que lo atormentaron:

¿Qué sentirían esas familias judías al regresar años después y ver a grupos de extraños caminando por los pasillos y escaleras donde sus padres y abuelos los enseñaron a dar sus primeros pasos?

La respuesta siempre la tuvo clara... lo sabía perfectamente, solo que nunca lo expresaba con palabras.

El poder que llegó a poseer la familia, sus riquezas y propiedades nunca les sería devuelto, eso no significaba que en la actualidad el viejo "Don Fajardo" —así es como todos lo llamaban—, no fuera uno de los hombres más poderosos de la isla.

\*\*\*

A los pocos años del Triunfo de la Revolución cubana, el joven José comprendió que al final todo se resumía al surgimiento de una nueva clase social. Antes se les llamaban millonarios, empresarios o inversores, ahora: comunistas, miembros del Partido o Delegados. Realmente nada cambió... más bien empeoró.

La realidad era extremadamente simple, un nuevo grupo de familias se hizo con el control absoluto de todas las riquezas de la isla, en vez de llamarlo: *mis empresas, mis terrenos, mis fábricas,* decidieron mimetizarlo en tres palabras "Propiedad del Estado". Antes esas familias se apellidaban Batista, Bacardí o Fajardo... ahora, eran el clan de los Castro, Valdés, Lazo o el más reciente, Díaz-Canel.

Como resultado del control absoluto de todos los negocios y empresas por parte del Estado, los índices de pobreza y prostitución se dispararon por los aires, creando oportunidades para hombres habilidosos como José. Fue así como comenzó a crear redes a todo lo largo de la isla promoviendo juegos "ilícitos", el más famoso de ellos: "La Bolita" (una especie de lotería cubana). En cada barrio, pueblo, municipio y provincia, tenía una cadena gigantesca de *recogedores de la bolita*, hombres que salían en sus bicicletas por todas las cuadras recogiendo dinero y el número que los clientes quisiesen jugar. Ese simple negocio (dentro de los miles que tenía), era capaz de generar millones de pesos mensuales —y una vez cambiados—, anualmente recogía unos cuantos millones de dólares.

A esto había que sumarle las peleas de gallos clandestinas, perros, las casas de hospedaje y lo más importante, las cadenas de burdeles a todo lo largo de la isla. Fajardo solo cobraba el 25 por ciento, el resto de las millonarias ganancias iba a parar a las arcas de los coroneles y generales que sostenían los pilares de todo el negocio.

El lavado de dinero, compra y venta de propiedades a todo lo largo de la isla, también formaba parte de su *network comunista,* como solía llamarla. José Fajardo, a sus setenta y ocho años, ya contaba con su propio clan compuesto por sus hijos y nietos, que solían llamarse, obviamente, los "Fajardo cubanos", para diferenciarse de sus primos, los "Fajardo de Miami". Como todos los grandes clanes, estaban separados y especializados en diferentes ramas de los negocios que abarcaban, uno de ellos se especializó en préstamos para financiar a emprendedores con buenas propuestas.

Para quienes quisieran montar algún negocio prometedor, los Fajardo le hacían el préstamo con la condición de formar parte del mismo. De igual manera, otra parte del clan se dedicó a uno de los negocios que más ingresos le generaban, pero a la vez, también riesgos y dolores de cabeza.

Ocultaban importantes documentos, obras de arte y hasta millonarias sumas de dinero (eran como una especie de caja fuerte nacional usada solamente por miembros del mercado negro), solían ocultar lo que fuera, y por ello cobraban un porciento, eso sí, le garantizaba al cliente que podía irse a la cama seguro de que nada le pasaría a sus propiedades.

La idea de este negocio se la dieron los propios comunistas. Tras el triunfo de los barbudos en 1959, el nuevo gobierno creó departamentos especializados en la expropiación de obras de arte (obras que en la actualidad estaban valoradas en millones de dólares). José conocía de ellas, e incluso, había visto muchos de esos cuadros y porcelanas adornando las paredes y pasillos de las mansiones de varios generales. Pero no todas las obras fueron robadas, o "expropiadas". Gracias a él, lograron ser escondidas durante años hasta ser devueltas a sus legítimos dueños… en aquel entonces, cuando acudieron a él, eso fue lo que les prometió: que protegería sus piezas, y para Don Fajardo, su palabra era su honor.

*ADRIÁN HENRÍQUEZ*

## CAPÍTULO 38
## LA CITA
### (CASA DEL CLAN FAJARDO)

Alex detuvo el Audi frente a la puerta corrediza formada por cables de acero trenzados. A unos cuatrocientos metros, se podía admirar una enorme casona de campo rodeada por una terraza que se conecta con los portales y pasillos. Algo muy típico de la arquitectura cubana, aunque el costo de una casa así (en especial esa), debió de juntar una fortuna.

Junto a la casona se veían varias construcciones más. Dos talleres, una especie de fábrica (posiblemente especializada en algo que tuviera que ver con la construcción), y un enorme almacén.

*Este lugar es inmenso.*

Una de las ventajas de usar gafas, era la de poder mirar sin tener que mover la cabeza hacia los lados, de esa manera usaba a su antojo su vista periférica… y lo que vio sin dudas lo puso tenso. La casona estaba rodeada por una doble cerca de malla perle coronada con dos rollos de alambres de púas. La cerca se extendía al menos por un perímetro de unos dos kilómetros cuadrados… posiblemente más. Alrededor de la casa había una actividad constante, entre cincuenta a cien hombres se movían por todos lados. Estaban descargando camiones, moviendo carretillas repletas de arena, piedras, cemento, sacos y sacos de una variedad de materiales que desde su posición no supo identificar, todo estaba siendo transportado al interior del almacén. Alex comprendió que todo aquel caos estaba bien organizado, allí no se andaban jugando.

Un niño abrió medio metro la enorme puerta, se acercó a la ventanilla y les sonrió, le faltaban al menos unos cuatro dientes. El chico no debía de tener más de ocho años.

235

—Hola, joven. Necesitamos ver a Don Fajardo —le dijo Alex. El niño lo miró sin mucho interés, asintió y comenzó a sacarse los mocos.

*Vaya guardia que tienen custodiando la entrada.*

Cuando terminó su inspección nasal, lo miró, volvió a sonreírle y le dijo:

—Ahora no puede, está ocupado. Vengan más tarde.

*Perfecto, solo esto me faltaba, tener que negociar con este chaval.*

Jimena, por otro lado, se lo tomó de una manera más relajada, según su punto de vista. Se apoyó en las piernas de Alex y se acercó a la ventanilla para quedar lo más cerca posible de la cara del niño.

—¡Oye, piojoso de mierda! —al niño se le pusieron los ojos como los de un búho—, corre para allá adentro ahora mismo y dile a Julián que Jimena está en la puerta.

El niño la miró con actitud desafiante, pero el gesto de Jimena lo hizo dar un paso hacia atrás. La bailarina cerró el puño con el dedo del medio encorvado formando la punta de un triángulo.

—¡Sí no vas ahora mismo te voy a meter un cocotazo que hasta las fotos del carne de tus nietos van a salir con peste a pelo quemado!

El niño dio dos pasos más hacia atrás, en un último intento por mantener su orgullo le sacó la lengua y después salió corriendo a dar el mensaje. Alex giró suavemente la cabeza hacia un lado para quedar de frente a la bailarina.

—Tú como que no tienes muy desarrollados tus instintos maternales.

Apenas pasó un minuto y un hombre con sombrero de paño y botas de goma les indicó que entraran. La puerta se hizo a un lado y Alex pisó suavemente el acelerador. Una vez que pasaron la reja volvieron a cerrarla de inmediato.

El mensaje era bastante claro: *Bienvenido a los terrenos del clan Fajardo, entrar es fácil, pórtate bien y puede que salgas de igual manera.*

Prefirió no pensar donde se estaba metiendo. Don Fajardo, *el Vito Corleone cubano*, el hombre que gestionaba todos los grandes negocios del mercado negro de la isla. Este clan no enviaba prostitutas a las esquinas en busca de clientes, no, eso era caer muy bajo, ¡ellos eran las grandes y putas ligas! Estos tipos eran quienes metían en las habitaciones y casas de hospedaje de ministros, embajadores y hasta algunos presidentes, a las "damas de compañía". Hombres y mujeres, jóvenes, hermosos y cultos... lo mejor que podía ofrecer el mercado sexual cubano.

Todo, en absolutamente todo lo que generara grandes ganancias (y fuera ilegal), los Fajardo estaban involucrados.

—No, dobla a la derecha y estaciónate detrás de aquellas cajas. Esta zona es para los camiones que traen las mercancías.

Alex aparcó donde ella le dijo.

—¿Qué es aquello de allí? —le señaló lo que parecía ser algún tipo de almacén.

—Esa es la fábrica de losas —se bajaron del auto con los dedos entrelazados, como si fueran una pareja de novios. Alex decidió ignorar el hecho de que Jimena no le hubiera comentado que conocía perfectamente al clan, simplemente ignoró ese detalle; tomó la mochila con los cien mil dólares y se la colgó del hombro—. Los Fajardo tienen la fábrica de losas más grande de Villa Clara, posiblemente del país. Hacen de todo, losas, rodapiés, azulejos, tejas... solo tienes que venir aquí, pides el diseño y la cantidad y una semana después puedes regresar a recoger el pedido.

*Qué bien, hasta los mafiosos cubanos tienen tapaderas.*

Alex lo tuvo bien claro desde el principio. Una de las habilidades del viejo Fajardo era ser un sobreviviente.

Según contaban las leyendas era "intocable". El anciano aprendió de las purgas hechas a lo largo de los años contra coroneles y generales, que fueron fusilados, exiliados o "desaparecidos" por tener vínculos con el narcotráfico, oponerse al gobierno o intentar enriquecerse sin dar su parte a los demás. A diferencia de ellos, Don Fajardo tenía expedientes y pruebas incriminatorias para presentarlas en las oficinas del FBI, la CIA, la DEA y hasta la INTERPOL. El mensaje que transmitía era claro: *podrán destruirme, pero el escándalo que voy a dejar será tan grande que rodarán varias cabezas,* por tanto, entre sus "enemigos y aliados", existía un acuerdo parecido al que en su momento tuvieron los Estados Unidos y la antigua Unión Soviética, que de hecho seguía vigente ahora con los nuevos "comunistas rusos". *MAD (DESTRUCCIÓN MUTUA ASEGURADA).*

*Y ese es el hombre con quien te vas a reunir… ¡esto cada vez se pone mejor!*

\*\*\*

—Hola Jimenita… bueno, Jimena, que ya estás hecha toda una mujerona —Jimena abrazó y le dio un beso en la mejilla a Julián, después le presentó a Alex—. El placer es todo mío.

Ambos se estrecharon las manos y se miraron directamente a los ojos, aunque Alex tenía ventaja por sus gafas, a Jimena no le pasó desapercibido como el asesino estudió a Julián. Este pesaba más de doscientas cincuenta libras de puro músculo, un cuerpo que nunca había tocado una pesa, y muchos menos había entrado en un gimnasio. No, Julián tenía una fuerza descomunal producto de años y años de trabajo en la construcción. Sus enormes brazos y su espalda de oso estaban moldeados literalmente a golpe de martillo y cincel. Tras unos segundos de incómodo silencio, Julián decidió romper la tensión.

—¿Viniste a darle una vuelta al viejo?

—No, Julián, vine a hacer negocios.

El rostro del fortachón cambió al instante, una máscara inexpresiva y profesional cubrió sus facciones. Volvió a mirar a Jimena para valorar la situación. Si la bailarina trajo a ese desconocido hasta las mismísimas puertas del clan, era porque algo grande se traía entre manos.

—Claro, no hay problema —Julián dio un chiflido y al instante tres jóvenes aparecieron a su lado. Todos iban sin camisa y sudorosos por estar descargando uno de los camiones, eran musculosos y tenían la típica actitud desafiante de los más jóvenes. Cada uno llevaba un cuchillo a la espalda, si a Jimena aquello no le pasó desapercibido, no quiso ni imaginarse lo que estaría pensando Alex—, síganme, el viejo está en la sala de reuniones.

Caminaron por entre pasillos y portales, Julián los iba guiando, Alex y ella fueron seguidos a corta distancia por los tres jóvenes. Se detuvieron frente a una de las habitaciones que hacía la función de sala de espera. Solo dos sillones de madera preciosa (sin dudas obras de arte de la ebanistería local), eran el único decorado.

—¿Cómo sigue tu papá? —le preguntó Julián.

—Mucho mejor, lo operan dentro de unos meses —la habitación de espera tenía cuatro puertas, una de ellas se abrió y salieron tres jóvenes más, enormes como sus compañeros, pero estos irradiaban más profesionalismo. Iban bien vestidos y miraron desafiantes al desconocido, como insinuándole que no intentara hacer nada estúpido. En total se vieron rodeados por seis guardias, siete si contaban a Julián. Los nuevos tres "guardaespaldas", o lo que fuera que fuese su función, parecían tener un doctorado en lucha greco-romana.

Los recién llegados formaron un círculo a su alrededor.

—Espero todo salga bien —Jimena miró a Julián, sus palabras eran genuinas y ella mejor que nadie lo sabía—, tú sabes que puedes contar con la familia para lo que te haga falta. Con el viejo no hay problema, de hecho, hace unos días me preguntó por ti.

—Yo sé que puedo contar con ustedes, gracias, de verdad… ya bastante nos han ayudado.

*La verdad es que bastante hambre nos han quitado.*

Como casi todos los administradores de comedores escolares en Villa Clara, el padre de Jimena trabajó estrechamente con el clan de los Fajardo. Por lo general, comprándoles enormes cantidades de carne para luego duplicarles el precio (a fin de cuentas, era el gobierno quien pagaba), pero todo eso cambió después del accidente.

Sin trabajo, y viviendo prácticamente de la caridad de los vecinos, Fernando, Carmen y ella, pasaron a formar parte de la "Lista de los Fajardo".

Anualmente, todos los 27 de diciembre el clan tenía una tradición. Desde las once de la noche comenzaban a trabajar ininterrumpidamente durante cuarenta y ocho horas. Mataban y descuartizaban más de dos mil cerdos, luego los repartían en bolsas especiales (que siempre iban acompañadas con frutas y vegetales), por las casas de las personas que conformaban *La Lista*. Para Don Fajardo era inconcebible que amistades de la familia no tuvieran un trozo de carne para celebrar la llegada del año nuevo.

*Aquella bolsa significaba mucho más que un simple trozo de carne,* recordó Jimena.

En las tradiciones cubanas no existía mejor manjar para celebrar la llegada del año nuevo que un plato de arroz con frijoles, plátanos fritos, yuca y un buen trozo de carne de cerdo asada. Para muchos (incluyendo a su familia), aquella enorme bolsa de carne significaba —bien economizada—, la posibilidad de comer carne durante todo el mes.

—Jimena, discúlpame, pero tenemos que revisarlos —uno de los guardias, posiblemente sobrino o nieto del viejo, se adelantó para hacerle la revisión—. ¡Échate para allá!, que con esa cara de pajizo si dejo que la toques te nos mueres esta noche.

A pesar del chiste y las risas, Jimena se percató de que la tensión no desapareció. Todos los ojos estaban fijos en Alex. Ella traía un vestido corto y bien ajustado, aun así, Julián le separó las piernas y la revisó profesionalmente, desde los pies hasta el cabello. Luego se giró hacia Alex.

—Tengo dos cuchillos —dijo antes de que le pusieran un dedo encima. Jimena observó como los del grupo se ponían rígidos. Dos de los guardias recién llegados se llevaron las manos a la espalda, sin dudas para sostener sus cuchillos… o pistolas—. Tengo uno a la espalda y otro sujeto al tobillo.

Alex abrió los brazos y se puso en forma de cruz, separó las piernas y dejó que lo revisaran. Julián le sacó el cuchillo táctico de la espalda, la navaja multiusos del cinto y el pequeño cuchillo del tobillo. Por lo visto aquellos hombres estaban adaptados a este tipo de situaciones, ya que ninguno de ellos pareció tan sorprendido como Jimena. Julián le entregó los cuchillos a uno de los guardias y este los guardó para luego entregárselos, otro sostenía la mochila de Alex.

—¿Qué hay dentro de la mochila? —preguntó el más grande del grupo. Jimena tuvo que mirar hacia arriba para verle la cara. De haber nacido en otro país hubiera sido quizás una estrella del baloncesto.

—Cien mil dólares.

El gigante asintió, abrió la mochila y se la pasó a Julián. Este la revisó, sacó el dinero, reviso algunos billetes y volvió a entregársela.

—Muy bien, síganme.

Fueron directo a la puerta que daba al final del pasillo. Julián abrió la puerta y los invitó a entrar. Una vez dentro, Alex comprendió que la habitación era insonorizada… el sonido que rugía desde las paredes lo obligó a retroceder. Tardó unos cuantos segundos en asimilar lo que estaba

241

viendo.

¿Don Fajardo, el Vito Corleone cubano...? Sin dudas las leyendas se quedan cortas. ¿Dónde me he metido?

## CAPÍTULO 39
## DON FAJARDO
### (CASA DEL CLAN FAJARDO)

Alex se podría haber apostado los veinte millones del contrato contra mil oportunidades por adivinar con qué se toparías tras pasar aquellas puertas...

¡Y los habría perdido!

En algún recóndito lugar de su mente, se imaginó a Don Fajardo en su sala de reuniones, rodeado de libros antiguos forrados de cuero, un enorme escritorio y al anciano sentado detrás con un gato sobre las piernas; *demasiadas escenas del Padrino, ok, no un gato, un perro quizás.*

Otra escena perfecta, el anciano podando un bonsái, o recogiendo rosas, quizás pintando un cuadro o incluso, frente a un pobre desdichado amarrado a una silla recibiendo la tunda de su vida. *Sí, todas las escenas clichés, pero nada como esto... ¡es que nada te prepara para esto!*

—¡Tiren granadas! ¡Tiren granadas! —gritó Don Fajardo desde un gigantesco sillón de cuero—, ¡todos corran hacia el teletransportador!

La habitación era enorme y tenía colgadas de las paredes cuatro enormes pantallas de 65 pulgadas, cada una con un PlayStation 3 instalado. Las consolas estaban conectadas en red. Tres niños (dos de ellos debían rondar los doce o trece años, el más pequeño tendría unos nueve), tenían en sus manos los controles inalámbricos y movían los dedos como poseídos... pero sin dudas, el que se estaba robando el show era Don Fajardo. Este, como si fuera un estratega militar en medio de una operación de búsqueda y captura, organizaba sus tropas, repartía órdenes y evaluaba los objetivos.

Estaban jugando Call of Duty, *zombis, por supuesto, no podía ser otro juego*. Los cuatro personajes del videojuego estaban encerrados en lo que parecía ser algún anfiteatro y, desde todos los lugares, el techo, el piso, las ventanas, las puertas, llegaba una multitud de zombis. El grupo se movía matando y acuchillando a todo lo que se les acercaba, la coordinación lograda a base de horas y horas de práctica era asombrosa.

—¡Me mataron! —gritó el más pequeño.

Alex vio como una horda de zombis lo devoraba y seguía hacia el próximo jugador.

—Jaime, ¡revívelo! —ordenó el anciano, ni por un segundo despegó los ojos de la pantalla para mirar a los recién llegados.

Los tres personajes sobrevivientes del videojuego se fueron retirando hacia otra habitación, todos lanzando ráfagas de diferentes tipos de ametralladoras, bazucas, granadas y hasta un mono con platillos... los zombis, atraídos por el sonido que produjo el mono les dieron un respiro y pudieron reorganizarse, revivir al caído y apertrecharse contra una de las paredes.

—¡Nivel 26! —gritaron todos.

*Sí que son buenos.*

Antes de que comenzara la siguiente partida, Alex miró a su alrededor. La sala de reuniones parecía más la habitación de un adolecente que la de un anciano mafioso. Las paredes estaban repletas con posters de películas, series y más video juegos. Un cartel enorme de The Walking Dead cubría toda una pared. Contra una de las puertas estaba escrito: "El invierno se avecina", bajo el cartel había un lobo, el escudo de armas de la familia Stark... ¡Don Fajardo es un fanático de Juego de Tronos...! Ya, bastantes sorpresas por un día. Alex miró hacia los estantes, y no, no tenía libros de cuero, estaban repletos por cientos, o miles de videojuegos.

—¡Vienen los perros! —volvió a gritar el pequeño del grupo.

*Bueno, forma de perros si tienen...*

En la pantalla apareció otra horda, esta vez de "perros zombis demoniacos con fuego en los ojos". Los monstruos se movían tan rápido que apenas lograron matar algunos. Los despedazaron en segundos y siguieron todos tras el último personaje... nada menos que Don Fajardo. El anciano era un maldito crack fuera de serie. Los tres niños se levantaron de sus asientos y formaron un coro a su alrededor.

—¡Abuelo, mátalos!

—¡Ve tirando granadas...!

—¡No guanajo! Granadas no, usa las ametralladoras...

El anciano los ignoró a todos, con una rapidez en los dedos casi sobrenatural, se enfocó en recargar sus ametralladoras e ir activando paredes con rayos láseres que descuartizaban a los caninos en cuanto intentaban acercársele. Iba retrocediendo y a la vez disparando y cambiando de armas mientras corría de espaldas, sin dudas tenía memorizado el mapa virtual del juego. Estaba a punto de terminar el nivel cuando de repente pasó algo que ninguno había previsto... ¡se fue la luz!

\*\*\*

Don Fajardo tenía una tacita de café en su mano, al igual que Alex y Jimena. Miró detenidamente a la joven, con los ojos de un abuelo que ve crecer a su nieta y no comprende cuando es que se convirtió en mujer. La mirada que le dirigió al asesino fue diferente.

—Quítate las gafas —no fue un pedido, fue una orden y el asesino se apresuró a cumplirla.

Alex pudo sentir como aquellos ojos le taladraban la conciencia hasta llegar a su alma, lo que vio en él hizo que el propio anciano mirara hacia otro lado. En la "sala de reuniones" —o más bien de videojuegos—, solo quedaron tres de sus nietos, todos bajo la supervisión de Julián, fruto de su tercer matrimonio.

—¡Estás preciosa! —Jimena le sonrió mientras se llevaba la taza a los labios—. ¿Y tú, qué es lo que quieres?

Alex miró al anciano por un largo rato, pero decidió que sería mejor que fuera Jimena quien tomara la palabra, así que decidió permanecer callado.

—Don Fajardo —intervino Jimena—, Alex me ha propuesto un contrato. De llevarlo a cabo me pagará el dinero de la mochila.

Uno de los nietos y guardias del clan se acercó, abrió la mochila y depositó sobre la mesa diez ladrillos de billetes de cien dólares, otro fue tomando el dinero y depositándolo en una máquina contadora. Cuando el dinero estuvo contado y comprobado que no eran falsos, el anciano ordenó que se lo llevaran, luego miró directamente hacia el asesino.

—Jimena ya es una mujer, por tanto, ella tiene que correr sus propios riesgos. Esta familia no se mete en esas cosas —Don Fajardo la miró durante un instante, para volver a poner su atención en Alex—. El dinero estará a buen resguardo, por ello cobramos el uno por ciento.

Todos permanecieron callados, nadie puso una objeción. Don Fajardo le hizo un gesto a Julián y este se acercó con dos llaves plateadas en las manos. Le entregó una a Jimena y la otra a Alex.

—Estas son las llaves de la caja fuerte donde se les guardará el dinero, la única manera de abrirla es con las dos llaves —Jimena asintió comprendiendo la sencillez del plan—, ahora, quiero dejar bien claras las reglas de este contrato. En esta casa lo que más valor tiene es mi palabra. Quiero que lo repitan.

Jimena y Alex se miraron, y sin muchas opciones

repitieron:

—En esta casa lo que más valor tiene es su palabra.

—Perfecto, cuando terminen ese "contrato", ambos tienen que venir a verme, entregarme las llaves y les doy el dinero —Don Fajardo miró hacia Jimena—, no acepto reclamos y mucho menos protestas, o se hace o no se hace el contrato. Cuando los vuelva a ver, no puede haber un mal entendido, de lo contrario moveré a mi gente para investigar cuál fue ese contrato y si realmente lo llevaron a cabo o no. Entendido.

Los dos asintieron.

—Repítanlo.

—Entendido.

—Muy bien, si ambas partes están de acuerdo, les deseo suerte.

Jimena y Alex se apresuraron a salir de la habitación, pero cuando estaban llegando a la puerta, Don Fajardo la sujetó por el hombro, la atrajo hacia sí y le murmuró al oído:

—Ese hombre, Jimena, es el más peligroso que he visto en mi vida… ¿Tienes idea de cuántos hombres peligrosos he visto? —Jimena negó con la cabeza, pudo sentir como el corazón le retumbaba en los oídos. Si el propio Don Fajardo había notado quien era Alex, eso significaba que el asesino irradiaba más peligro de lo que ella se había imaginado—. Ten mucho cuidado.

—Gracias Don Fajardo.

***

Una vez que estuvieron en el auto, Jimena comprendió la magnitud de lo que había hecho.

—¿Y ahora qué? —le preguntó.

—Ahora te vas para tu casa —Alex sacó de una carpeta que tenía a su lado el pomo con las pastillas, sacó una y la metió dentro de una pequeña cápsula de plástico para transportar medicamentos —, mañana, cuando te reúnas con Gilberto, tienes que echársela en su trago. No puede haber una segunda oportunidad. En cuanto termines me tienes que llamar, este es mi número.

Jimena anotó en su celular el número que Alex le dio. Los dedos comenzaron a temblarle y no había ni iniciado la misión. El asesino le sostuvo la mano, se acercó a ella y le besó los dedos, el cuello y por último los labios.

—Puedes hacerlo. Recuerda, me tienes que llamar, es de vida o muerte esa llamada.

*Sí, literalmente, es una llamada para decirte que ya lo maté.*

## CAPÍTULO 40
## PIEZAS SOBRE EL TABLERO
### (HOTEL PARAÍSO AZUL, CAYO SANTA MARÍA, CUBA)

Jimena entró en la habitación, incómoda al sentir a su espalda el peso de las miradas de los tres guardaespaldas de Gilberto. Hasta ese momento nunca se había percatado de lo cerca que estos hombres estaban de la puerta, sin dudas esperando un grito, un lamento de su señor para correr a su rescate.

—Hola Jimena, escuché que estuviste de vacaciones por Cienfuegos —Gilberto estaba sentado frente a su laptop mientras terminaba de redactar algún documento. Con sus espejuelos, y la calvicie que se le notaba, Jimena sintió asco ante aquel anciano que continuaba creyéndose hermoso... joven, *pero esta será tu última noche, hijo de puta* —. ¿Qué tal el documental?

Jimena se le acercó y le dio un beso en la oreja haciéndolo gemir de placer. Desde el día que fue violada por aquellos monstruos que aguardaban en el pasillo, a su regreso la sentaron en una oficina y le explicaron detalladamente cómo serían las reglas. Si antes aparentaba sentir los mejores orgasmos de su vida cada vez que se acostaba con Gilberto, ahora tenía que hacerlos doblemente fingidos. Si el coronel por alguna razón dejaba de sentirse atraído por ella, podía darse por despedida. Jimena supo perfectamente que Bruno (el vocero de Gilberto), solo estaba transmitiendo el mensaje de su señor. Por eso, cada vez que se reunían dentro de aquella habitación, ella le regalaba la mejor noche del mes.

—Nada del otro mundo, era gay, incluso me pidió el número de algunos bailarines —si le creyó o no, ella no lo supo, Gilberto continuó tecleando ajeno a lo que ella acababa de decirle—, termina eso de una vez. Voy a darme una ducha. Después te quiero listo y en la cama, entendiste.

—Lo que usted diga, jefa —Gilberto sonrió ante sus ocurrencias. Jimena se puso intencionadamente frente a la laptop y comenzó a desnudarse. El coronel intentó concentrarse en lo que estaba haciendo, pero los movimientos erotizados de la bailarina terminaron por desconcentrarlo. Abrió su pomo de Viagra y se tomó una pastilla, luego se le quedó mirando, esperando que la pastilla hiciera su efecto—. Date una ducha rápido, cuando vengas prepárame un trago a la roca.

Jimena sintió como la sangre se paralizó en su cuerpo. En su labio inferior apareció una fina película de sudor… ¿será tan fácil? Abrió su bolso y tomó la cápsula con la pastilla dentro, la apretó contra su puño y se fue directo al baño. Pero antes de que diera tres pasos él la agarró por la muñeca. Jimena sintió que se iba a desmayar. Solo tenía que decirle que abriera el puño… ¿y luego qué? Un posible dialogó tuvo lugar en se mente en cuestiones de segundos.

¿Qué tiene dentro esa cápsula?

*Una pastilla…*

¿De qué?...

*Piensa Jimena… ¡por dios, piensa! para no salir embarazada…*

*Perfecto…, tómatela.*

*Me la voy a tomar en el baño…*

*No, tómatela delante de mí.*

Jimena se iba a echar a llorar, lo iba a decir todo, quizás así tuviera algo de clemencia. Gilberto le dio una fuerte nalgada para luego besarle el trasero.

—Apúrate en ese baño, que ya se me está poniendo dura.

Ella salió caminando media mareada. La sangre volvió a fluir por sus extremidades. Cuando llegó, cerró la puerta, abrió la ducha para opacar los sonidos de los temblores que la atacaron. Estaba teniendo un ataque de pánico y no tenía ni puta idea de cómo controlarse.

\*\*\*

Comparado con el puente de Bacunayagua (el más alto de Cuba, con 103,5 metros sobre el nivel del mar), el puente de El Grito —llamado así por los locales—, contaba solo con 85 metros de altura. Quizás no estuviera en la lista de las siete maravillas de la ingeniería civil cubana, pero para el asesino cumplía su propósito a la perfección.

Alex detuvo el Audi al borde del puente, Troy terminó de chequear el mensaje que entró a su celular.

—Todo marcha en orden, ya me confirmaron, la bailarina acabó de entrar en la habitación.

*Bien, todas las piezas están en el tablero, que comience el juego.*

Troy abrió el maletero, sacó los tanques de buceo junto con el resto del equipo, tenían poco tiempo y la noche estaba jugando a su favor, pero, ¿por cuánto más iba a tentar la suerte?

Si a la luna le daba por aparecer, aquello podía alterar los planes, bueno, las cosas podían alterarse hasta con un cambio de temperatura, un aumento en las corrientes de aire... *no se puede controlar todo.*

—¿Estás listo? —le preguntó Troy.

—Listo, comencemos.

Sincronizaron sus relojes... ahora solo necesitaban esperar la llamada de la bailarina, si Jimena no llamaba, tendrían que pasar al plan F, el cual tenía diversas variantes. *Pero sé que va a llamar... sí lo hará.*

El puente El Grito, de noche tenía un aspecto fantasmagórico. La iluminación era terrible —lo cual servía perfectamente para sus planes—, solo estaba alumbrado en los extremos por dos pequeñas bombillas, no en vano

251

todos los años ocurrían accidentes. A los conductores no les daba tiempo ver la llegada del puente y ¡suff...! salto al vacío en caída libre. Para empeorar la situación, Troy tomó su pistola, le instaló un pequeño silenciador y le disparó a cada bombilla, ahora la oscuridad era total.

Alex procedió a instalarse todo el equipo, separando los tanques de buceo. *Con algo de suerte espero no tener que usarlos.*

Se puso un traje de neopreno, unas zapatillas especiales con excelente tracción, y un chaleco antibalas, un Kevlar extremadamente ligero (un modelo para soportar impactos de pequeños calibres, no era su preferido, pero necesitaba quitarse todo el peso posible). En el chaleco ya venían instaladas cuatro granadas, dos cilíndricas de fragmentación, las otras dos eran sonoras.

Con algo más de suerte, tampoco tendría que usarlas, pero ser precavido era lo que le había ganado su apodo. Se puso los guantes especiales, rodilleras y coderas. Se instaló un casco con una máscara balística. La máscara, un diseño especial de la Kevlar, recubierta con láminas de porcelana balística, le dio el aspecto de un soldado del futuro, aunque Troy no estuvo muy de acuerdo con esa idea.

—Te pareces al puto Depredador... solo te faltan los cablecitos de los lados.

—Pues me vendría de maravillas su traje de invisibilidad.

—¡Sí claro, y también un puto cañón instalado al hombro con tres punticos láser! —el chiste les relajó un poco la tensión del momento, pero al instante volvieron a poner sus mentes frías, de vuelta al negocio—. Prueba de audio —Troy se instaló un transmisor inalámbrico al oído, Alex también se puso uno, pero mucho más pequeño—, tres... dos... uno...

—Recibido, alto y claro.

—Perfecto, tiempo de bailar.

Por último, Troy le ayudó a instalarse las gafas de visión nocturna y las armas, algo con lo que tuvo extremo cuidado. Al terminar, Alex hizo varios ejercicios de memoria muscular. Cerró los ojos, extendió las manos y comenzó a repetir: *Cuchillo táctico...* sus manos se movieron con una rapidez sobrehumana atrapando por el cabo el cuchillo que tenía en su espalda, *pistola...,* repitió el mismo ejercicio, siempre usando las armas con las que estaba tan familiarizado: dos Berettas 92FS, una colocada en su pecho, la otra sujeta al muslo (cada pistola ya tenía instalado un silenciador), su pequeña e inseparable Walther PPK 9mm, que se la ajustó en un tobillo y un segundo cuchillo. Al final, Troy le ayudó a colocarse la mochila con el paracaídas.

—Y ahora a esperar la llamada.

La primera parte del plan estaba en funcionamiento, lo que resultara a partir de ahí ya no dependía de ellos.

*Ningún plan es efectivo hasta que lo pones en el terreno, y solo entonces te darás cuenta de que nada saldrá según lo planeado. Por tanto, siempre ten un plan B, C, y hasta el Z.*

*ADRIÁN HENRÍQUEZ*

## CAPÍTULO 41
## LA GRAN NOCHE
### (HOTEL PARAÍSO AZUL, CAYO SANTA MARÍA, CUBA)

*Soy leñador desde mi niñez*
*y aunque no tengo bosque sueño con árboles...*
CARLOS VARELA

Jimena lo miró por el espejo, estaba desnudo sobre la cama, tenía el pene como si fuera un asta de velero, el efecto de la Viagra era increíble. Todo comenzó a desarrollarse a una velocidad tal que ella no pudo asimilar lo que estaba a punto de hacer.

—Jimena, apúrate, tráeme un trago.

\*\*\*

La mano le temblaba cuando le entregó el whisky a la roca. El coronel se dio un largo trago, saboreó la bebida y después se levantó de la cama para quedar frente a ella. Se había puesto un vestido de encajes trasparente, con ligueros rojos (Gilberto se lo colgó en la puerta del baño como recordatorio de lo que debía ponerse), la carencia de ropa interior lo excitó tanto que no le pidió que le practicara sexo oral como otras veces, *no, está a punto de reventar...*

Le dio un tirón contra la cama, la puso de espaldas y la echó hacia adelante, como si ella fuera una L invertida. Le abrió las nalgas y la penetró a su antojo. Ella gritó de "placer"... de mentiras, de dolor, de rabia... de impotencia.

*La Viagra lo puso a mil repeticiones por segundo.*

La sujetó fuertemente por las caderas y comenzó a moverse con una fuerza bestial, como si estuviera poseído. Al cabo de dos minutos las embestidas comenzaron a disminuir, Gilberto se arqueó, lanzó un gemido, la penetró hasta el fondo y estalló dentro de ella.

*El muy asqueroso nunca usa condones.*

Se la sacó, la limpió entre sus nalgas y le dio un beso en la espalda.

—Cada vez te veo más buena, un día de estos me vas a matar.

Jimena le sonrió y se fue al baño para lavarse. Cerró la puerta, le puso seguro, abrió la ducha y tomó el celular. Marcó el número directo que Alex le había dado. Solo dio un timbre.

—Sí…

Jimena estalló en llanto al reconocer su voz.

—Lo siento, no pude hacerlo.

Jimena no esperó su respuesta y le colgó. *No puedo hacerlo, yo no soy una asesina…* entonces comprendió lo que acababa de perder… ¿Qué has hecho Jimena? Dejaste escapar tu única oportunidad para liberarte de ese monstruo.

Comenzó a llorar sin poder controlar sus nervios, fue cayendo por la pared hasta convertirse en un ovillo en el piso. A menos de un metro de ella, oculta en su bolso, descansaba la cápsula.

## CAPÍTULO 42
## ACCIONES IRREVERSIBLES
### (PUENTE EL GRITO)

¡Mierda! No lo hizo...

Alex le tiró el celular a Troy, este lo agarró en el aire y comprendió al instante que las cosas se habían torcido.

—¿Qué ha pasado?

—Activa el plan de escape, comiencen a moverlo todo... —pensó agregar algo más, pero no había punto en alargar lo inevitable—. No lo hizo.

—Pensé que dijiste que sí...

—Sé lo que dije..., no lo hizo, punto, fin de la conversación. Hay que cambiarlo todo, ahora terminemos con esta parte.

Troy asintió, abrió el maletero y sacó una enorme mochila. Entre ambos extendieron un ala de casi treinta metros, de la cual salía una maroma de cables y anillas. La velocidad con que lo montaron todo fue producto de las horas que pasaron practicado para ese momento. Estaban a ochenta y cinco metros de altura (lo cual era perfecto), Alex era un experto volando parapentes, solo necesitaba una pequeña inclinación y una leve ráfaga de viento para poder despegar. Una de las modalidades en las que se especializaban los comandos americanos era el paracaidismo. Desde los Delta Force, Navy SEALs, o los Green Beret, todos entrenaban las variantes del paracaidismo —sobre todo saltos desde un avión—, pero aprender a realizar salto BASE y controlar un parapente también estaba dentro del entrenamiento.

—¿Estás listo?

Alex sujetó las anillas y levantó el pulgar. Activó sus gafas de visión nocturna, el GPS de su mano, y se lanzó en carrerilla colina abajo. Solo necesitó varios metros para que el ala tomara fuerzas y lo elevara a más de diez metros de altura.

Apenas despegó, Troy lanzó un microdrone.

La pequeña nave salió disparada, hizo un giro en modo de autopiloto para darle tiempo a Troy a que tomara los controles. Este entró al auto, puso una pantalla táctil entre sus piernas, que iba transmitiendo a su vez las imágenes lanzadas por la cámara infrarroja del microdrone, tomó luego los controles en las manos y le pasó por encima a Alex, trazándole una ruta que le serviría de guía.

\*\*\*

Desde que Troy localizó la mansión (o más bien la fortaleza), de Mustafá, a un kilómetro por debajo del puente, el plan concebido por Alex fue volar en un parapente hasta el mismísimo techo de su guarida. La casa quedaba contra un acantilado (a unos ciento cincuenta metros de altura sobre el nivel del mar), y por mucho que le atrajo la idea, era imposible efectuar un disparo con un rifle de francotirador desde la playa. Inicialmente esa fue su primera opción: copiar una de las misiones más famosas llevadas a cabo por los comandos israelitas.

En agosto del 2008, en aguas territoriales de Siria, dos Kidon (los asesinos élites del ejército israelí), con trajes de buzos se acercaron a la costa, y con rifles de francotirador mataron a Muhammad Suleiman, general del ejército sirio.

*Pero no funcionaría.*

El problema estaba en que la casa de Mustafá tenía vista a la playa, pero no se podía saber cuándo este saldría a tomar el sol, si es que salía. Demasiadas variantes. Por eso, optaron por hacerlo de cerca. El plan habría resultado perfecto si Jimena hubiera envenenado a Gilberto, ahora, todo se había alterado.

*Ningún plan es efectivo hasta que lo pones en el terreno...*

Alex hizo un giro campana para posicionar el parapente, logró estabilizarlo y se lanzó por debajo del puente. El recorrido sería de más de un kilómetro, nada comparado con el record mundial roto el 13 de octubre del 2016 por tres pilotos brasileños.

*Nada mal muchachos, 564 kilómetros, más de once horas de vuelo... ¡eso sí es un record!*

Pero lo de él tampoco estaba muy fácil que digamos. Volar de noche guiándose solo por el GPS y sus gafas de visión nocturna para aterrizar en el techo de una mansión protegida por tropas especiales del ejército cubano, ¡no será un record, pero si pudiese publicarlo para competir, bien que me podría ganar algo!

—Gira hacia el sur —la voz de Troy resonó en su oído—, tres guardias están de ronda por el norte de la casa, otros dos acaban de salir por la puerta del acantilado. Tienes que entrarle de frente.

—Recibido.

Alex haló la anilla derecha, haciendo que la parte derecha del ala se frenara y girara hacia la derecha. Chequeó el GPS, iba en ruta y a una velocidad de 50 kilómetros por hora. Tiró de las dos anillas al mismo tiempo para frenar, aminorando a una velocidad de 30 kilómetros por hora, ya estaba prácticamente sobre la mansión. Hizo un giro alrededor para escoger el punto de aterrizaje y volvió a frenar la velocidad hasta reducirla a diez kilómetros por hora... estaba a menos de cinco metros de altura del techo.

Vio a los tres guardias que hacían su recorrido, ninguno miró hacia arriba. La mansión estaba protegida desde todos los ángulos, excepto desde el cielo; a menos que se llegara por helicóptero, ni Mustafá Barsini ni sus guardias tendrían de qué preocuparse... aunque en la lista de prevención nunca se anotó como una variable de peligro un aterrizaje en parapente.

\*\*\*

Alex frenó por completo la inercia, aterrizó perfectamente sobre el techo y se giró para recoger cuanto antes el parapente. La maniobra debía de tomarle menos de un minuto, pero una ráfaga de aire proveniente del acantilado le abrió el ala sin darle tiempo a reaccionar.

¡Oh no!

El ala lo arrastró por el techo hasta el extremo, lanzándolo al vacío...

Troy se mordió los nudillos, impotente al ver lo que estaba pasando.

*Ningún plan es efectivo hasta que lo pones en el terreno...*

Alex quedó colgado por una mano y de la cintura a unos diez metros del suelo, el resto del ala se enredó en una antena parabólica. La casa tenía tres pisos. Alex hasta pensó, con cierta dosis de humor negro, en una de esas escenas de película donde el paracaidista queda colgado de un árbol, sin poder zafarse de las cuerdas, hasta terminar convertido en un esqueleto. Era increíble que algo como eso acabara de pasarle. Si lo pudiese contar, de seguro muy pocos se lo creerían... *Este es el ejemplo perfecto de cómo la realidad supera a la ficción.*

Solo podía mover una mano, se giró hacia un lado y se apoyó contra un ventanal... escuchó voces que se acercaban.

—Dos guardias, van a doblar y pasar por debajo de ti.

¡Siempre podría ser peor!

Sacó su pistola y apuntó hacia abajo, los dos guardias aparecieron por uno de los costados de la casa.

Uno de ellos le estaba contando algo a su compañero cuando de repente el parapente se zafó del techo y Alex cayó con los pies hacia arriba y quedó colgado entre los dos hombres, a unos dos metros del suelo; para empeorar su situación, el golpe de inercia hizo que la pistola se le cayera de las manos.

—¡Que cojon…! —comenzó a gritar uno de los guardias, pero Alex fue más rápido, sin tiempo para sacar su segunda pistola, sacó su cuchillo y se lo enterró en la garganta al guardia. Este quedó tan sorprendido que solo pudo atinar a llevarse las manos al cuello, trató de decir algo, pero en vez de palabras lo que salió de su boca fue un gorgoteo de sangre y burbujas.

El segundo guardia tardó medio segundo en reaccionar, para ese entonces Alex ya le había sacado el cuchillo del cuello de su compañero, giró apoyándose contra la pared y pudo zafarse una pierna, se impulsó golpeando con el cabo del cuchillo el tabique del guardia. Con un rápido movimiento se elevó, cortó los cables que lo sostenían del parapente y cayó de espaldas al piso.

El guardia, con el tabique destrozado y los ojos convertidos en un mar de lágrimas, logró reponerse un tanto, levantó su AK-47 y la rastrilló, pero la bala nunca salió de la recamara. Alex no perdió tiempo buscando su otra pistola, simplemente sacó la que tenía sujeta al muslo y le metió tres disparos en la frente.

Rodó sobre sí mismo e hizo un rápido abanico asegurándose de que no hubiera más guardias. Todo había sucedido en unos tres segundos.

Guardó su pistola, recogió la que se le había caído y trasladó los cuerpos ocultándolos tras unos árboles. Según le había dicho Troy, las rondas de los guardias eran cada doce minutos, activó el cronómetro de su GPS, necesitaba regresar cuanto antes hasta el techo de la mansión, pero no se atrevió a subir por las cuerdas del parapente. Cambió de táctica. Trepó a una pequeña terraza, subió hasta un balcón de donde saltó hasta una de las tuberías de agua. Como todo un experto trapecista escaló hasta el borde del techo. Miró su pantalla táctil… habían transcurrido dos minutos.

—Tres guardias escucharon algo, tienes que apurarte y

entrar a la casa —desde su pantalla Troy vio a los guardias apurar el paso hacia la posición de su compañero, no estaban aún en estado de alerta, pero tardarían menos de tres minutos en activar la alarma—. ¡Tienes que apurarte! Olvida el recorrido de doce minutos, solo tienes menos de un minuto para entrar.

¡Perfecto! ¡Que comience el show!

## CAPÍTULO 43
## PLAN S
### (MANSIÓN DE MUSTAFÁ)

Fue menos de un minuto.

Alex corrió por el techo hacia el ala norte de la mansión, donde había una pequeña terraza con una puerta que daba al acantilado. Saltó a la terraza y le pegó un disparo a la cerradura.

—Estoy adentro —susurró. Activó la GoPro que tenía instalada en su hombro. Una de las cláusulas del contrato (bien claras y específicas), era una prueba de muerte. Alex tenía que grabar el momento del disparo.

El pasillo estaba en penumbras, pero con su visión verde fosforescente recorrió el tramo que necesitaba hasta la habitación donde se suponía que podría estar Mustafá. Según el diseño arquitectónico de la mansión, esta contaba con tres habitaciones principales (como no pudieron confirmar en cuál de las tres estaría Mustafá, debía comprobar una por una), así que estaba contra reloj.

—Los guardias están llegando a la posición.

¡Genial!

Movió suavemente el picaporte (estaba abierta), *por fin algo de suerte,* se agachó y entró en la habitación. La punta de su silenciador hizo un barrido de cada rincón, tenía la ventaja de poder ver en la oscuridad, por tanto, aprovechó ese factor al máximo. Fue directo a la cama, había dos personas. Corrió la sábana… ¡maldición!

Dos muchachas, semidesnudas desnudas, estaban dormidas… o medio drogadas. Alex dio dos pasos atrás y analizó mejor la situación. ¡Estuvo aquí! Por lo visto tuvo su fiesta y regresó a su habitación.

Por el piso estaba desperdigada la ropa interior de las mujeres, botellas de cervezas y dos de rones estaban medio vacías encima de un aparador. El olor a marihuana dentro del espacio cerrado era tan fuerte que Alex pensó que si no salía de allí de inmediato hasta él se pondría *"súper high..."*

—No está en la habitación dos...

—...ve hacia la uno.

Alex se pegó a la pared y continuó avanzando. Estaba llegando a la puerta cuando escuchó el grito en su oído.

—Los guardias llegaron... —Alex miró a todo lo largo del pasillo, a solo unos metros estaba la puerta—, vieron el parapente. ¡Termina el maldito trabajo!

La alarma sonó.

***

La cacofonía de una alarma recorrió cada rincón de la casa.

Iba a salir de su escondite cuando escuchó el sonido de las botas y los gritos. Dos guardias pasaron a medio metro de su escondite. No fueron hacia la habitación uno, sino hacia la tres. Alex no perdió un segundo y salió corriendo tras ellos.

Justo cuando entraban en la habitación, uno de ellos miró hacia atrás y lo vio.

—¡Cierra la puerta! ¡Está en el pasillo!

Alex tomó una granada sonora, le quitó la anilla y la lanzó hacia adentro de la habitación justo cuando cerraron la puerta.

¡¡¡Bum!!!

Incluso él, estando del otro lado de la habitación, tuvo que sacudir la cabeza para aclarar sus sentidos. La explosión fue tan intensa que debió escucharse a millas de distancia. Le pegó tres disparos al picaporte y luego le dio una patada

264

frontal. Entró en la habitación rodando por el piso. Uno de los guardias estaba con las manos en los oídos (de los cuales le manaban hilos de sangre, los tímpanos debieron de estallarle). Alex le metió una bala en el pecho y dos en la frente. Giró en redondo para toparse al último guardia, este pudo levantar su Makarov y vaciar su cargador contra él. Tres disparos dieron prácticamente a quemarropa en su pecho, el resto le dieron en su rostro. La máscara Kevlar paró los impactos, pero Alex sintió como si le hubiesen golpeado la cabeza con un bate desde todos los ángulos.

Tiró a ciegas y supo por los gritos de su enemigo que dio en el blanco. Una de las balas le destrozó el equipo de visión nocturna. Alex se quitó la máscara y vio al guardia. Tenía dos disparos en una pierna y otro en el pecho. Miró hacia la cama, Mustafá Barsini estaba sentado en ella con un revolver en la mano intentando apuntarle, pero la luz de la granada sonora lo había dejado tan aturdido que no podía coordinar sus movimientos. Efectuó dos disparos, ambos dieron en el techo. Alex reaccionó por instintos y le devolvió el disparo, su bala le pulverizó los dedos de la mano.

La pistola de Barsini saltó por los aires, junto con varios de sus dedos. El exgeneral se miró el muñón y entonces su cerebro logró coordinar lo que estaba pasando. Lanzó un grito desaforado.

—Todos los guardias van hacia el interior, otro grupo está cubriendo la ventana, por ahí ni se te ocurra salir —la voz de Troy sonó firme y profesional, pero Alex detectó el miedo en sus últimas palabras—, ¡tienes que llegar al techo!

*El plan S… ¡maldita sea! S, de Sin Salida…*

Alex cerró la puerta y la cubrió con un enorme sofá. Luego se pegó a la pared y se tomó varios segundos para analizar su situación. Los disparos le dejarían buenos moretones, pero no creyó que le hubieran partido alguna costilla, el rostro era otra cuestión. Le dolía donde quiera que se tocara y, posiblemente, tuviera algún diente astillado. Volvió a mirar a su objetivo, Mustafá estaba de rodillas sentado en la cama y no dejaba de gritar.

*Está haciendo más ruido que la maldita alarma.*

Alex se paró delante de él y le levantó el rostro para que le mirara la boca. Sabía que no lo iba a escuchar, así que prefirió que le leyera los labios.

—Alí Hassan… —Alex abrió bien la boca y deletreó bien el nombre—, recuerdas a su hija… Samira.

Mustafá Barsini se llevó la mano al pecho en un acto de clemencia, el miedo hizo que sus ojos quisieran salírsele de las orbitas. *Sí, la recuerdas.* Iba a decir algo, pero Alex le metió dos disparos entre las piernas. El hombre comenzó a gritar y a retorcerse de dolor, volvió apuntar y le metió dos disparos más en el abdomen, asegurándose que las balas le reventaran un órgano vital. La muerte iba a ser inevitable, lenta y muy dolorosa. Alex se aseguró de tomar un buen plano, la GoPro estaba transmitiendo directo a la pantalla táctil de Troy.

—Lo tengo —le gritó el veterano de la CIA—, ¡ahora sal corriendo de esa ratonera!

Una ráfaga de balas atravesó la puerta, esta vez no eran pistolas Makarovs, no, habían traído la artillería pesada. Las AK-47 hicieron volar por los aires toda una lluvia de astillas de madera. El marco de la puerta fue arrancado de la pared. En cuanto se aseguraron de que tenían espacio suficiente para entrar, uno de los guardias saltó hacia adentro lanzado ráfagas hacia todos lados. Tres disparos lo proyectaron hacia atrás, dos en el pecho y otro en su oreja. Alex lanzó dos granadas, una sonora y otra de fragmentación, luego se tiró tras la cama y se cubrió los oídos con una almohada.

¡¡¡Bam!!! ¡¡¡Bum!!!

El techo y el piso se estremecieron, una capa de polvo y

yeso colmó el aire.

***

Al salir de la habitación se encontró con el pasillo cubierto de brazos, dedos, piernas... Al menos dos de los guardias recibieron el impacto directo de la granada, un tercero quedó recostado contra una pared dando gritos mientras se sostenía una pierna que estaba torcida en un ángulo que desafiaba la anatomía humana.

Alex corrió hacia el otro extremo del pasillo, justo cuando dobló a la izquierda, la pared del frente recibió unas ráfagas de proyectiles. Ni perdió tiempo devolviéndoles los disparos. Corrió por todo el pasillo hasta la siguiente habitación, fue entonces cuando compendió que no le iba a dar tiempo... hincó una rodilla en el suelo, se giró hacia atrás, descargó lo que le quedaba del cargador y puso uno nuevo. La acción de disparar y recargar le tomó menos de un segundo. Los guardias del pasillo, sorprendidos por la lluvia de fuego, tuvieron que pararse en seco y retroceder... y eso era lo que necesitaba, solo dos segundos de indecisión fue suficiente para volver a retomar su carrera.

Llegó a la escalera que conducía al techo.

—Están llamando refuerzos —Troy había interceptado la llamada de emergencia hacia el puesto de control militar, que estaba a solo unos kilómetros—, en unos minutos esto se va a infestar de patrullas.

Alex llegó al techo, corrió hacia al parapente y lo recogió a toda prisa. Solo entonces fue que descubrió que el ala se había desgarrado por completo. Desde el microdrone Troy vio lo que estaba pasando.

—¡Voy a saltar! Estate listo para recogerme.

Apenas terminó de hablar, una de las puertas que conducían a la azotea se abrió. Alex corrió hacia el borde de la casa que daba al acantilado sintiendo el calor de las balas pasar a centímetros de su cabeza. Llegó al precipicio y se lanzó hacia abajo como si se tirara hacia una piscina.

***

El posicionamiento en el aire era fundamental para la apertura del paracaídas. Un salto BASE de menos de ciento cincuenta metros hasta el punto de impacto en caída libre tardaría menos de cinco segundos. ¡Cinco segundos! Ese era el tiempo que tenía para estrellarse contras las rocas. Alex abrió el paracaídas instintivamente. Los arneses diseñados especialmente para este tipo de salto lo elevaron solo unos metros, dejándole otros seis segundos extras de vuelo campana para estabilizar y redirigir el paracaídas, logrando así alejarse unos cuantos metros de la playa.

—Voy a caer al agua —fue lo último que escuchó Troy.

En cuanto impactó, el peso del chaleco y el resto del equipo lo sumergieron al instante. Alex no cayó en estado de pánico, simplemente se zafó todo el peso muerto, quedándose solo con su traje de neopreno y el GPS de su mano. Dejó que todo fuera tragado por el mar. El microdrone que estaba volando a solo unos metros por encima del agua, dejó caer el tanque de oxígeno, las patas de rana y la mascarilla de buzo. Una luz roja se activó en cuanto la carga tocó el agua. Alex se dirigió hacia los tanques, se instaló el chaleco, se puso la boquilla y tomó una bocanada de aire, luego respiró dentro de la máscara para sacarle el agua del interior. Apagó la parpadeante luz roja y se sumergió una docena de metros.

El punto de encuentro en la pantalla táctil le dio la ubicación de donde se encontraba y hacia dónde tenía que dirigirse. Atrás, en el techo del acantilado, algunos de los guardias seguían disparando hacia la oscuridad del mar.

***

Troy no perdió tiempo recogiendo el microdrone, lo puso en vuelo fijo hacia mar abierto, en cuando perdiera la conexión con los controles la pequeña nave caería al océano siendo tragada para siempre. Sin perder otro segundo aceleró el Audi hacia el punto de encuentro. El ruido de muchas patrullas y algunos camiones bomberos ya se podían escuchar en la distancia.

Veinte minutos después se detuvo al borde de la playa. Alex salió de entre las sombras y se montó.

No hubo palabras de felicitación ni nada parecido, la adrenalina los tenía demasiado tensos. Ahora era otra carrera contra reloj, sabían que en cuanto las autoridades cubanas se organizaran harían un cierre de las calles, pero necesitaría de unas horas para poder comenzar una búsqueda del asesino. Lo primero sería avisar a la guardia costera, luego cerrarían las calles y la autopista, para ese entonces ya ellos estarían a cientos de millas... o eso pensó Troy.

—Llévame de vuelta a los Cayos.

—¿De qué mierda estás hablando?

—El plan continúa...

—No, ahora lo que tenemos que hacer es salir cuanto antes del país, ese era el plan, recuerdas, ahora...

—No, te dije que el plan continúa.

—¿Qué plan? —Troy lo miró sin comprender o al menos adivinar lo que cruzaba por la mente de Alex—. La bailarina no lo hizo, hay que regresar en otra ocasión por el coronel, pero ahora lo importante es salir.

—Troy, necesito regresar.

—¿Qué está pasando aquí? —llevaban demasiados años trabajando juntos, Troy sabía que algo le ocurría a su amigo, y comenzó a sospechar de qué se trataba— ¿Es por la bailarina?

Alex se cambió de ropa, tomó otra Beretta que Troy había guardado en la guantera junto con un silenciador y tres cargadores, se puso su navaja multiusos y decidió al

269

fin confesar la verdad a su amigo.

—Necesito volver a verla.

Troy lo miró por un instante, solo un instante... lo conocía demasiado bien como para saber que no habría vuelta atrás, Alex tomó una decisión y nada de lo que le dijera lo haría cambiar de idea.

—Muy bien, tú sabes lo que haces. ¿Cómo vas a salir?

—Tengo seis salidas, pero llama a Raúl Silva, dile que esté listo.

Troy asintió. El ex-piloto de las fuerzas armadas guatemaltecas tenía una avioneta lista para despegar en el momento que le dijeran. Haría un vuelo a ras de agua para aterrizar en alguna autopista de la isla, o en las pistas usadas por los narcotraficantes. No era la primera vez que algún piloto hacía eso.

Troy aceleró el Audi rumbo a los Cayos.

## CAPÍTULO 44
## ¿QUIÉN ES EL ENEMIGO?
### (HOTEL PARAÍSO AZUL, CAYO SANTA MARÍA, CUBA)

Bruno abrió la puerta seguido por Rangel, Pablo se quedó cubriendo la entrada. Cada uno tenía una Makarov en la mano. Llegaron hasta la cama y sin muchos miramientos despertaron a Gilberto.

—¡¿Qué coño está pasando?!

Jimena sintió que la cama se estremecía. Aparentó estar teniendo el sueño de su vida, pero pudo escuchar los pasos moviéndose por toda la habitación. Rangel fue hasta la mesa y cogió la ropa de Gilberto, se la tiró a Bruno, luego comenzó a recoger sus pertenencias, empezando por la laptop.

—¡¿Qué coño está pasando aquí?! —exigió Gilberto.

—Coronel, es una emergencia —*sí que la es...* Bruno jamás llamaba a Gilberto por su grado militar, esto solo podía significar que algo realmente grave acababa de pasar. ¿Habrán capturado a Alex?—. En el auto le explicamos, ahora tenemos que sacarlo del hotel cuanto antes.

Jimena no escuchó una palabra más. Los guardaespaldas se lo llevaron prácticamente a rastras. En cuanto la puerta se cerró, ella permaneció con los ojos cerrados por otros cinco minutos. Sin poder resistir más el ataque de ansiedad, abrió los ojos y se incorporó. Junto a la mesita de noche había $80 CUC. Jimena miró el reloj, eran las seis de la mañana. Decidió salir de la habitación cuanto antes.

\*\*\*

Una vez en el auto, comenzaron a pasarle una parte de la información.

271

*Esto es una pesadilla,* pensó Gilberto. No, mucho peor que una pesadilla, porque estaba despierto y dentro de ella. Habían atacado la mansión de Armando Rodrigo, todo era un desastre, más de ocho muertos, incluido Armando. Se estaba montando una operación de búsqueda y captura del asesino, quien saltó en paracaídas desde el techo de la mansión como si fuera un maldito ninja futurista.

*Esto me huele a una operación de las fuerzas especiales, pero ¿quién? No, esa no es la pregunta exacta... ¿quién no habría querido asesinar a Mustafá?*

A medida que avanzaban por el pedraplén le fueron dando el resto de los detalles. El celular de Gilberto no dejaba de sonar y cada vez que lo cogía era para recibir peores noticias. Ya dos generales lo habían llamado exigiéndole una explicación de lo ocurrido. Pero ese era el problema, él acababa de enterarse y apenas estaba comenzado a componer el rompecabezas en medio del caos.

Pablo terminó otra llamada, y a juzgar por su expresión, de nada bueno se trataba.

—Coronel, tenemos al tipo en cámara.

—¿De qué estás hablando? —le preguntó Gilberto.

—Recuerda que hace unos dos años mandó a colocar una cámara oculta en la habitación de Rodrigo —Gilberto asintió, no lo recordaba pero de todas maneras era común que todas las casas que brindaban protección tuvieran cámaras escondidas—. Pues el asesino quedó gravado cuando entró en la habitación.

—¿Solo un asesino?

—Sí, todos los interrogados coinciden en que fue un solo hombre.

*Eso no tiene sentido, no fueron los americanos. Si hubieran mandado uno de sus comandos SEALs, habrían entrado en helicópteros... o de lo contrario huido en alguna de sus lanchas rápidas.* Gilberto pensó en otras variantes. *No, tienen que haber sido los israelitas, a esos les gusta montar operaciones de un solo hombre… un Kidon de los suyos.*

—¿Dónde está ese video?

—Ahora mismo un motorista lo está llevando para la casa segura.

—Perfecto, quiero toda esta operación dirigida desde la casa Tres.

*Aunque algo me dice que esto más bien se trata de un contrato… sí, veinte millones es mucho dinero.* Gilberto conocía del contrato que tenía como blanco la cabeza de Barsini, una oferta muy tentadora por demás.

El auto aceleró para terminar de salir del pedraplén, luego atravesó Caibarién a toda velocidad rumbo a Santa Clara, donde Gilberto tenía una casona destinada a dirigir todo tipo de operaciones. La casa contaba con una sala de interrogación y habitaciones repletas de cámaras y micrófonos ocultos en los techos y paredes. También tenían un sótano, en caso de que necesitaran arrancarle las uñas a alguien.

***

A las ocho de la mañana, ubicó a un taxi que trajo a una pareja de turistas que se pasaron la noche de juerga; Jimena aprovechó para pedirle al chofer que la llevara de regreso.

—¿Para dónde vas?

—Hasta Santa Clara.

—No, llego hasta Caibarién, te puedo dejar en el Punto de Recogida y de ahí coges algo para allá.

Jimena se lo pensó por unos segundos, la otra opción era quedarse en el hotel hasta las doce para esperar la Pecera, lo cual podía significar que saliera a las tres de la tarde… o que no saliera.

—Muchachita, con esa cara y ese cuerpo te pones en la esquina del Punto de Recogida y algún camionero te lleva posiblemente hasta la puerta de tu casa.

Jimena le sonrió y decidió probar suerte, se montó en el taxi, fue entonces cuando se percató de que su celular se le había quedado sin carga. *Esto es una broma, muy pero que muy cliché.*

Cliché o no le estaba pasando. La noche anterior, con el ataque de pánico al estar a punto de envenenar a Gilberto, después de llamar a Alex, dejó el celular en el baño y se olvidó de él por completo.

—Tienes un cargador.

—Sí, claro —le respondió el chofer.

¡Al fin algo de suerte!

El chofer le extendió el cargador.

—Oh, pero este cargado no me sirve, el mío es un iPhone.

—Pues te jodiste cariño, yo soy de los pobres, mi celular solo sirve para hablar y ver la hora.

*Sí, no hay suerte para los pobres.*

\*\*\*

Alex entró en el hotel exactamente una hora después que Jimena saliera en el taxi. No poder controlar los elementos, el plan, las posibilidades, era algo que escapaba a su fuerza de voluntad, pero, aun así, tuvo que controlarse.

*Es la cuarta vez que te llamo, ¿dónde estás, Jimena?*, volvió a escribirle otro mensaje, colgó el celular y se dirigió hacia el Lobby-Bar, en donde pidió un trago y trató por todos los medios de parecer tranquilo. Francisco, el capitán de bar, fue personalmente quien se lo trajo.

—Hola Francisco, ¿qué tal?

—Genial señor —el capitán de bar le tendió la mano con una sonrisa adulona—, cualquier cosa que necesite, ya sabe, solo levante la mano.

—Ahora que lo dices, ¿sabes dónde está Jimena?

—Lo siento, hace como una hora que se fue en un taxi, si quiere dejarle algún mensaje.

—No, está bien, gracias.

Le dio una generosa propina y en cuanto se marchó efectuó una llamada.

—Sí…

—Evacúenlo todo, yo me quedo.

—Pero…

—Los quiero fuera del país antes de doce horas, pero déjenme todo preparado.

—Ok, ya sabes cómo usar el sistema, suerte.

Alex se dio un trago y espero una hora más, luego subió a su piso. No intentó llamar a Jimena de nuevo; si tenía el celular apagado, lo iba a llamar en cuanto viera las llamadas perdidas. Nada más que entró en la habitación encendió la laptop, fue directo al baño y se dio una ducha. Al salir se vistió, se puso incluso los zapatos, por si tenía que salir de repente, y fue entonces cuando se tiró en la cama. Necesitaba varias horas de sueño, como todo especialista en misiones especiales, sabía de la importancia de mantener la mente y el cuerpo descansado. Necesitaba, al menos, dos horas de sueño.

Calculó sus posibilidades y supo que no había manera de que lo pudieran localizar. El golpe fue perfecto, nadie le vio la cara, a esa hora debían estar creyendo que el asesino estaba en alguna lancha rumbo a los Estados Unidos, tomando un vuelo o en alguna otra isla del Caribe.

*Descansa, te lo mereces.*

Puso una bala en la recamara de su pistola, después cerró los ojos…, solo tardó unos minutos en quedarse dormido.

***

En cuanto llegó a la casa segura, ya más de seis hombres lo estaban esperando. Apenas puso un pie adentro, recibió una llamada del general Ramón, su jefe directo.

—Sí, general —respondió solícito el coronel.

Gilberto había sobrevivido tantos años entre comunistas por saber adelantarse a los acontecimientos (entre otras cosas), también por llamar a sus "amigos" por su grado militar y en el momento oportuno.

—¿Qué cojones ha pasado?

—No tengo idea mi general, pero ya mi equipo está en ello.

—Tienes veinticuatro horas para darme una respuesta convincente, después de eso no podré evitar que esta información se filtre.

—Lo sé, mi general, le prometo que…

—¡No me prometas ni cojones!, solo tienes que hacer tu trabajo. Si los clientes que acudieron a nosotros por nuestros servicios de seguridad y protección, descubren que ni en Cuba los podemos proteger… no quiero ni pensar en lo que podría pasar —le colgó sin despedirse.

*Pues yo sí, mi general.*

Gilberto sabía perfectamente lo que pasaría. Lo primero, culpar a alguien, *en este caso, yo…*, lo siguiente, pues era fácil de predecir. Los clientes pedirían más seguridad, y algunos, incluso hasta buscarían otras opciones.

—Coronel —uno de los agentes que estaba escuchando la conversación le advirtió de la llegada del correo.

El equipo de Gilberto se puso a trabajar al instante. Había ocho grabaciones, una de cada habitación de la mansión. Buscaron el video 9, que contenía las imágenes de la habitación principal, donde dormía Mustafá. Pusieron aproximadamente la hora del ataque y comenzaron a ver los videos.

—Coronel, el video tiene problemas en el audio, necesitamos...

—Pónganlo así mismo, luego le limpian el sonido.

La cámara mostraba un ángulo perfecto de la puerta y la cama del exgeneral. En la pantalla se vio aparecer a los dos guardias, estos gritaron algo, Mustafá sacó una pistola que tenía bajo su almohada y entonces una luz cegadora iluminó toda la habitación.

—Eso fue una granada sonora —acotó Pablo en base a su experiencia al haber pasado varios cursos de explosivos en las Tropas Especiales.

En la escena apareció un solo hombre.

—Es un profesional y de los buenos —reconoció Bruno.

Gilberto lo miró con ganas de machacarle la cabeza.

¡Por supuesto que es un profesional, imbécil!

Un traje táctico de comandos, un casco balístico, gafas de visión nocturna y una pistola con silenciador... que más se necesitaba para dejar claro lo que era evidente.

Todos vieron entrar al asesino, rodar por el piso y efectuar varios disparos, eliminando a uno de los guardias. El otro pudo dispararle al rostro, pero la máscara antibalas pudo esquivarlas, el asesino también lo eliminó prácticamente por instinto ya que no podía ver en ese instante. Entonces todos vieron cuando se quitó la máscara para ver con claridad lo que estaba sucediendo. Mustafá, aturdido por la granada, disparó contra el aire... *el muy imbécil disparó contra el techo.*

El asesino le devolvió el disparo arrancándole la pistola junto con algunos dedos. Luego bloqueó la entrada, tomó unos segundos para organizar su plan, o lo que fuera que le estaba pasando por su mente, después se acercó a Mustafá.

Gilberto notó en ese instante algo familiar.

—Detén la imagen —el técnico pulsó varias teclas, antes de que Gilberto diera la siguiente orden le hizo un zoom al rostro, limpió la imagen y le dio imprimir. Tres segundos después, Gilberto tenía en sus manos el rostro del asesino.

¡Qué mierda es esto! ¡Yo conozco a este hombre! ¿Pero, de dónde?

Gilberto cerró los ojos y entonces todo cobró sentido. ¡Era el fotógrafo que estaba con Jimena! La bailarina…

¡Voy a matar a esa puta!

—Tráiganme a Jimena ahora mismo.

—¿La bailarina? —preguntó Rangel, sin entender qué demonios tendría que ver la joven con aquel asesino.

Gilberto recordó el día que Jimena estaba sentada en el Lobby-Bar con el fotógrafo, *o más bien el asesino,* ninguno de sus hombres alcanzó a verle el rostro con precisión.

—Solo tráiganme a esa puta, y no se anden con miramientos, arrástrenla si es necesario.

Pablo, Rangel y Bruno salieron a toda prisa.

## CAPÍTULO 45
## ¡QUE NADIE SE META!
### (PUNTO DE RECOGIDA DE CAIBARIÉN)

*Y al que alcé la voz calabozo…*

AL2

Rangel iba conduciendo el Lada a toda velocidad, mientras que Pablo usaba la radio, Bruno (quien estaba al frente de la operación), coordinaba todo a través de su celular. Tenía varias decisiones que tomar, pero lo primero era minimizar la búsqueda. Llamó al agente del CIM que estaba al frente del hotel. Su orden fue clara: búsqueda y captura de la bailarina Jimena.

Diez minutos después el agente le devolvió la llamada. La bailarina no estaba en el hotel, la vieron montarse en un taxi rumbo a Caibarién, de eso hacía más de dos horas.

— ¡Me cago en mis cojones! —rugió Pablo—, esa puta ya debe de estar llagando a Santa Clara.

— Quizás, pero hay que estar seguros, no quiero regresar con las manos vacías para que Gilberto me cuelgue de los huevos —Bruno se tapó los oídos mientras tomaba una decisión e intentaba ver las cosas desde otra perspectiva—. Llama a la Unidad, que te pasen con la Estación de Taxis.

Pablo efectuó la llamada a través de la radio, la Unidad Central de la PNR de Caibarién le preguntó a la Estación si alguno de sus taxistas le había dado "botella" a una bailarina del hotel Paraíso Azul. Cinco minutos después un apenado taxista respondió diciendo que él la había dejado en el Punto de Recogida de Caibarién.

— Rangel, directo hacia el Punto de Recogida —ordenó Bruno; puede que aún estuvieran a tiempo—. Llama al

Amarillo del Punto y descríbele a Jimena. Dile que trate de localizarla, ¡pero que no se le ocurra preguntar por ella!

Pablo llamó directo al Punto de Recogida, habló con el Amarillo y le dio todas las descripciones de la bailarina. No tardó ni dos minutos en recibir la respuesta... pero no la que estaba esperando.

—Oficial, aquí hay más de doscientas personas esperando algo para ir hasta Remedios o Santa Clara —por el tono de voz del Amarillo se notaba a todas luces que el hombre estaba teniendo un día de perros—, como esa joven que me describen han de haber unas cincuenta. Hoy la "botella" ha estado malísima, si esa muchacha llegó hasta aquí, todavía ha de estar por ahí.

Bruno le hizo un gesto a Pablo para que no siguiera insistiendo, de todas maneras, estaban a solo cinco minutos del Punto.

***

Jimena comprendió demasiado tarde que el Punto de Recogida solo la estaba retrasando.

*Hoy no me está saliendo nada bien,* murmuró para sus adentros mientras miraba la inmensa multitud.

Aún no tenía ni idea de cómo terminaría su día, demasiadas cosas estaban ocurriendo. Por alguna razón los guardaespaldas de Gilberto se lo llevaron en la madrugada, no podía estar segura del todo, pero sospechaba que Alex tuvo algo que ver. De momento lo único que podía hacer era regresar a su casa. Pero hasta eso parecía conspirar en su contra. Lo mejor era alejarse del Punto; sola siempre le fue mucho mejor a la hora de coger "botella". En cuanto algún chofer la viera, pararía con tal de ir vacilándola todo el trayecto.

*Pero es que hoy no ha pasado ni un auto para llevarse a un muerto.*

Se separó un poco más del Punto y vio venir un Lada. Le hizo señales con la mano con la esperanza de que le pararan, cuando el auto comenzó a minorar la velocidad Jimena reconoció a Rangel, a su lado venía Pablo, Bruno estaba detrás y comenzó a gritarle algo a los otros dos. El Lada se detuvo frente a ella, Pablo y Bruno se bajaron a toda velocidad.

¡Este día va de mal en peor!

Los dos hombres la agarraron cada uno por un brazo y comenzaron a arrastrarla sin miramientos.

—¡Suéltenme cojones! —les gritó Jimena mientras entraba en un estado de pánico.

—¡No te hagas la payasa y móntate sin hacer un show! —le ordenó Bruno.

Jimena se retorció he intento zafarse, pero los dos brutos le inmovilizaron las manos, entonces el miedo la obligó a reaccionar.

—¡Me están secuestrando! ¡Ayúdenme! —gritó a todo pulmón—, ¡que alguien me ayude por favor!

Al instante unos cuantos hombres salieron de la multitud. Tardaron solo segundos en organizarse y varios de ellos tomaron la actitud de líderes.

—¡Hijo de puta! —gritó el más grande del grupo—, suelta a la muchachita o te vamos a descojonar la cabeza a patadas.

Rangel se bajó del auto, cambió el agarre que Bruno tenía sobre Jimena y terminaron de meterla dentro del Lada. Bruno, por otro lado, se viró hacia la multitud y simplemente dijo las palabras mágicas.

—Esto es un asunto de la Seguridad del Estado, esa mujer es una disidente.

Sin más explicaciones les dio la espalda viendo como la multitud antes enardecida se quedaban mirándose los zapatos; los más valientes se le quedaron con la vista fija, pero ninguno se atrevió a decir otra palabra.

Dentro del Lada volvieron a cambiar de posiciones, Bruno y Pablo a cada lado de Jimena, y Rangel como chofer. El Lada salió disparado a toda velocidad.

***

¡Dios mío! Esto no me puede estar pasando.

Pero la pesadilla apenas comenzaba. A medida que el Lada se fue alejando del Punto de Recogida, Jimena comprendió lo fácil que resultaba secuestrar a una persona en Cuba. Lo único que necesitaban decir era: *esto es asunto de la Seguridad del Estado,* ni una placa, ni una pistola, en pocas palabras, podían hacer con ella lo que les diera la gana… no era la primera vez que experimentaba ese sentimiento de impotencia, pero ahora pudo sentir que se trataba de algo realmente peligroso, algo de vida o muerte.

## CAPÍTULO 46
## LO IMPORTANTE ES SOBREVIVIR
(CASA DE INTERROGATORIOS, SANTA CLARA)

*Y todavía me encuentro con gente que vive para ponérmela más mala.*
*Gente que no habla, solo que te ladra.*
*Gente que escupe las palabras.*
*Si yo no te hago daño, no es pa' que te despeches.*
*Si yo no te hago daño, ¿cuál es tu mala leche?*
MONEDA DURA

La empujaron dentro de una habitación y le cerraron la puerta sin darle la menor explicación. Jimena ni intentó averiguar si le habían pasado el seguro. De momento su única prioridad era que su corazón le bajara de la garganta.

*Ahora sí estás metida en una buena.*

Recorrió la habitación con los ojos desorbitados y lo que vio "de momento" le gustó… aunque todo fuera una farsa. Las cuatro paredes donde se encontraba eran todo menos una sala de torturas, de hecho, más bien podría decirse que se trataba de una habitación principal de lujo. Tenía una enorme cama, una nevera, uno de esos carritos de servicio lleno de licores de lujo, como los que hay en los hoteles, pero nada captó tanto su atención como la ducha de cristal.

Algunas de las habitaciones de lujo del hotel tenían ese tipo de duchas, desde la cama podías ver a quien se estuviera bañando, por lo general ese tipo de habitaciones eran rentadas por parejas recién casadas.

*Esto no es lo que parece, nunca aceptes regalos de los griegos.*

Jimena no estaba segura de cómo explicarlo, pero todos sus sentidos estaban alertas, tantos lujos y comodidades no eran más que parte de un atrezo, una escena en la cual ella era la actriz principal, solo había un factor en la ecuación que no podían comprender, ellos creían tener el control. Jimena decidió seguirles el juego, sobre todo por Gilberto. Ya este le había demostrado que en todas las habitaciones donde ella antes había estado siempre disponían de cámaras ocultas, así que no creyó que esta fuera la excepción, y si él estaba mirándola desde el otro lado, ella le brindaría un excelente show.

***

Gilberto la miró a través del monitor... *admítelo hombre, te gusta esta mujer hasta la médula.* Pero si ella tuvo algo que ver con la muerte de Mustafá, él mismo la estrangularía con sus propias manos. Con el odio y la impotencia que se acumulaban en su interior, tarde o temprano alguien pagaría las consecuencias.

Dentro de la habitación en la que se encontraban había tres guardias más, contando sus guardaespaldas y él mismo, eran un grupo de siete. Todos estaban pendientes de las llamadas que entraban, los emails y algunos faxes. En una pizarra se había puesto una foto del asesino. Mientras tanto, varias cámaras ocultas dentro de la habitación de Jimena mostraban a la joven desde distintos ángulos.

De repente, Jimena se quitó las sandalias griegas que traía puestas, las tiró a un rincón y se sentó en la cama para masajearse los pies. Era una posición que él había visto antes, Gilberto sintió un ataque de celos al recordar perfectamente el rostro del asesino, su risa burlona, y su nombre... recordó su nombre, Alex, sí, así se llamaba; Alex Smith.

—Pablo, llama al hotel Paraíso y pregúntales por un tal Alex Smith.

Pablo tomó el teléfono y comenzó a marcar números. Entre preguntas y respuestas quedó en shock cuando el administrador de la carpeta le dijo que Alex Smith había entrado esa mañana al hotel. Pablo le pidió que chequeara las cámaras. Varios minutos después todos escucharon la respuesta:

—El señor Smith entró en su habitación y desde entonces no ha salido. Puso el cartel de no molestar, así que debe de estar durmiendo, ya que regresó al hotel en la mañana.

*Al fin un buen golpe de suerte,* se dijo a sí mismo Gilberto. Se giró hacia sus hombres y comenzó a darles instrucciones.

—Los quiero a los tres montados en el Lada rumbo al hotel, ¡pero vuelen ese camino!

Tanto Rangel, Pablo como Bruno, se miraron unos a otros.

—¿Qué pasa?

—Coronel, el hombre está armado. ¿No cree que sería mejor que le pidamos refuerzos a…?

—¡No! Claro que no. ¡Maldita sea, no entienden que nos estamos jugando el pellejo! —Gilberto se obligó a sacar paciencia de donde no le quedaba—. Los quiero solo a ustedes tres, sáquenlo de la habitación a tiros si es necesario. Si lo tienen que matar allí mismo, pues háganlo. Pero si se les presenta la oportunidad, por favor, lo quiero vivo.

En cuanto sus hombres se marcharon, Gilberto volvió a prestarle atención al monitor, que le mostró una escena para la cual él no estaba preparado, de hecho, ninguno de los técnicos lo estaba. Jimena se quedó desnuda frente a la cámara, caminó por toda la habitación hasta el carrito de los tragos y se preparó una bebida, siempre con un andar sensual y provocativo, los hombres que estaban a su lado tampoco podían apartar los ojos del monitor. Esto hizo que Gilberto se sintiera superior a ellos, le encantaba que la boca les babeara de golosear a Jimena… *pueden mirarla cabrones, pero es mía. Solo yo la disfruto.*

Jimena se tomó el trago y se fue a la ducha. Entonces

comenzó el segundo show. Verla enjabonarse, restregarse los senos y las nalgas era una fantasía hecha realidad para el resto de los guardias. Estaban viendo una película porno en vivo y en directo… mucho mejor, porque al final podrían conocer a la actriz.

Para cuando Jimena terminó su baño, algunos ya estaban con las orejas rojas y la respiración entrecortada, incluyendo a Gilberto, quien se había excitado tanto, que supo desde entonces que tendría que entrar a ese cuarto… *a la mierda con esto.* Sacó su pomo de Viagra, se aseguró que los otros agentes no lo notaran, y se tomó una pastilla. Respiró profundo y esperó el efecto… y entonces lo vio.

Los demás agentes estaban tan enfocados en las nalgas de Jimena que no se percataron de cuando preparó un trago, un whisky a la roca; *mi trago… esa puta… ¡no, no lo puedo creer!*

Los movimientos de Jimena fueron rápidos e imperceptibles para los demás, tan ensimismados en sus curvas, pero no para los ojos entrenados de Gilberto… este se percató de que ella le echó algo al vaso. Las ideas comenzaron a amontonarse en su cabeza, el rompecabezas ya tenía sentido… el fotógrafo la contactó, días después asesinan a Mustafá, y ahora le echó algo en su trago, *el trago que sabe siempre le pido antes de acostarme.*

—¡Voy a matar a esa puta! —exclamó Gilberto, se viró hacia sus hombres destilando veneno por sus ojos—, bajo ninguna circunstancia quiero que entren en esa habitación, les quedó claro.

Todos lo vieron salir, después miraron hacia las pantallas… la puerta se abrió y Gilberto apareció en los monitores. La bailarina se giró regalándoles a los espectadores un plano frontal, cruzó su pierna creando una postura sexy y provocativa a la vez, le sonrió a Gilberto y le extendió un trago, este le devolvió la sonrisa y tomó el vaso.

## CAPÍTULO 47
## PELIGROSA TENTACIÓN
(CASA DE INTERROGATORIOS, SANTA CLARA)

Tenía el cabello mojado y las gotas corrían por entre sus senos y vientre. Estaba completamente depilada, por lo que Gilberto no pudo apartar los ojos de su pelvis... Pudo imaginarse su piel suave, delicada, quería tocarla, besarla, penetrarla... aquella mujer lo volvía loco y no podía contenerse, y peor aún, ella lo sabía. Pero entonces le miró sus carnosos labios y advirtió un leve temblor en el labio inferior, *tienes miedo...*, miró detenidamente su boca, sí, estaba conteniendo los temblores, su labio superior se cubrió con una fina película de sudor, algo que le había visto en otras ocasiones; por muy bien que lo tratara de disimular, él sabía cuándo tenía miedo. Al mirarle a los ojos con más detenimiento corroboró sus sospechas: *la muy puta sabe que hizo algo malo, me tiene mucho miedo... ¡pues vamos a justificar ese miedo!*

Jimena le alcanzó el trago.

—Gilberto, si querías verme no tenías que haber mandado a esos brutos, solo me lo hubieras pedido y yo... —Gilberto se llevó el trago a la boca, la reacción de la bailarina fue justo la que estaba esperando. Él se detuvo con el borde del vaso a centímetros de sus labios—. Yo, bueno, solo tenías que haberme llamado.

—Lo siento, esos imbéciles nunca saben cómo tratarte —por segunda vez se llevó el trago hasta los labios, y por segunda vez Jimena contuvo la respiración—. Sabes, estaba pensado... ¡Que descortesía la mía! No te he brindado un trago para calentarte la sangre.

Le entregó el vaso a Jimena, esta dio un leve paso hacia atrás como si no fuera la gran cosa. Pero el miedo... no, el pánico, cubrió su hermoso rostro, y por muy buena actriz que fuera la muy puta no consiguió disimularlo.

—Date un trago.

—No, está bien, yo prefiero tomar…

—¡Que te lo tomes! —le gritó.

La mano le comenzó a temblar y alejó el vaso de su rostro, Gilberto no aguantó más. Le quitó el vaso de las manos, y sin previo aviso le dio una bofetada. No con la palma de la mano, no, esa mujer necesitaba saber lo que era respeto, la golpeó de lado, con los nudillos. Jimena revotó hacia atrás llevándose las manos al rostro, la sangre le embarró los dedos. Sin darle tiempo a decir nada la agarró por el pelo y le tiró la cabeza hacia atrás.

—¡Suéltame! —gritó ella, pero Gilberto era mucho más fuerte y sabía cómo dominar a una mujer. En cuento volvió a gritar le hecho el trago en la boca, Jimena escupió confirmando sus sospechas.

¡Me quisiste envenenar, puta de mierda!

Esta vez midió bien el golpe, serró el puño y la golpeó en el rostro, lanzándola contra la cama. Jimena quedó aturdida pero no inconsciente —que era lo que él quería—, se quitó la camisa, los pantalones y los zapatos. Enroscó en su mano el cinto de cuero y caminó hacia la cama. Jimena se había vuelto un ovillo y estaba sollozando. Por alguna extraña razón aquella imagen lo éxito tanto que se sorprendió al ver como su pene comenzó a expandirse con una potente erección.

*No llores cariño, apenas vamos a empezar.*

Gilberto levantó la mano y la dejó caer con todas sus fuerzas, el estallido del cinto en las nalgas de Jimena estremeció las paredes. El grito de la joven lo obligó a tirársele encima, ya no aguantaba más, necesitaba estar dentro de ella cuanto antes.

Subió a la cama, ella pataleó e intentó huir hacia el otro extremo, pero Gilberto la haló por las piernas, la puso boca abajo y pasó la cabeza de Jimena por el lazo de su cinto, la hebilla corrió y le apretó el cuello.

—¡No... puedo... respirar! —gimió la bailarina.

Gilberto vio como el rostro le iba cambiando de colores según las etapas de la asfixia. Primero de un rojo intenso, los ojos se le llenaron de venas y comenzaron a salírsele de las orbitas, la lengua se le salió de la boca mientras que los dedos impotentes buscaban el cuero que le oprimía el cuello... Jimena comenzó a perder fuerzas, entonces fue cuando escupió entre sus nalgas y la penetró.

—¿Era esto lo que querías, puta? —el rostro se le puso morado y luego violeta—, ¡esto apenas está empezando!

Le zafó el cinto, la giró y volvió a penetrarla... *está será la última vez.* Cuando terminara con ella, la llevaría a la sala de interrogatorios. Siguió moviéndose dentro de ella, disfrutando de cómo Jimena luchaba por intentar llevar el aire a sus pulmones.

¿Qué dijiste?, la vio murmurar algo entre sus labios, pero no entendió lo que estaba diciendo.

—Hijo... de... puta... —susurró Jimena.

Gilberto sonrió y se movió con más fuerza, estaba a punto de llegar al orgasmo... entonces sucedió.

***

Fue como una ola..., no, más bien como un gigantesco tsunami de dolor que recorrió su cuerpo dejándolo paralizado.

¿¡Qué es esto!?

Gilberto miró al rostro de Jimena, que, a pesar de su labio partido y los moretones, sonreía con un brillo desconocido hasta para él, un brillo que podría jurar era el de los que están a punto de asesinar por primera vez... *esos ojos.*

Comprendió entonces que estaba mirando a un ángel de la muerte con forma de mujer.

La siguiente ola le rasgó algo adentro de su pecho... ¡mi corazón!

—¡Ayud... ayudenm...! —sus palabras eran apenas unos susurros que ni él mismo se podía escuchar.

Entonces pasó lo que nunca podría haberse imaginado. Jimena cruzó sus piernas a su alrededor, lo empujó hacia un lado y se sentó sobre él, comenzó a cabalgarlo suavemente, con una sádica sonrisa. Gilberto estiró las manos para quitársela de encima, sobre todo para tocar el botón secreto que había bajo la mesita de noche... un solo toque y la alarma se activaría, los guardias tardarían segundos en entrar. Quizás aún pudiera lograrlo... pero sus manos estaban perdiendo fuerzas, comenzó a estirar los dedos, pero Jimena le agarró las dos manos y se las sostuvo contra sus senos.

—¿No era esto lo que querías? —cada movimiento de su cadera hacia que algo más se desgarrara dentro de su pecho. Era la peor tortura que pudiera imaginarse, muriéndose de dolor sin poder gritar.

Gilberto percibió las lágrimas que corrían por el borde de sus ojos... y entonces llegó la tercera ola. Fue un dolor mortal... algo se había zafado en su pecho de manera irreversible. Una cuarta ola no la iba a poder resistir. Su mente solo tenía lucidez para hacerse dos preguntas: *está puta me envenenó, pero ¿cómo, cuándo?*

Jimena apuró el meneo de sus caderas, haciendo que el cuerpo de Gilberto se estremeciera con espasmos de dolor. Poco a poco comenzó a tenerlo claro.

*Fue anoche...*

Jimena nunca le echó nada a la bebida. Fue su pomo de Viagra, por eso le quedaba una última pastilla..., *ella las cambió...* por eso se desnudó frente a la cámara, a sabiendas de que la estaba observando, sabía que él se excitaría, *pero no iba a ser suficiente, así que me hiciste creer que le habías echado algo al trago, para que yo entrara…*

Miró su rostro, Jimena también estaba llorando, pero era un llanto de felicidad, de liberación… de orgullo. Se estaba vengando por todo lo que le habían hecho.

La cuarta ola fue la mortal… Gilberto sintió el momento justo en que el corazón dejó de latirle, prácticamente explotándole en el pecho, el dolor fue tal que se mordió la lengua hasta arrancársela.

*** 

Jimena se le quedó mirando por unos segundos, hasta que todo estuvo en calma, entonces comenzó a dar gritos, se levantó y corrió hacia la puerta. Uno de los agentes que estaba mirándolo todo a través de la cámara se desbocó hacia la habitación. Abrió la puerta, la empujó a ella hacia un lado y fue directo hasta donde estaba Gilberto.

No precisó ni tocarle el pulso para saber que estaba muerto. Se giró con el miedo en el rostro ante las implicaciones que aquello tendría. Solo atinó a preguntarle:

—¿Qué cojones le hiciste?

—¡Yo…! Nada, si mira como me dejó…

Lo peor de todo, comprendió el agente, es que ella tenía razón, de hecho, incluso lo tenían grabado.

Los otros dos agentes entraron y se quedaron mirando hacia el cuerpo y luego hacia Jimena. Uno de ellos la agarró por la mano y la llevó hacia una celda, le pasó la cerradura y corrió hasta la habitación, en donde sus compañeros ya habían comenzado a efectuar llamadas como un par de frenéticos.

*ADRIÁN HENRÍQUEZ*

## CAPÍTULO 48
## EN LA RATONERA
### (HOTEL PARAÍSO AZUL, CAYO SANTA MARÍA, CUBA)

Desde que llegaron al hotel, Bruno, Rangel y Pablo entraron con el objetivo de capturar o matar al asesino. Detuvieron el Lada en una zona de reservados, entrando al área turística separados y desde diferentes puntos, ninguno quería ser descubierto por algún espía que el tal Alex tuviera estacionado. Fueron directo a la oficina de la Seguridad, desde donde se controlaban todas las cámaras de los pasillos.

El agente del CIM los estaba esperando. En cuanto entraron les puso el video. Las imágenes, desde dos ángulos, mostraban el momento y la hora en que Alex entró a su habitación, desde entonces no había salido.

—Escúchame atentamente —comenzó a explicarle Bruno al agente—, ese hombre es extremadamente peligroso, ¿cuántos oficiales tienes en este hotel?

—Somos seis, pero disponibles solo de cuatro, el problema fue que…

—¡Perfecto! Con cuatro hombres será suficiente. Lo primero es aislar ese pasillo. Que cubran las escaleras, no pueden dejar que entre ningún turista —el agente asintió, comprendió al instante que esto no se trataba de sacar a algunas jineteras de una habitación, o decirles a algunos cubanos que no eran bienvenidos en el hotel, esto sí era serio de verdad—, nosotros nos encargamos del resto.

\*\*\*

Llegaron al pasillo y miraron a todos lados peinando cada rincón, estaba desolado… perfecto para sus planes. Cada uno sacó su Makarov y le instalaron un largo silenciador. Con los tubos cilíndricos apuntando hacia el techo se pusieron delante de la puerta. Operaciones como esas las habían ensayado miles de veces, a fin de cuentas eran Avispas Negras (los comandos élites de las Fuerzas Armadas cubanas). Iban a proceder cuando el celular de Bruno comenzó a vibrar. Este dio un paso atrás y les ordenó a sus hombres con el lenguaje de señas que se pegaran a la pared.

Bruno miró la pantalla, ¿Gilberto?

Aquel celular era solo para llamadas de emergencia, un número que en caso de timbrar debía tomarlo de inmediato, ya que podía ser una situación de vida o muerte. Pulsó el botón verde y escuchó la conversación, o más bien, los gritos de un asustado agente que le contó agitado lo que acababa de ocurrir. El mundo se le vino abajo. ¡Madre mía!

Como era el oficial de mayor rango, y el encargado de la seguridad de Gilberto, le tocaba a él poner orden al volcán de terribles noticias que acababa de hacer erupción.

¡Calma, mucha calma! Una cosa a la vez, lo primero es atrapar al asesino, mi futuro depende de ello…

—Estamos a punto de entrar en la habitación del asesino —hizo una breve pausa para que el agente al otro lado de la línea comprendiera que no podía volver a llamarlo—, comunícate con el general Ramón, explícale lo sucedido, él sabrá qué hacer.

Sin una palabra más le colgó, miró a sus hombres y con nuevas señales les indicó que procedieran.

Rangel sacó la copia de la llave magnética que le dieron en la carpeta, la introdujo y esperó solo un segundo, en cuanto la luz verde parpadeó, abrió la puerta y entró corriendo. La coreografía estaba ensayada. Rangel fue directo hacia la cama, Bruno hacia el baño y Pablo se quedó cubriendo la salida. Todos se movieron como profesionales, peinando con sus pistolas de derecha a izquierda, evitando cruzar la línea de fuego de cada uno. Solo les demoró unos tres segundos comprobar que la habitación estaba vacía. Aquello no tenía ningún sentido, el video mostraba claramente que Alex no había salido...

¡Mierda! No pude ser.

Bruno salió del baño y miró por el pasillo hasta la puerta de entrada, desde donde Pablo lo miraba atónito, tan sorprendido como él. Lo que ocurrió a continuación escapó a la lógica de los tres. La puerta de la habitación de enfrente se abrió, Bruno vio perfectamente como Alex salía, le apuntaba a su amigo y apretaba el gatillo.

—¡Cuidado! —fue lo único que pudo gritar antes que la cabeza de Pablo explotara hacia los lados, cubriendo las paredes de sesos.

## CAPÍTULO 49
## EL VETERANO

El Veterano era una leyenda del mundo del espionaje internacional. Para muchos se trataba de un grupo de hackers élites, posiblemente miembros de alguna organización militar. Otra de las tantas variantes creadas por los amantes de las conspiraciones, era que el Veterano estaba compuesto por mentes prodigio del ciberespacio bajo las órdenes de los Estados Unidos. El problema radicaba en que como la leyenda fue creciendo al pasar de los años, si el Veterano se trataba de una persona, entonces ya debía de ser un anciano. El rastro de sus famosas *Arañas* y *Espejos* virtuales —softwares desarrollados para recopilar información, o atrapar el tráfico de la misma—, eran su sello personal, sello que se remontaba hasta los años ochenta, cuando la red apenas comenzaba a surgir.

Ficción y realidad no andaban muy lejos, el Veterano existía, y muy pocos sabían cuál era su verdadera identidad, Alex era uno de eso privilegiados. Como muchos creían, el Veterano no era un anciano… sino dos, un matrimonio que llevaban trabajando juntos más de tres décadas.

*** 

Pasar desapercibidos nunca era una opción para Lucy y Richard. En cada una de las misiones en que Alex había participado con ellos, los ancianos solían hacer lo posible dentro de lo imposible para llamar la atención, lo cual, dependiendo del punto de vista con que se mirara, era la clave —según ellos—, para mezclarse con los locales.

Alex llevaba trabajando con ellos más de diez años, eran sus guardianes del ciberespacio, los encargados de controlar las redes y cuidarle la espalda. Cuando prepararon el plan, lo dividieron por fases de infiltración.

Era así como les gustaba trabajar, y mientras le estuvieran cuidando "literalmente" las nalgas, Alex no iba a ser quien para contradecirlos.

Por eso la primera fase del plan consistía en lograr que la habitación de los ancianos y la de él quedaran una frente a la otra. Esto solo le tomó al Veterano menos de treinta minutos. Cuando rentaron las habitaciones a través del sitio web (hicieron las reservaciones desde Canadá y Costa Rica), de paso lograron hackear la página del hotel, asegurándose de que las habitaciones coincidieran.

*Esa fue la parte fácil,* recordó Alex.

La segunda fase fue montar los *Espejos*. En cuanto regresó de Cienfuegos con las armas y el equipo de espionaje, les entregó sus laptops con todas las herramientas que necesitaron. El dúo comenzó a trabajar.

***

Lucy y Richard penetraron la red del sistema de seguridad sin dejar rastros o alertar a los cortafuegos. Una vez dentro comenzaron a instalar El Espejo.

*El Espejo... el nombre no le vendría mejor.*

Se trataba de un software de última generación desarrollado nada menos que por el mismísimo Veterano. Su uso era muy restringido, solamente la CIA tenía una copia, por la cual les pagó varios millones. Existían muchos softwares "Espejos" alrededor del mundo, pero ninguno tan sofisticado como el de ellos. La esencia del programa era convertirse en un virus una vez que fuera plantado en cualquier red de cámaras digitales que estuvieran conectadas a un servidor, el virus comenzaba su mutación. Una de ellas era la búsqueda, captura y eliminación de las imágenes de uno o varios individuos a la vez.

En cuanto El Espejo localizaba a Alex caminado por dentro del hotel le hacía un corte a la grabación y a la vez alteraba la hora del video, de manera que la imagen desaparecía, pero la hora continuaba siendo la misma. Cuando un experto examinara los videos lo notaría, pero para ello podrían transcurrir semanas, e incluso meses… eso si es que algún día necesitaban examinar las grabaciones.

En cuanto Alex dio la orden de evacuarlo todo, los ancianos esterilizaron su habitación, se aseguraron de borrar sus propias imágenes y salieron del hotel directo a Varadero, en donde cambiaron sus pasaportes y se registraron en una casa de hospedaje. Desde allí continuaron monitoreando las cámaras del hotel.

Cuando Alex regresó en la mañana y entró a su habitación…, las cámaras no pudieron grabar el momento en que se pasó hacia la de Lucy y Richard. Los ancianos se aseguraron de borrar esos tres segundos.

***

Las alarmas se activaron.

—¿¡Qué demonios pasa!? —le preguntó Richard a su esposa, quien estaba en su turno de guardia frente a las computadoras.

—¡Oh, no! Lo están rodeando.

*El Espejo* (con su programa de reconocimiento facial), detectó tres rostros que ya tenía instalado en su base de datos como peligro inminente. Eran los guardaespaldas de Gilberto. Los hombres subieron las escaleras y se posicionaron en el pasillo. Sacaron sus pistolas y le instalaron silenciadores.

—Estos tipos no vienen a hacer servicio de habitación.

—¡Llámalo!

Richard no esperó la orden de su esposa, para cuando ella habló ya él tenía el celular en el oído y le estaba marcando a Alex. De repente algo pasó, vieron como el líder se retiraba, le daba la orden a sus hombres para que estuvieran listos mientras él tomaba una inesperada llamada.

— ¿Qué pasa? — respondió una voz soñolienta.

— ¡Están frente a la puerta! — le gritó Richard.

— ¿Cómo?

— Te tienen rodeado, ¡salte de esa ratonera cuanto antes!

Hubo un silencio de dos segundos en la línea, tanto Richard como su esposa comprendieron que el cuerpo del asesino se había transformado, dándole paso al soldado entrenado para situaciones extremas como esta.

— Comiencen la evacuación total — Lucy estaba escuchando, pudo sentir a través de su voz como Alex ya tenía todos sus sentidos en estado de alerta—. Activen el plan F y el plan E... buena suerte. Oh, y por favor, no llamen la atención y tengan mucho cuidado.

*E... de Extracción,* recordó Richard.

— Tú también, nos vemos en el punto...

Alex le colgó la llamada, los dos ancianos lo vieron moverse a toda prisa por dentro de la habitación. *Esto no tiene sentido,* comprendió Lucy, al ver como los tres guardaespaldas regresaban a su posición, ¿cómo pudieron localizarlo tan rápido?, la voz de su esposo la sacó de sus cavilaciones. Richard la miró y le dijo solo tres palabras... la limpieza general empezó.

— Activar plan *Fantasma.*

El plan F significaba exactamente eso, convertir a Alex en un fantasma. Desaparecerlo de todos los registros digitales del país. Ese día unos cuantos servidores quedarían inservibles. El Veterano comenzó a trabajar. Los virus fueron activados conjuntamente, todos los sistemas de cámaras de varios hoteles colapsaron. La marina donde Alex rentó el catamarán perdió todos sus archivos con imágenes de los últimos tres años.

El aeropuerto Abel Santamaría de Santa Clara, por donde Alex entró al país, recibió el ciberataque más desastroso que Cuba hubiera registrado hasta la fecha. Comparado con el ciberataque internacional ocurrido el 13 de mayo del 2017, y que se expandió por toda Europa y Asia, afectando miles de computadoras y centros de trabajo, lo que sucedió en el aeropuerto hizo parecer a aquellos eventos juegos de niños. Todo el sistema se cayó... millones de datos y videos fueron borrados. Solo pudieron salvarse los discos duros que tenían bajo resguardo en las cámaras acorazadas.

Los registros que mostraban la entrada de Alex al país desaparecieron. Tardarían meses en poder organizar una buena búsqueda. Solo quedaron sus firmas falsas por los lugares que pasó.

## CAPÍTULO 50
## EL ASESINO
### (HOTEL PARAÍSO AZUL, CAYO SANTA MARÍA, CUBA)

Lo tenía todo preparado por si debía salir a toda prisa — como era el caso —, se puso el chaleco antibalas, un pulóver; revisó por acto reflejo que la Beretta tuviera una bala en la recamara y no lo pensó dos veces.

Abrió la puerta en un solo movimiento, quedando a menos de dos metros del tercer guardaespaldas, los otros dos habían entrado y ninguno se percató de que el ataque pudiera venirles por la espalda. Casualidad o suerte... como fuera, Bruno, el encargado de la guardia personal de Gilberto salió del baño, miró hacia el pasillo y se encontró con la mirada de Alex.

— ¡Cuidado! — gritó Bruno.

Alex no perdió tiempo, puso el silenciador a varios centímetros de la cabeza de Pablo y apretó el gatillo. La cabeza explotó salpicando su rostro con sus sesos. Ya había entrado en la habitación y disparado varias veces contra Bruno, cuando el cuerpo de Pablo cayó hacia atrás. Bruno se agachó, y comenzó a disparar como si el dedo se le hubiera pegado al gatillo... varios proyectiles dieron en el blanco (el pecho de Alex), este no dejó de disparar obligándolo a retirarse hacia el interior del baño, Rangel fue quien quedó expuesto.

Para cuando reaccionó, ya Alex le había metido tres balas en el estómago, aun así, el sorprendido esta vez fue Alex.

¿Muérete de una vez hombre...?

Rangel logró levantar su pistola y disparar contra él. Alex tuvo que rodar por el piso hasta quedar arrinconado contra un sofá, vio que Bruno asomó la cabeza nuevamente. Se impulsó con los pies hacia atrás en el momento preciso que las balas dieron contra la alfombra, Alex le pegó dos disparos más a Rangel, quien al fin se cayó de rodillas llevándose las manos al pecho... pero no acababa de morirse.

¡De qué está hecho este hombre!

Precisó de medio cargador para tumbarlo por completo, y todavía, con las manos en el estómago y escupiendo sangre, miró hacia su propia pistola que estaba caída frente a él.

Alex sintió varios disparos pasar por encima de su cabeza, se arrastró por el suelo hasta ocultarse tras la cama, miró a Rangel directamente a los ojos, este iba a decir algo cuando levantó la pistola y le metió una bala por un ojo. El cuerpo del hombre fue catapultado hacia atrás.

—Si te levantas con esa, entonces eres un puto Exterminador.

Hubo unos segundos de silencio, Alex introdujo un nuevo cargador de dieciocho balas... *ataque directo.* No podía darle un descanso a Bruno, si este lograba llamar y pedir refuerzos estaba perdido, así que apostó a su superioridad de fuego. Bruno tenía una Makarov reglamentaria de ocho balas. Alex se levantó, arrancó una lámpara y la lanzó hacia adentro del baño, los disparos no se hicieron esperar. Se pegó a la pared y comenzó a disparar sin tregua, Bruno comprendió que no le quedaba más remedio que contraatacar, así que también comenzó a disparar... Alex entró al baño recibiendo dos disparos más en los costados, pero logró meterle una bala en el hombro a su adversario, quien dio un salto hacia el lado y soltó su pistola. Al instante se repuso del dolor y se lanzó contra Alex. Ambos chocaron como dos trenes balas a los que olvidaron ponerle los frenos.

—¡Maricón de mierda! —rugió Bruno—, ¡te voy a

arrancar los cojones!

Bruno comenzó a golpearlo a puñetazo limpio — aplicando su superioridad con el peso corporal—, Alex, entrenado para pelar en espacios cerrados, se enfocó en cubrirse el rostro y contraatacar usando los codos. Cayeron dentro de la ducha y Alex se resbaló, momento que Bruno aprovechó para dejarle caer todo el peso de sus puños, una lluvia de nudillos impactó contra su rostro. A ese ritmo le iba a desprender un ojo. Alex esquivó uno de los golpes, pasó su cabeza por debajo de la axila de Bruno y con sus manos las enroscó alrededor de su cuello, aplicándole así un triángulo de brazo.

— ¡Suéltame cojones! —bramó Bruno, aunque comprendió que lanzando maldiciones no resolvería nada, tenía que enfocarse más, aquel era un asesino entrenado y si no lograba zafarse de esa llave podía terminar estrangulado.

Retrocedió, arrastrándolo consigo, le agarró el rostro con la mano libre y le haló la cara hacia un lado, Alex tuvo que soltarlo o de lo contrario le sacaría un ojo. En cuanto se vio libre, Bruno se lanzó sobre él…, pero Alex ya lo estaba esperando. Fingió retroceder, dio dos pasos atrás, sus cuerpos se enroscaron como dos luchadores greco-romanos que estudiaran los puntos débiles en sus defensas. Alex hizo tracción con su mano contra el cuello de Bruno, subió su pierna derecha sobre la cadera de su oponente, hizo un salto a la guardia, pero en vez de cruzar las dos piernas en las caderas, lanzó su pierna izquierda por encima del cuello… aplicándole una llave de brazo voladora.

Bruno fue lanzado contra el piso sin tiempo de racionar. Alex se le subió arriba, se sentó en su pecho, le apretó el cuello contra su ingle, cruzó sus dos piernas por detrás de la cabeza asegurando el agarre, y le aplicó un triángulo de cuello desde la montada. Apretó fuertemente las caderas hacia atrás hasta sentir que le trancaba el flujo sanguíneo al cerebro, solo necesitó cinco segundos para que quedara inconsciente.

Alex se levantó, arrastró el cuerpo de Pablo hasta el interior de la habitación, cerró la puerta y abrió la nevera, tomó varios pomos de agua, luego regresó junto a Bruno, volvió a sentarse encima de él, le aplicó la misma llave de inmovilización y le dio tres cachetadas. El guardaespaldas poco a poco comenzó a volver en sí.

—¡Tú y yo ahora vamos a conversar!

\*\*\*

El miedo cubrió su rostro… un miedo imposible de describir, que lo hizo sollozar y maldecir de impotencia a la misma vez, comprendió que aquel monstruo podría hacer con él lo que le diera la gana.

El asesino aseguró su agarre y se sacó de su espalda una navaja multiusos, la abrió hacia los lados transformándola en una pinza, miró a Bruno y le hizo la primera pregunta:

—¿Cómo me localizaron?

Bruno comprendió que la única posibilidad que tenía de poder sobrevivir era ganar tiempo resistiendo a la tortura… ahora, resistir el dolor es algo para lo que nadie está preparado, aunque tu vida dependa de ello.

\*\*\*

*Solo hay dos respuestas:*

*Uno: Capturaron a Jimena y me delató…*

*Dos: De alguna manera supieron que fui yo quien asesinó a Mustafá…*

—Te seguimos la pista desde el aeropuerto…

¡Error, estás mintiendo!

Alex le metió la pinza en la boca rompiéndole los labios, le agarró uno de los dientes incisivos, lo aseguró bien, entonces lo fue halando poco a poco hacia arriba hasta escuchar cómo se le partía la raíz. Los gritos de Bruno se habrían escuchado hasta en la playa, pero Alex tenía preparado varios pomos de agua. En cuanto comenzó a gritar le echó el agua por la garganta y la nariz, instintivamente Bruno tuvo que callarse la boca para evitar ahogarse.

—Listo, te quedan cuatro más debajo, y tres más en la parte superior, después voy para...

—¡El iraquí...! sabemos que mataste al iraquí.

Alex negó con la cabeza.

—Me estás mintiendo... —volvió a meterle la pinza y en esta ocasión escogió un molar, palanqueó varias veces hacia los lados hasta sentir como la muela se le desprendía de la quijada—, ¡ese sí que estuvo duro!

Bruno no dejaba de patalear y lanzar gemidos.

Alex volvió a abrir la pinza...

—¡Que sí... que sí cojones... para! ¡Que sí te vimos cuando lo mataste! —Alex se detuvo—, ¡vimos cuando le metiste los tiros en la barriga!

—Imposible...

*A menos...*

—¡Que sí... hijo de puta! Teníamos cámaras ocultas en la habitación.

¡Cada misión está llena de sorpresas!

—¿Dónde está Gilberto!

Bruno iba a responder, pero Alex le golpeó la nariz obligándolo a abrir la boca, le metió la pinza y le arrancó tres dientes sin darle un respiro. Entre gemidos y súplicas le juró que le iba a decir la verdad. Alex le creyó.

—Se murió... está muerto... te lo juro..., se murió...

—¿Cómo murió?

—Un infarto, me lo acababan de decir cuando entramos...

*Demasiada casualidad... las casualidades no existen... o al menos no en esta línea de trabajo.*

—Voy a hacerte una solo pregunta... así que trata de responderla sin pestañar. —Alex hizo una breve pausa con toda la intención de aumentar el dramatismo, se acercó al rostro de Bruno y lo miró directamente a los ojos—: ¿Estaba Jimena a su lado?

El rostro de Bruno se transformó al comprender lo que había pasado.

—Gilberto, ¿qué estaba haciendo cuándo le dio el infarto?

Bruno asintió, no valía la pena perder otro diente.

—Se la estaba violando... la tiró sobre la cama y...

No terminó lo que estaba diciendo, Alex le puso el silenciador en la frente y apretó dos veces el gatillo.

## CAPÍTULO 51
## EL PLAN Z

— ¿Cómo va todo capitán? — preguntó Richard.

— Ya estamos en aguas internacionales — le explicó Alex, ajustó el timón mientras introducía nuevas coordenadas en la computadora del barco, después puso el piloto automático—, tranquilo, disfruta de tu margarita.

Richard levantó su copa recubierta de sal por los bordes en señal de brindis, a su espalda, Lucy le preparó un Cuba Libre con bastante hielo. Alex lo aceptó, se dio un largo trago y miró hacia el horizonte, como si pudiera alcanzar a ver las costas de Cuba.

— Estará bien... — afirmó Lucy. Una fuerte brisa de la mar cargada de azufre le regó el cabello, pero la anciana no hizo intento de recogérselo, simplemente cerró los ojos y disfrutó del aire puro y salado—. No tienen nada contra ella.

*Eso espero.*

— Mientras no diga una palabra estará bien... ahora disfruta tu trago, te lo has ganado.

Alex simplemente asintió y miró a su alrededor.

La enorme embarcación, un Riva Opera 85, de más de tres millones de dólares, se desplazaba por el mar del Caribe dejando un surco de espuma en su cola. Con siete vías de escape que tenían preparadas para salir de la isla, el Riva 85 era el número cuatro... o simplemente el plan Z.

Troy llegó tres semanas antes desde las Bahamas y estacionó la embarcación de lujo en la Marina Gaviota, la más grande de Varadero. Puso en orden todos los papeles dejando claro que uno de sus socios (posiblemente con varios compañeros más), regresarían en el yate una vez terminaran sus negocios.

De entre las ventajas que ofrecía la Marina, la privacidad era el número uno. Por una embarcación de esa magnitud se le dio un reservado especial para mantenimiento y aprovisionamiento, mil dólares el día, más cinco mil de depósito por seguro, le aseguraban la salida de la isla — una vez que chequearan sus papeles —, en el momento que quisieran.

Por eso, cuando Alex apareció en la marina con sus amigos dando propinas de cincuenta dólares y pidiendo tres botellas de vino — por trescientos dólares cada una —, ningún inspector puso el más mínimo reparo en darle el permiso de salida.

*\*\*\**

Ya habían pasado cuatro horas desde que eliminó a los guardaespaldas y los escondió en la habitación de enfrente. Supuso que el resto de los guardias que estaban cubriendo sus salidas (y que él no tuvo el más mínimo problema en burlar), habrían esperado varias horas para hacer algún movimiento, creyendo que lo estarían torturando para sacarle la información o algo por el estilo.

Con su trago en la mano, y sus pensamientos perdidos entre los ojos de Jimena, Alex Méndez recordó que tenía muchos nombres y apodos, aunque todos se referían a él como *Siete Vidas*. Él mejor que nadie sabía perfectamente que el éxito de su carrera no lo debía a que fuera una especie de gato difícil de matar…, no, había sobrevivido tantos años en ese negocio porque cada vez que aceptaba un contrato, lo primero era estudiar a su objetivo tan minuciosamente, hasta encontrarle siete vías para asesinarlo, de igual manera, siempre contaba con siete vías de escape.

## CAPÍTULO 52
## EL FANTASMA
### (CASA DE INTERROGATORIOS, SANTA CLARA)

—¿Cómo te llamas? —le preguntó Antonio Cruz, el encargado del caso.

—Jimena.

A la joven le temblaban las manos, los pies, los dientes... *y no es para menos, ha de estar a punto de un ataque hipotérmico.*

Llevaba puesta una simple bata de esas que les ponen a los pacientes antes de entrar al salón de operaciones. Nada de ropa interior, la dejaron en una fría celda por setenta y dos horas para ablandar cualquier posible resistencia que intentara hacer durante el interrogatorio.

—¿Qué le hacemos a la bailarina? —fue lo primero que le preguntó uno de los guardias en cuanto entró a la casa segura.

—Apliquenle la *Blanca*.

*La Blanca*, o *Tortura Blanca*, era un método de tortura mundialmente famoso, muchos gobiernos se habían convertido en expertos de estas modernas técnicas, capaces de infligir un daño en el cuerpo humano sin necesidad de dejarle marcas. Los servicios de inteligencia cubanos, con tantos años de prácticas en opositores políticos, habían ido un nivel más allá, convirtiéndose en maestros de esas técnicas.

La *Tortura Blanca* era extremadamente sencilla.

Al prisionero se le metía en una celda con potentes luces blancas y le subían el aire acondicionado —entre cincuenta y sesenta Fahrenheit era la temperatura ideal, ya que tampoco querían provocarle un ataque de hipotermia—, la celda no podía tener ventanas y mucho menos cualquier detalle que le permitiera al prisionero ubicarse en el horario. Entonces comenzaba el proceso de deterioro mental, alterándole los horarios de comida y sueño. Era increíble como en cuestión de horas una mente humana podía deteriorase.

*** 

—Levántate —le dijo el carcelero, Jimena lo miró temiendo lo peor—, horario de almuerzo.

El carcelero le trajo una bandeja con "frijoles" —o más bien un agua oscura con algunos granos de frijol—, un poco de arroz y un trozo de pan... nada de carne, la porción de arroz era mínima y los frijoles eran más agua que caldo. Jimena se percató de que el carcelero traía un reloj que marcaba la una de la tarde.

*Que hijos de puta...* se dijo a modo de consuelo, sabía perfectamente lo que le estaban haciendo. Por eso le vino a la mente la historia de Rafa, un bailarín amigo de ella que, en una ocasión, por encontrarse un paquete de marihuana y reportarlo, le pasó lo mismo. Lo metieron en una celda y le aplicaron las mismas técnicas para que confesara, al final no pudieron probarle nada, pero Rafa quedó destruido psicológicamente por meses... y a ella le iban a hacer lo mismo. La falta de proteínas en la comida era la primera prueba de que, alterándole la dieta, podían reducir su estado de voluntad. Pero incluso, ni conociendo las reglas del juego pudo luchar contra la alteración de los horarios.

Debieron de haber pasado por lo menos cinco o seis horas... la celda volvió a abrirse y otro carcelero entró.

—La merienda —el nuevo carcelero le dio un vaso con agua y un trozo de pan, hizo hasta lo imposible porque ella mirara su reloj.

*Las cinco de la tarde... ¡ya, seguro!*

Una hora después... o quizás menos, la puerta se abrió de nuevo.

—La cena... —el mismo oficial le trajo otra bandeja, ella volvió a mirar el reloj... *ocho de la noche.*

La dejaron tranquila por un rato.

Jimena sabía que en cuanto comenzara a dormirse la verdadera tortura iba a empezar. Nada más que puso la cabeza sobre el trozo de almohada, le dieron tres golpes a la puerta. Ella saltó del susto, volvió a intentar relajarse, disimuló como pudo, virándose contra la pared y en esta ocasión sí logró dormirse... por minutos... u horas... volvieron a golpear la puerta haciéndola saltar sobre la cama.

Con ese sádico juego la tuvieron el resto de la noche... o lo que quedaba del día. La puerta se abrió otra vez y el oficial que el día anterior le había traído el almuerzo, en esta ocasión le trajo el "desayuno". No traía reloj.

\*\*\*

Pasaron dos minutos... una hora... ó un día, ya era imposible saber. La puerta volvió a abrirse y le trajeron el desayuno... ¿o era el almuerzo? Jimena comenzó a llorar sin poderse controlar. Su mente y su cuerpo sentían que había pasado más de una semana dentro de aquellas malditas paredes blancas rodeada de aquellos sádicos.

\*\*\*

El efecto que la falta de sueño y el frío provocó en su hermoso rostro eran evidentes, pero lo más importante de todo fue que le dejaron claro el mensaje. Estaba pálida, hambrienta, cansada al punto que se podía quedar dormida en la silla, pero, sobre todo, estaba muerta de miedo, lo que le preguntaran lo respondería sin pensárselo dos veces.

¿Qué voy a hacer contigo?

Antonio Cruz, mayor estrella del Ciber Comando Militar (la Unidad Especial de Cuba destinada a los crímenes cibernéticos), fue enviado directamente hacia la casa de interrogatorios desde la Habana. El mismísimo general Ramón lo llamó personalmente para darle la "buena noticia" de que estaba al frente.

¿Cómo cojones voy a ponerle orden a todo esto?, esa fue su primera impresión en cuanto comenzaron a darle todos los datos. *Estoy persiguiendo a un maldito fantasma.*

—¿Qué vamos a hacer con la bailarina? —se interesó uno de sus agentes al segundo día de tenerla encerrada.

*La bailarina...* así decidió llamar a Jimena. *Otra de las piezas que no encaja en todo esto.*

Ahora tenía que tomar una decisión. Y ese era el problema, él no contaba con el tiempo para perderlo con una prostituta, pero antes iba a dejarle bien claras algunas reglas, sobre todo, esclarecer algunas dudas.

—¿Por qué te estaba golpeando Gilberto? —Cruz vio el video y quedó asqueado por la paliza que el coronel le propinó a la joven, él no era de los que se excitaba golpeando a una mujer; con sus amantes gustaba de practicar juegos, *¿a quién no?* Tampoco era un santo, pero apenas una nalgada o algo así, de ahí a propinarles puñetazos o intentar asfixiarlas con un cinto...

—Oficial, yo no...

Antonio se levantó de la silla y le metió un puñetazo a la mesa metálica haciendo que el sonido estremeciera las paredes de la sala de interrogatorios. Jimena saltó como si le hubieran pegado un cable eléctrico a su silla.

—¡Escúchame bien, puta de mierda! —le gritó. Se acabaron los juegos de palabras y los tratos delicados—. ¡Para ti soy el mayor Antonio Cruz! ¡Repítelo!

—Mayor Antonio Cruz.

—Ahora, ¿por qué cojones Gilberto te estaba golpeando?

Jimena lo miró directamente a los ojos, fue entonces cuando el miedo desapareció para darle paso al odio, fue una mirada que Antonio estaba acostumbrado a ver, solo que nunca con tanta intensidad. La respuesta no era precisamente la que estaba esperando.

—Porque podía hacerlo.

¿De qué cojones está hablando?

—¿Qué quieres decir?

—Me golpeaba porque podía hacerlo, así como puedes hacerlo tú.

Antonio no supo cómo responder a aquello, de hecho, se estaba quedando sin preguntas y no le gustaba el ritmo que estaban tomando las cosas.

—Pero a ti te gustaba, vi el video...

—¿De verdad crees que me gusta acostarme con un viejo que me de golpes?

—No te pases... estamos hablando del coronel Gilberto, un destacado oficial de la FAR. Además, ¿si no te gustaba por qué lo hacías?

—Porque no tenía opciones.

—Siempre hay opciones.

—No en las mías, si no aguantaba sus palizas me botaba de los Cayos.

—Entonces te estabas acostando con él por favores sexuales, eso es prostitución, no menos de tres años.

—¿Y al ser golpeada y violada por un coronel de la FAR? ¿Me podrían reducir la condena por eso?

—Créeme cariño, te aseguro que no quieres seguir esta conversación por ese rumbo.

Jimena rompió en llanto, tarde o temprano todos lo hacían, era el momento del arrepentimiento, pedir disculpas y llegar a un acuerdo, la bailarina no fue la excepción. Entre sollozos comenzó a pedirle perdón.

—Yo solo quiero irme para mi casa —los temblores no la dejaron continuar y transcurrieron unos segundos muy incómodos hasta que se atrevió a hablar, y cuando lo hizo fue para llegar al acuerdo, era el momento que él estaba esperando—. Mírame la cara, mírame el cuello, ¿tú crees que me gustaba que me hiciera esto? No, pero necesito el trabajo, necesito seguir bailando en los Cayos. Nadie tiene que saber lo que pasó, si quieren redacto una denuncia, que me asaltaron en el Punto de Recogida. Firmo lo que me pidan, pero déjenme ir.

Antonio caminó hacia la puerta, le echó un último vistazo y salió de la sala dejándola hecha un mar de lágrimas y nervios.

***

Cruz fue directo a la habitación de operaciones, donde una docena de informáticos estaban montando un caos para intentar ponerle algo de orden a lo ocurrido. Laura, su secretaria personal, comenzó a pasarle documentos mientras le indicaba lo que debía leer, lo tomó de la mano y lo llevó hasta una de las computadoras. En la pantalla estaba el video del asesino de Mustafá.

—Bien, tenemos su rostro, ¿algo más? —la pregunta fue para todo el grupo.

—Sí, hubo un ciberataque en cuatro hoteles de los Cayos Santamaría, dos más en Trinidad y uno en Varadero. Tres aeropuertos, seis marinas y varias Casas de Cambio... —respondió uno de los jóvenes talentos acabado de graduar de la UCI—, toda la red de cámaras de seguridad de los hoteles fue achicharrada, literalmente, ¡no es broma! Bueno, tampoco es que hayan cogido fuego... el punto es que los virus que les metieron llegaron a corromper los discos duros hasta hacerlos inservibles.

¡Madre mía! Reparar todo esto va a tardar meses...

—La foto del asesino fue mostrada en los aeropuertos y

hoteles, todos coinciden en que se trataba de un fotógrafo —el joven aprovechó sus segundos de fama y continuó exponiéndole toda la información recopilada—, la habitación donde se cometieron los crímenes era la suya.

Antonio comprendió que para montar una operación de esa magnitud el asesino necesitó la ayuda de varias personas, sobre todo de recursos y dinero... *mucho dinero.* Con las cámaras de los hoteles descompuestas, cientos de horas perdidas de los videos de los aeropuertos, y algunas marinas afectadas, en ese momento el asesino podía estar en cualquier parte del mundo.

—Mayor, los resultados llegaron —Cruz miró a su joven secretaria y le indicó con la mano que le diera las respuestas.

—El examen de toxicología del cuerpo del coronel Gilberto —Laura se le acercó para que sus palabras no fueran escuchadas, llevaban varios años trabajando juntos y se habían acostado algunas veces, así que ella tenía toda su confianza, sobre todo para acercársele de esa manera y murmurarle al oído—: muestran un consumo constante de Viagra. El hombre era como un pollo tragando pastillas.

¡Mierda! No tenemos nada... estoy persiguiendo a un fantasma.

***

Dos días después, Antonio volvió a sentarse frente a Jimena. La joven estaba tan desorientada que no podía mantenerse despierta en la silla.

—¿Quién era Alex Smith?

—Un fotógrafo, ¿por qué? —había dudas y miedo en su voz, pero después de cuatro días en una celda quien no los iba a tener.

—¿Cómo lo conociste?

—Me tiró unas fotos para un documental.

—¿Dónde te tiró esas fotos? —él conocía perfectamente

315

la respuesta, pero que ella se lo dijera era parte del juego.

—En un catamarán, nos fuimos a Cienfuegos para que él grabara unos videos en los Jardines de la Reina.

El miedo continuaba en su voz, pero no dijo una sola mentira, él podía sentirlo. Lo que más impotencia le daba es que no podía establecer la relación entre el asesino y ella.

Antonio volvió a salir de la sala sin comprender qué estaba buscando con exactitud.

\*\*\*

Ocho noches estuvo Jimena en la celda, pero el noveno día, a las siete de la mañana, la levantaron y fue llevada casi que a rastras hacia la sala de interrogatorios. Antonio la estaba esperando con varios papeles sobre la mesa.

—Buenos días, Jimena.

—Buenos días, mayor Antonio.

—Firma esos papeles y te podrás ir hoy mismo — le extendió la mano con un lapicero, en el rostro de ella apareció una máscara de miedo y dudas—, léelos si quieres. Es una declaración de que fuiste asaltada y golpeada, durante todos estos días te mantuviste en un hospital, estos papeles de aquí son los registros médicos, y esta es el acta médica, fírmalo todo.

—¿Y después?

—Te puedes marchar.

—¿Voy a seguir trabajando en los Cayos?

*Esta tiene los ovarios más grandes que los cojones de Maceo.*

—Eso dependerá de ti.

—Yo no pienso decir una sola palabra de lo ocurrido.

—¿Es qué ocurrió algo?

—Nada… solo que me asaltaron en el Punto de Recogida.

316

—Perfecto, entonces te podrás presentar en tu puesto de trabajo... dentro de una semana —Antonio le miró el rostro y el cuello, las marcas aún eran evidentes—, mejor que sea dentro de tres semanas.

Jimena no necesitó una explicación más, firmó cada uno de los papeles. Laura, la secretaria de Antonio, la llevó a otra habitación, donde le entregaron su ropa. Antes de marcharse, Laura la tomó de la mano y la miró directamente a los ojos.

—Un consejo de mujer a mujer —a Laura le encantaba hacer el papel de tipa dura, a fin de cuentas, solo estaba llevando el mensaje entre líneas de Antonio—, por tu propio bien, más te vale mantenerte calladita la boca, aquí nunca pasó nada. De acuerdo.

Jimena asintió, le dio la espalda y salió caminando de la casa segura... o tambaleándose, la verdad es que estaba luchando por lograr poner un pie delante del otro, con cada paso iba trazando una línea imaginaria sobre un escenario que solo ella conocía. Afuera, un Lada la estaba esperando para llevarla hasta su casa.

Laura pudo imaginarse el autocontrol que la joven debía estar imponiéndose a sí misma para no derrumbarse. Había visto a muchos marcharse de igual manera. En cuanto se sentó en el Lada, la bailarina la miró sin pestañar, pero ella no pudo leer nada, absolutamente nada en su rostro. Aunque sus ojos tenían un extraño brillo triunfal.

*ADRIÁN HENRÍQUEZ*

# TRES MESES DESPUÉS

*ADRIÁN HENRÍQUEZ*

## CAPÍTULO 53
## PALABRAS QUE VALEN
### (HOTEL PARAÍSO AZUL, CAYO SANTA MARÍA, CUBA)

*Empezar de nuevo,*
*sin destino y sin tener,*
*un camino cierto que me enseña a no perder la fe...*
HABANA BLUES

Si la fueran a comparar con algo, sería con una monja, porque en eso fue lo que se convirtió durante tres meses, quitando el hecho de que bailaba casi todas las noches medio desnuda (un simple detalle en términos religiosos), por lo demás, su vida era una completa rutina. De su casa al Mejunje para tomar la Pecera que la llevaba al hotel. Regresaba del hotel directamente para su casa.

De todo, lo más importante es que no volvió a acostarse con otro turista, y el gerente del hotel no le insistió ni planificó otro encuentro. La muerte de Gilberto tuvo a todos con los pelos de punta, aunque el famoso Cuban Dream siguió funcionando, *el show nunca puede parar...* Pero con respecto a ella parecieron ignorarla. Por lo visto le estaban dando un tiempo para que se restableciera, pero ella sabía que tarde o temprano se lo volverían a proponer.

—Nos vemos mañana —le dijo Karlen, una de las bailarinas veteranas. No se iba a ir en la Pecera, tenía preparado un encuentro para esa noche con unos canadienses que se iba a quedar en el hotel—. Recuerda traerme la ropa.

—No te preocupes —Jimena continuó caminando directo hacia el autobús—, mañana paso por tu casa y te recojo el maletín. Besos, cuídate.

Se despidieron en la puerta de la Pecera, y Jimena ya se iba a montar cuando vio en el estacionamiento, recostado a la defensa de un Ford del 58, a Julian Fajardo. Este la miraba con una sonrisa de oreja a oreja. Jimena le sonrió, se le acercó y le dio un fuerte abrazo.

—¿Qué te trae por acá?

Julian no se andaba con rodeos.

—Móntate, el viejo te quiere ver.

No hubo más palabras ni explicaciones, ella regresó a la Pecera y le dijo al chofer que se fuera sin ella. Después se montó en el Ford rumbo a Santa Clara.

***

Volvió a entrar a la famosa sala de reuniones, el viejo Fajardo estaba sentado en su buró organizando un paquete de videojuegos. La miró con una sonrisa y le indicó que se sentara, se levantó y fue hasta su lado.

—¿Sabes que tengo aquí? —le señaló hacia una de las mesas.

—Ni idea.

—La última versión de Call of Duty, me la mandó uno de mis sobrinos desde Miami… ¿y sabes qué es lo mejor?

Jimena sintió como que la cabeza le iba a explotar… el anciano parecía un niño maquiavélico jugando a torturar lagartijas. ¿Por qué no me dices de una vez para qué me enviaste a buscar? Sin embargo, prefirió seguir el juego.

—Pues la verdad es que no, no me imagino…

—¡Los mapas mujer! Viene con las expansiones del juego, ¡cinco mapas para los zombis!

Jimena aplaudió; ¡yeiii!

—¿Tienes la llave que te di? —la transición la tomó por sorpresa. Jimena asintió y sacó la llave de su bolso.

Don Fajardo la tomó entre sus dedos y la puso sobre la mesa, junto a esa puso la otra llave… ¡la de Alex!

—¿Cómo la…?

—El día que te arrestaron, a las pocas horas se apareció aquí —Jimena asintió sin saber lo que aquello podía significar, pero la garganta se le secó y el corazón le retumbó en su pecho como el bajo de una banda de rock—, fue bien claro con sus órdenes.

Don Fajardo se calló, esperando que le hiciera la pregunta.

—¿Las cuales fueron?

—Que en cuanto salieras te entregará todo el dinero — el anciano puso una llave encima de la otra—por lo visto él creyó que cumpliste tu parte del contrato. Pues bien, cobrando mi porciento, eres dueña de noventa y nueve mil dólares.

Jimena sintió como si hubieran instalado en su pecho las campanas de una catedral, y el mismísimo Quasimodo las estuviese tocando. Sin encontrar palabras a todas sus emociones, fue Don Fajardo, una vez más, el primero en hablar.

—¿Qué piensas…?

—Espera… un momento. ¿Recibiste la llave hace más de tres meses?

El anciano asintió.

¡No me jodas, y yo creyendo que todo lo que pasé fue por gusto, que no vería ni un centavo!

Jimena se sintió como si fuera una olla tomando presión, el anciano, experto en el temperamento de algunas mujeres —como ella—, se apresuró a calmar la tormenta.

—Lo siento, desde que regresaste a tu casa mis muchachos te han estado siguiendo, pero tenías las veinticuatro horas del día un grupo de agentes de la G-2 siguiéndote los pasos.

Jimena no tenía ni idea de que la hubieran estado siguiendo. Pero si Don Fajardo dejó que sus "muchachos" se le acercaran, entonces eso significaba que la vigilancia había acabado.

—Gracias —fue lo único que se le ocurrió decir.

Don Fajardo la miró por unos instantes y valoró cuidadosamente sus siguientes palabras.

—Eso es demasiado dinero para una joven como tú —Jimena se puso tensa y emocionada a la vez, esperó ansiosa las siguientes palabras del anciano—, si me dejaras, yo te podría ayudar a administrarlo.

Jimena dejó escapar un suspiro, llenó sus pulmones de aire y escogió cada una de sus palabras. Contar con la ayuda de Don Fajardo como socio en cualquier negocio, era una oportunidad única, algo que no se le volvería a repetir… era ese el momento, esa oportunidad la que podía cambiarle el destino.

—Don Fajardo, mi mamá es una de las mejores chefs de Santa Clara, posiblemente de Cuba, con ese dinero y su ayuda podríamos montar una paladar, incluso…

—Pues que no se hable más —el anciano se levantó y le extendió la mano, aunque sus ojos estaban fijos en el videojuego que tenía sobre la mesa—, seremos socios en la paladar. Cuando salgas habla con Julian para que te presente a los Fajardos que atienden gastronomía. Tenemos unos cuantos restaurantes por toda la isla, ellos te ayudarán a crear las conexiones, rentar el local, o comprarlo, en fin, habla con ellos… Eso sí, cualquier cosa, cualquier problema, vienes y me lo cuentas.

Aún había algo que a Jimena no acababa de cuadrarle en todo aquello.

—No se lo tome a mal, realmente se lo agradezco,

pero necesito saberlo, ¿Alex tuvo algo que ver con este ofrecimiento?

El anciano le sonrió de una manera enigmática.

— A veces es mejor no conocer todos los detalles, pero sí, tu amigo es una persona muy persuasiva que me gustaría tener como aliado de presentarse algún problema en el futuro.

*Sí, definitivamente es mejor no conocer más detalles.*

Jimena no le dio la mano, simplemente le apretó el cuello y le dio un sonoro beso en la mejilla.

— Muchas gracias…

— Claro, ahora vete de aquí, que necesito salvar al mundo de un ataque de zombis.

Y sin otra despedida, sin comprender que con esas simples palabras le acababa de cambiar la vida a su familia, Don Fajardo le dio la espalda y se dirigió hacia la enorme pantalla, encendió el PlayStation y metió el nuevo disco de juegos.

— Gracias — susurró Jimena, consciente de que no la escuchaba.

*ADRIÁN HENRÍQUEZ*

# UN AÑO DESPUÉS

# ADRIÁN HENRÍQUEZ

# CANCÚN, MÉXICO
# (HOTEL ROYAL OASIS)

*Todavía quedan restos de humedad.*
*Sus olores llenan ya mi soledad.*
*En la cama su silueta se dibuja cual promesa*
*de llenar el breve espacio en que no está.*
PABLO MILANÉS

Jimena se encontraba sentada en el bar del hotel, con una taza de café a su lado y en una mesa separada de todos los clientes. Tenía su laptop abierta y una libreta repleta de apuntes.

—Perfecto, perfecto… y perfecto —revisó cuidadosamente por tercera vez el documento Excel que le envió su mamá esa mañana—. Lista uno, y lista dos… ok, perfecto.

La noche anterior estuvo hablando con su mamá a través de IMO y esta le recordó que en la mañana le enviaría el Excel con el estado de cuentas de la paladar. Con el apoyo del clan Fajardo, lograron montar un restaurante llamado: "Comida Criolla". Jimena fue un paso más allá y contrató a un grupo de ancianos del barrio; eran un quinteto que tocaban maracas, claves, timbales, guitarras y un tres… la verdad es que esos viejos tocaban lo que fuera que tuviera cuerdas y un forro de cuero. Pero lo que logró el efecto definitivo como Marca de venta, y que lo hizo diferente al resto de los restaurantes, fue que dos veces a la semana se efectuaba —mientras los clientes comían—, competencias de rimas y controversias, la música campesina se abrió espacio como venta en el sector turístico, que, a fin de cuentas, era por lo que de verdad pagaban los turistas, por disfrutar de la comida, la música y la cultura cubana.

329

Mientras continuaba estudiando el documento, y separando la lista de los pedidos de su mamá, no pudo evitar sentirse feliz por ver aquello números, la paladar estaba aumentando las ganancias por día, si continuaban así (para finales de año), tendrían que contratar a dos meseros más, y posiblemente a tres cocineros. Su mamá — como capitana de cocina—, ya estaba al frente de cuatro cocineros. El problema de los cuidados a su papá fue resuelto en cuanto la paladar comenzó a funcionar. Las ganancias permitieron contratar a una enfermera a tiempo completo. Pero lo mejor de todo era que su papá, experto en economía, a pesar de la parálisis de su cuerpo, pasó a convertirse en el encargado de la contabilidad.

—Hola —uno de los camareros se le acercó con una sonrisa capaz de derretir un iceberg—, señorita, ¿quiere que le traiga algo más?

—No, muchas gracias, por ahora estoy bien.

El camarero recogió uno de los vasos abandonados y volvió a sonreírle.

—Anoche vi el show que presentó, ¡impresionante!

—Muchas gracias, cuanto me alegro de que le gustara.

Durante dos semanas, la compañía cubana de danza contemporánea —de la cual Jimena era la coreógrafa principal—, se estaría presentando en el hotel, después viajarían a Isla Mujeres para continuar la gira por otras tres semanas.

—Ya sabe, lo que necesite solo levante la mano.

Con otra sonrisa el joven se despidió.

Jimena volvió en enfocarse en los estados de cuenta, comprendiendo que había llegado el momento de expandir el negocio.

—¿Qué tal van esas ventas?

Jimena podría reconocer esa voz en cualquier parte del

mundo. Una ola de emociones estremeció cada partícula de su cuerpo dejándola prácticamente sin aire. Se giró suavemente hasta quedar frente a Alex. Este, con su típica sonrisa, traía en sus manos dos tazas de café recién hecho.

—Pedí dos espressos, justo como te gusta —sin que ella acabara de salir de su sorpresa, se sentó en la mesa y le pasó el platillo con la pequeña taza—. Uno se vuelve adicto a esta tinta.

Jimena le sonrió sin poder articular palabras. Los sentimientos que sentía por aquel hombre comenzaron a volver como si acabara de abrir las compuertas a una enorme represa.

—Genial, veo que al final lograste salirte con la tuya, en todos los sentidos —Alex le sonrió y ella supo que era una risa genuina, de orgullo y admiración, pero también de seducción, él no podía disimular la atracción que aquellos labios le estaban provocando, así que Jimena decidió volver a comenzar el juego, se llevó suavemente la taza a los labios y sopló el café—. Montaste una paladar que está funcionando de maravillas, conseguiste un viaje al extranjero, ¡como coreógrafa principal! ¿Cómo lograste esto último?

Jimena le sonrió mientras saboreaba el café, con calma, creando una pausa dramática…

—No fue difícil, tuve un buen profesor que me enseñó que el dinero puede ser muy persuasivo.

Alex dio varias palmadas de puro orgullo.

—Además, le hice al gerente del hotel una oferta que no pudo rechazar.

Jimena se rio de su propio chiste… o a lo mejor es que estaba demasiado nerviosa, el punto es que ni al mismísimo Corleone le habría quedado mejor. Sin dudas su oferta a Félix Martínez, gerente del hotel, fue muy pero que muy clara. De hecho, le costó exactamente $500 CUC.

Jimena le contó la situación que tenía al viejo Fajardo, este la puso en contacto con dos *freelancers*, nada menos que dos entrenadores del equipo nacional de judo que estaban pasando una mala racha y el dinero les vendría de maravillas.

Por $250 CUC a cada uno, Félix Martínez estuvo cuatro meses tomando sopa con pitillos, y apoyado en dos muletas otros seis. Jimena le envió un mensaje de condolencias al hospital, acompañado de una breve nota: el dinero que ella debía pagarle para que le diera el permiso de viaje y la recomendación, se lo daría a sus dos nuevos amigos.

Cuando Félix regresó a su puesto de trabajo, Jimena le hizo una visita en su oficina. No hubo palabras de insulto, y mucho menos malos entendidos, todo quedó en abrazos y felicitaciones. Sobre su buró estaba el permiso de viaje, los pasajes pagos para México, y un bono de estímulo como la mejor trabajadora del mes.

***

Alex se destornilló de la risa, tanto que hasta las lágrimas se le salieron. Las horas fueron pasando y las conversaciones, siempre enfocadas en ella, fueron prolongándose sin que tuvieran para cuando acabar. Durante el último año, varios de sus agentes en Cuba le siguieron muy de cerca cada uno de sus pasos. Si ella decidía rehacer su vida, buscarse un novio, tener hijos, lo que quisiera, él no haría el más mínimo intento por volver a meterse en su vida. Pero los meses continuaron pasando hasta que se presentó el viaje a México. Esta vez no la dejaría escapar. Cada una de sus historias ya las conocía, pero escucharlas de su propia boca hacía que tomaran otro valor.

—Me alegro de que todo te marche bien.

Alex se levantó y la miró por última vez, le volvió a sonreír y se disponía a marcharse cuando Jimena se levantó a toda prisa y lo tomó de la mano.

—El café de este restaurante es una basura. En mi habitación tengo una cafetera lista, ¿te gustaría tomarte un verdadero café cubano?

Alex miró aquellos carnosos labios sin dejar de seguir sus movimientos con cada palabra. Al final le propuso algo diferente.

—Tengo mi yate a solo cinco minutos del hotel, también tiene una excelente cafetera, ¿te gustaría prepararme ese café?

La realidad volvió a recordarle a Jimena que Alex era un asesino profesional, así que nunca entraría en una habitación a menos que la hubiera revisado antes y tuviese varias vías de escape.

La oferta de irse en yate sonaba demasiado tentadora... ¡y ella con un corazón tan débil!

—No suena mal, pero tienes en tu "yate" alguna botella de vino.

—Más de cien... listas para abrir —el tono sensual de Alex le trajo el recuerdo de lo que hicieron con una de esas botellas.

—¡Me encanta el vino! —dijo por toda respuesta.

—Pues a mí me encanta el café cubano.

Se marcharon tomados de la mano, directo hacia la marina. En cuanto salieron del bar, el camarero recogió las tazas, limpió la mesa, y acto seguido preparó dos margaritas y se las llevó a la pareja de ancianos que estaban al final del bar junto al DJ... ambos se preparaban para dar un concierto de Karaoke.

*Sí*, pensó el camarero, *a este matrimonio de abuelos no les gusta pasar desapercibidos.*

*ADRIÁN HENRÍQUEZ*

## AGRADECIMIENTOS:

Este libro, como todos los anteriores, lo dedico a mi esposa Leanys (Lea). Una vez más por creer en mí, por obligarme a escribir... Gracias por enviarme para el cuarto, prepararme el termo de café y exigirme que superara las mil palabras...

Gracias, mi Chiquitica.

\*\*\*

Una vez más, esta novela no podría haber sido posible sin la ayuda de varias personas que no aparecen en la portada. Como siempre, Alden, gracias por la maquetación.

Dianely Reyes, por los banners preciosos que me hiciste.

A Liena Beatriz, por esa mágica portada (sin palabras), sabes que amo tu trabajo. Al escritor y amigo Maykel Casabuena, por estar siempre al pie del cañón, por las tantas horas dedicadas a los montajes de mis rompecabezas, sin él, la novela que ahora sostienen en sus manos no habría sido posible.

A mi familia por todo ese apoyo constante.

La lista de amigos lectores continúa creciendo con cada nueva entrega. Por eso quiero darle muchísimas gracias a todos los que me apoyan en las redes sociales, creando comentarios, compartiendo mis publicaciones o recomendando mis novelas a nuevos lectores...

A toda esta lista de amigos, ¡gracias de corazón!

\*\*\*

*ADRIÁN HENRÍQUEZ*

## HOLA LECTOR:

Hola amigos y lectores… si llegaron hasta aquí espero les haya gustado la aventura y estén listo para la siguiente. Si quieren tomarse el tiempo de escribirme personalmente, aquí les dejo mi email, o pueden buscarme en Facebook.

Atentamente Adrián Henríquez

adrian.henriquezescritor@gmail.com

ADRIÁN HENRÍQUEZ

## SÍNTESIS BIOGRÁFICA

Adrián Henríquez (Villa Clara, Cuba, 1987) graduado de la escuela de arte Manuel Ascunce Domenech en la especialidad de teatro. Dedicó sus primeros años de graduado a desempeñarse como actor, director y guionista de diferentes proyectos y obras teatrales. En el 2009 ante la irresistible situación económica y política de su país, escapa de Cuba por México, pidiendo asilo político en los Estados Unidos.

Como todo nuevo emigrante ha trabajado en múltiples oficios, desde cocinero en una Mcdonald's, cargador de maletas, vendedor de pasajes en una compañía de ómnibus, limpiador de cine o estibador de computadoras Dell, nada de los cual lo ha alejado de su pasión, los libros y escribir. Aficionado a todo tipo de Artes Marciales, y adicto a las peleas de la UFC, reside con su esposa en Nashville, Tennessee. En el 2015 finaliza su primera novela, A la captura del Shadowboy, un relato que sumergea los lectores en una aventura de espías y acción con un trasfondo histórico que ha cautivado a todos sus lectores...

El 2018 es un año bien productivo.

Lanza la segunda parte de su saga de espías basada en la vida del mítico Shadowboy. Al rescate de Irina, en esta nueva entrega traslada al lector hacia el intrincado mundo de las esclavas sexuales bajo el control de los cárteles mexicanos.

La tercera entrega llega unos meses después, Alianzas, en ella continúa la saga... en está ocasión con nuevos personajes que se unen a la trama.

También publica ese mismo año la novela gráfica basada en su primera novela; A la captura del Shadowboy. Con ilustraciones creadas por la pintora Dianely Reyes Oliva, y el pintor Ruben Alejandro Vallejo.

El último contrato, es su cuarta novela, también terminada meses después y disponible en Amazon desde julio.

Indice

Made in the USA
Columbia, SC
07 November 2019